Nur noch Stille

W0370659

Conny Lüscher

Nur noch Stille

Psychothriller

Neuauflage
Erstmals erschienen 2014 im Theodor Boder Verlag

Copyright © 2024 rulSuspense Verlag
CH-5400 Baden
Alle Rechte vorbehalten
Das Werk darf – auch teilweise – nur mit
Genehmigung der Autorin wiedergegeben werden.
Kontakt: conny@connyluescher.ch
Website: www.connyluescher.ch
ISBN: 978-3-9525662-7-5
Cover Design: RUDOLFBADEN.KI

Inhalt

Dunkel

Es war der Geruch.

Wie ein kleines Tier aus der Tiefe eines Moores kämpfte sich das Kind aus seiner Bewusstlosigkeit.

Es stieß einen wimmernden Schrei aus und die Luft geriet in Bewegung. Der Gestank von Urin und Erbrochenem war beißend. Hektisch schluckte es den säuerlichen Speichel in seinem Mund hinunter und öffnete die Augen. Das war schwer. Seine Wimpern waren verklebt von einer zähen Substanz, die nach getrocknetem Blut roch. Das Kind blinzelte.

Obwohl es die Augen weit geöffnet hatte, konnte es nichts sehen. Es war vollkommen dunkel. Das Kind war von einer Schwärze umfangen, die es nicht kannte. Selbst in seinen finstersten Nächten hatte es immer einen Hauch von Licht gegeben.

Aber jetzt, nichts.

Das Kind wagte nicht, sich zu bewegen. Eine völlige Orientierungslosigkeit ließ es in Panik erstarren. Es riss die Augen noch weiter auf und lauschte.

Vollkommene Dunkelheit und Stille.

Da war nur dieser Geruch.

Schnee

Julia stand am Panoramafenster des Salons und beobachtete die Ankunft des Helikopters. Die Berge waren hinter grauen Wolkenmassen verschwunden. Es hatte seit Tagen geschneit und vor dem nächsten Sturm blieb dem Piloten nur ein kleines Zeitfenster, um die letzten Gäste herzubringen. Die einzige schmale Zufahrtsstraße zum Hotel war längst nicht mehr passierbar.

Wie ein nervöses Insekt kreiste die Maschine über dem kleinen Plateau hoch über dem Dorf und wirbelte weiße Schleier durch die Luft. Die vom Hausmeister Pedro Mas mühevoll freigeschaufelte Landefläche war kaum zu erkennen.

Julia blinzelte. Die Kontaktlinsen waren immer noch ein Fremdkörper, ihre auffallend grünen Augen wieder einmal gerötet. Sie zwirbelte nervös eine Strähne ihrer roten Haare zwischen den Fingern. Mit ihren fünfundzwanzig Jahren war Julia eine aparte Schönheit, aber sie legte keinerlei Wert auf Äußerlichkeiten, ganz im Gegenteil. Sie wollte auf keinen Fall auffallen. Nicht in diesem Haus bei diesen Leuten. Sie verzog angewidert ihre Mundwinkel.

Die junge Frau brauchte diese Arbeit. Sie hatte alles versucht, alles getan, und dann endlich diesen Job bekommen. Sehr kurzfristig und nur auf Probe, war Julia hier nun Mädchen für alles.

Das kleine Hotel, das lange Jahre leer gestanden und wie eine verrunzelte Diva auf das mondäne Treiben unten im Tal geblickt hatte, war schließlich von Boris Windolf aufgekauft und umgebaut worden. Und nun hatte es sich in ein wahres Juwel verwandelt.

Das war der Verdienst eines außergewöhnlichen Architekten, der Windolfs Wünsche zum größten Teil ignorierte und Bestehendes mit Neuem kombinierte, wie es noch niemand zuvor gewagt hatte. Er durfte mit den teuersten Materialien arbeiten, Geld spielte keine Rolle. Julia hatte es bis jetzt noch nicht geschafft, alle Räume zu bewundern.

Das Hotel war Windolfs kleines Königreich, in das nur geladene Gäste Zutritt hatten. Zehn Doppelzimmer und eine kleine Suite standen zur Verfügung, dann der Salon mit der einzigartigen Aussicht, ein kleiner Speisesaal und der Keller mit dem Wellnessbereich. Dann gab es noch die Räume, für die nur Boris Windolf einen Schlüssel besaß. Besondere Räume.

„Für meine ganz speziellen Gäste“, hatte er grinsend erklärt und dabei leicht Julias Kinn umfasst.

Am liebsten hätte sie ihn geschlagen. Windolf war groß und mager, seine weißblonden Haare und die wasserhellen Augen erinnerten an einen Albino und sein zweideutiger Blick ekelte sie an. Julia biss die Zähne zusammen. Sie musste diesen Job behalten!

„Vielleicht dürfen Sie uns dort einmal besuchen“, hatte Windolf gesagt und sie losgelassen. Er hatte bereits das Interesse verloren.

Wie ein großer Käfer setzte sich der Helikopter endlich auf den vereisten Platz. Leon, der junge Spanier, der neben Pedro und seiner Frau Catalina der Vierte im Bunde des spärlichen Personalbestandes war, lief eilig hin, um den Gästen behilflich zu sein.

Leon Torres war groß und schlank. Unter seinem schwarzen Haarschopf blitzten blaue Augen, und ohne sein verkrüppeltes Bein wäre er der Schwarm aller Mädchen geworden. Leon bewegte sich schon unter normalen Umständen ruckartig wie ein Roboter, aber nun kämpfte er auf dem Schnee gegen den Wind der Rotorblätter und ruderte heftig mit den Armen, um das Gleichgewicht zu halten. Es wirkte geradezu grotesk. Julia spürte ein tiefes Mitgefühl für den jungen Mann.

Sie sah, wie er zwei Reisetaschen packte und einer Frau die Hand reichte, die aus der Kabine kletterte, ein kleines Bündel fest an sich gedrückt. Ein Mann folgte ihr mit einer großen Tasche.

Etwas viel Gepäck für drei Tage, dachte Julia, und runzelte die Stirn.

Das Hotel sollte erst in zwei Wochen offiziell und mit viel Getöse eröffnet werden, deshalb war auch noch nicht mehr Personal im Haus. Nun hatte Windolf „alte Freunde aus der guten alten Zeit" eingeladen, um ihnen „mal was Gutes zu tun!", wie er es genannt hatte.

Unten führte Leon die Ankömmlinge zum Eingang. Das Bündel in den Armen der Frau verrutschte und ein winzig kleines Gesicht blickte zu Julia. Sie hielt den Atem an. Alles hatte sie erwartet, aber das nicht. Ein Baby!

Der Helikopter startete und drehte in steilem Bogen ab, und wie er im beginnenden Schneetreiben verschwand, schien er zu flüchten.

Windolf stand mit einem Champagnerglas in der Hand in der Eingangshalle. Seine Gesichtszüge entgleisten, als er das Baby sah.

Verflucht, dachte er, so ein schreiender Hosenscheißer hat mir gerade noch gefehlt!

Er hatte nicht gewusst, dass Dieter und Kirstin ein Kind hatten. Das war nicht weiter erstaunlich.

Von den wenigsten seiner alten Freunde, die er eingeladen hatte, wusste er etwas. Windolf fragte sich, welcher Teufel ihn wohl geritten hatte, das überhaupt zu tun. In seine Pläne passte ein Baby ganz und gar nicht.

Schöne Scheiße, dachte er, und versuchte sein Lächeln wieder aufzusetzen. Zu spät.

„Ich dachte mir schon, dass dir das nicht passt", sagte Kirstin. Sie schob ihre Kapuze zurück und presste das Kind noch fester an sich.

„Ach was, so was bringt doch Leben in die Bude! Hey ihr zwei, willkommen in meinem Adlerhorst!"

Windolf breitete die Arme aus und versuchte, alle drei gleichzeitig zu umarmen. Der Champagner tropfte zu Boden.

„Hallo Boris", sagte Dieter. „Das ist Sarah." Er befreite sich und seine kleine Familie aus der ungeschickten Umklammerung.

Windolf lachte laut. Dann musterte er seine ehemaligen Gefährten und seine gute Stimmung sank.

Himmel nochmal, die beiden sahen aus wie Herr und Frau Biedermann, wie sie da so in ihren wattierten Mänteln vor ihm standen. Wahrscheinlich wohnten sie in einem miefigen Reihenhaus und hockten, seit sie das Kind produziert hatten, nur noch vor der Glotze. Das war früher anders gewesen, aber wer weiß? Vielleicht

konnte er diese Schlafwandler wieder aufwecken, er hatte ja genügend Mittel. Das könnte sogar richtig amüsant werden! Wieder lachte er laut.

„Kannst du uns bitte unser Zimmer zeigen? Ich muss Sarah umziehen.“ Kirstin wollte nur noch weg. Sein Lachen ängstigte sie.

In Boris Windolfs Augen hatte sie erkannt, dass er sich kein bisschen verändert hatte. Boris!

Kirstin wäre am liebsten durch die Türe gestürmt und mit Sarah wieder in den Helikopter gestiegen. Was für ein Wahnsinn hierher zu kommen! Wieso nur hatte sie sich von Dieter dazu überreden lassen? Hatten sie überhaupt eine Wahl gehabt?

Und nun gab es kein Zurück. Der Pilot hatte ihnen erzählt, dass es seit Jahren nicht mehr so viel Schnee gegeben hatte und dass weitere schwere Stürme erwartet wurden, die diesen Ort zur Falle machten.

Gott steh uns bei!

„Macht euch frisch und dann treffen wir uns alle im Salon und trinken einen anständigen Schluck auf unser Wiedersehen.“ Windolf schwenkte sein Glas, ganz der joviale Gastgeber.

„Julia! Bringen Sie meine lieben Freunde in ihr Zimmer und dann will ich Sie an der Bar sehen!“

Julia tauchte mit einem Lächeln hinter Kirstin auf.

„Darf ich Ihnen helfen?“ Sie streckte die Hände nach dem Baby aus, das die junge Frau mit großen Augen aufmerksam musterte.

Kirstin drehte sich mit Sarah weg. „Bitte, nehmen Sie doch die Tasche!“

„Selbstverständlich.“ Julia ging mit Leon an ihrer Seite voraus in den ersten Stock.

Krüppel! dachtc Windolf, der beobachtete, wie Leon die Stufen hinauf wankte. Das Allererste was ich mache, wenn in zwei Wochen endlich richtiges Personal hier einfliegt, ist dich fliegen zu lassen. Du ruinierst ja die ganze Stimmung!

Natalia war die ganze Zeit am Fenster der Suite gestanden und hatte ebenfalls die Ankunft der letzten Gäste verfolgt.

Auch sie war über die Ankunft eines Babys erstaunt, aber eigentlich wunderte sie sich über nichts mehr. Die Leute, die bisher im Hotel eingetroffen waren, erschienen ihr seltsam genug und passten überhaupt nicht zu den Menschen, mit denen sich Windolf sonst umgab.

Normalerweise waren es Männer mit Geld, Ansehen und meistens ohne Moral. Was die Frauen betraf, zählte nur Schönheit und dass sie sich verhielten wie Sklavinnen. Boris Windolf hielt sich

für Gott, das wollte er ständig bestätigt haben, und er langweilte sich schnell.

Natalia war seine neuste Errungenschaft, eine weitere Perle auf einer langen Kette von kurzfristigen Beziehungen.

Natalia war sich dessen bewusst und keinesfalls unglücklich darüber. Im Gegenteil. Sie wäre am liebsten davongelaufen. Es war ein schlimmer Fehler gewesen, diesen Mann hierher zu begleiten. Vor dem dunkler werdenden Hintergrund sah sie ihr Spiegelbild in der Scheibe.

Ein blasser Engel. Um ihr herzförmiges Gesicht lockten sich lange blonde Haare, – gesegnet sei das Wasserstoffsuperoxid! – ihre Lippen waren von Natur aus voll und sie hatte eine Figur, wie Männer es sich wünschen. Diese verdankte Natalia zum einen Teil den Genen ihrer Großmutter. Der Rest war das Resultat einer strengen Diät mit gelegentlichen Kotzeinlagen. Sie hatte Hunger! Seit Natalia zwölf war und sich die ersten zarten Rundungen unter ihrem abgewetzten Pullover gezeigt hatten, hungerte sie.

„Kind“, hatte ihre Mutter immer gepredigt. „Kind, du musst auf deine Figur achten! Für Frauen wie uns gibt es nicht viele Möglichkeiten für ein besseres Leben. Du musst einen reichen Mann finden! Reiche Männer haben Auswahl! Sie können aussehen wie Affen, aber sie können jede Frau

haben! Also musst du schön sein! Du willst doch raus aus diesem Dreck?“

Natalia erinnerte sich gut an die schäbige Küche, in der es ständig nach gekochtem Gemüse roch. Gemüse, weil selten Geld für etwas anderes blieb.

Ihre Mutter, eine kleine, rundliche Frau, rackerte sich als Putzfrau ab, um die Miete für die winzige Wohnung zu bezahlen, in der sie mit ihrer einzigen Tochter lebte.

Wie so viele junge Frauen hatte Natalias Mutter auf ein besseres Leben gehofft und war einem Mann nach Deutschland gefolgt. Er hatte als Ingenieur in jener trostlosen Stadt in Russland gearbeitet, in der sie gelebt hatte. Jung und naiv, hatte sie ihm nur zu gern alles geglaubt. Wie hätte sie in ihrer Verliebtheit ahnen können, dass er bereits verheiratet war und ein Kind hatte, und weder Zeit noch Lust, sie für den Rest ihres Lebens auf Händen zu tragen.

Er mietete ihr ein Zimmer in einer Pension am Rande der Stadt, und als sie mit Natalia schwanger wurde, ließ er sie fallen. Einzig dem Glauben an einen rachsüchtigen Gott verdankte Natalia ihr Leben. Ihre Mutter hatte es nicht gewagt, das Kind abzutreiben. Und nun setzte sie alle Hoffnungen auf ihre Tochter, die außergewöhnlich hübsch war und mit den richtigen Kniffen und strenger Disziplin einen besseren Weg beschreiten würde.

Natalia verbrachte ihre Kindheit in einer Art Strafgefangenenlager das ihr die Luft zum Atmen raubte. Sie war keine besonders gute Schülerin, aber die Zeit, die sie in der Schule verbringen konnte, bedeutete ein kleines Stück Freiheit von ihrer unerbittlichen Mutter. Doch sie liebte sie, es gab sonst niemanden. Natalia litt darunter, keinen Vater zu haben. Gleichzeitig dachte sie, dass es ohne ihn doch besser war. Ihre Mutter redete voller Hass und Verachtung über die Männer.

„Alles Lügner und Betrüger, die dein Leben zerstören!"

Die erste, unschuldige Verabredung mit einem älteren Mitschüler brachte Natalia Schläge ein, die sie nie mehr vergaß.

Jeder Knochen in ihrem Leib schmerzte und auf ihrer Haut bildeten sich Flecken, die später in sämtlichen Farben des Regenbogens erblühten.

„Du dummes Miststück!", kreischte ihre Mutter und schlug mit einem Verlängerungskabel auf sie ein. „Willst du alles kaputt machen? Ja? Willst du das?"

Während sie schrie und tobte, konnte Natalia die Verzweiflung in ihren Augen sehen.

„Willst du schwanger werden? Einen verdammten Bastard gebären und den Rest deines Lebens hier verkommen?"

Natalia versuchte, die Schläge mit den Händen abzufangen. Rote Striemen brannten auf ihren Handflächen wie Feuer.

„Nein Mama!“, schrie sie. „Bitte! Ich habe doch nichts getan! Hör auf! Bitte!“ Natalia flüchtete schluchzend in eine Ecke.

„Oh Gott!“ Ihre Mutter ließ sich laut stöhnend auf den Küchenschemel fallen. „Oh Gott, verzeih mir!“

Das Kabel glitt ihr aus der Hand, Tränen rollten über ihre Wangen. Natalia kroch zu ihr und umschlang ihre Knie.

„Mama.“ Sie klammerten sich aneinander und weinten. Jede aus einem anderen Grund.

Und nun stand Natalia hier und sah nichts anderes als ihr eigenes, ängstliches Gesicht in der Scheibe. Sie hatte einen großen Fehler gemacht. Sie hätte Windolf sofort verlassen sollen, als er seine Maske fallen ließ. Er war ein Tier.

Nein, kein Tier war wie er! Er war etwas, wofür Natalia keinen Namen fand.

Vor dem Haus wirbelte der Sturm schwere, dicke Flocken wie Schmetterlingsschwärme durch die Luft. Sie sanken zu Boden und wuchsen Schicht um Schicht zu einer Mauer aus Eis.

„Natalia! Beweg deinen Arsch und komm endlich runter!“

Malte Kern kicherte laut, als er Windolf durch das Treppenhaus brüllen hörte.

Malte lag mit ausgestreckten Armen und Beinen auf dem übergroßen Doppelbett in seinem Zimmer. Alles in dem Raum war in Rot und Gold gehalten. Seide auf dem Bett und an den Wänden schimmerte um die Wette mit den goldenen Spiegelrahmen und Leuchten.

In dieser Umgebung wirkte Malte noch farbloser. Er war fünfundvierzig Jahre alt, aber er sah aus wie ein Greis.

Ein hässlicher Greis. Die Drogen und Tabletten, die er, seit er fünfzehn war, wie Bonbons verschlang, hatten tiefe Spuren hinterlassen. Sein Gesicht war von Furchen durchzogen, seine Haut fleckig, und alles an ihm, selbst seine Haare und Kleider, undefinierbar graubraun. Er sah aus wie ein Apfel, der lange im Gras gelegen hatte und nun von Schimmel überwuchert wurde. Malte war sich dessen nicht bewusst. Er sorgte seit Jahren gewissenhaft dafür, dass er nicht plötzlich mit dem Schock eines klaren Moments konfrontiert wurde.

Und Birgit, die, befangen von dem Prunk um sie herum, neben ihm auf der Bettkante saß, war sein Aussehen längst egal. Sie selbst hatte ja auch einmal besser ausgesehen. Ihre schwarzen Haare hatte sie frisch gewaschen, nun kringelten sich die Locken um ihr rundes Gesicht. Birgit hatte ihre besten

Sachen angezogen, aber hier wirkten sie schäbig und armselig. Seufzend trank sie einen großen Schluck aus dem schweren Kristallglas.

Portwein? Egal, sie begann sich schon besser zu fühlen. Wem ihre Kleider nicht passten, konnte gefälligst woandershin schauen! Wie sollte sie sich mit ihrer gelegentlichen Arbeit als Kassiererin auch was anderes leisten können! Als alleinstehende Frau.

Malte zählte nicht! Birgit schnaubte und nahm noch einen großen Schluck.

Malte war nach Jahren plötzlich wieder aufgetaucht, gerade als es ihr wirklich schlecht ging. Birgit hatte gewusst, dass er ihr nicht helfen konnte, aber sie hatte sich an ihn geklammert, um nicht im Grauen zu ertrinken. Malte kam und ging, Birgit wollte gar nicht wissen, was er trieb. Hauptsache, er vergaß sie in seinem Nebel aus Drogen und Alkohol nicht völlig. Es gab sonst niemanden.

Niemand, der auch ohne Worte verstand, was mit ihr los war. Seine Pillen wollte Birgit nicht. Diese Dinger machten alles nur noch schlimmer und sie hatte wieder versucht, sich umzubringen.

Malte hatte sie gerettet. Er hatte ihre Handgelenke verbunden und das Blut weggewischt.

Natürlich hatte er dabei die ganze Zeit gekichert; ein schreckliches, gackerndes Kichern, das die meisten Leute sofort in den Wahnsinn trieb. Birgit war daran gewöhnt, und sie wusste, dass es eigentlich nichts zu bedeuten hatte. Malte kicherte immer. Er würde noch kichern, wenn er im Sterben lag. Waren sie ein Paar? Nein, ja, vielleicht, nein, sowieso egal.

„Natalia! Verdammt nochmal, komm her!“

„Iiiaaaaahhh“, Malte krümmte sich mit einem Lachanfall auf der Decke.

„Ganz der Alte, unser Boris!“, rief er und rang nach Luft. „Immer noch der Herr über alles Leben, und wehe den Ungehorsamen!“

Birgit fand, dass das kein Grund zur Heiterkeit war, ganz im Gegenteil. Hastig leerte sie ihr Glas und machte sich auf den Weg zum bestens bestückten Kühlschrank. Noch ein Gläschen konnte sicher nicht schaden.

Sie studierte die Namen auf den Etiketten der Flaschen. Birgit kannte keinen einzigen. In ihrem Supermarkt standen solche Tröpfchen jedenfalls nicht im Regal.

„Dasselbe nochmal“, murmelte sie schließlich und griff nach der angebrochenen Flasche.

„Was meinst du?“ Sie drehte sich zu Malte, der sich inzwischen beruhigt hatte und nur noch vor sich hin stierte.

„Was ist der Grund für diese seltsame Einladung? Boris lebt doch seit ... seit damals in einer völlig anderen Welt?“ Mit einer weit ausholenden Geste zeigte sie durch den Raum. „Was soll das jetzt?“

„Keine Ahnung“, grummelte Malte. Er richtete sich auf und ließ seine mageren Beine vom Bettrand hängen. „Ist doch scheißegal!“

„Nein, es ist nicht scheißegal!“ Birgit starrte ihn wütend an. „Was will er von uns?“

Malte ließ nun auch noch die Schultern hängen. Mist, das hatte er sich auch schon gefragt, aber gleich wieder aufgehört damit. Wenn Boris rief, stellte man keine Fragen.

Wo zum Teufel war die kleine Schachtel mit den Sonnenblumen auf dem Deckel?

Er brauchte ganz dringend etwas Sonne.

Malte stand auf und wollte zu seiner zerknautschen Reisetasche gehen, aber Birgit versperrte ihm den Weg. Sie starrte in seine Augen, und wie sie da so dicht vor ihm stand, mit den noch feuchten Locken, erkannte er in ihr plötzlich wieder das junge Mädchen, das ihn vor zwanzig Jahren so zum Lachen gebracht hatte. Ein echtes, unbeschwertes Lachen, das tief aus dem Bauch kam und die Seele massierte.

„Glaubst du, es sind Gewissensbisse?“

Als sie das sagte, war der magische Moment vorbei. Vor ihm stand nur noch eine erschöpfte Supermarktkassiererin, deren Leben mit Anfang vierzig längst vorbei war.

Die Schachtel! Wo verdammt war denn die Schachtel?

Er schob Birgit unsanft zur Seite. „Gewissensbisse? Wer von uns ist hier high? Denkst du, Gott hat Gewissensbisse?“

Er bekam einen Hustenanfall und wankte Richtung Bad. Malte verriegelte die Tür, er wollte nichts mehr sehen und hören, und auf gar keinen Fall weiter mit Birgit diskutieren. Sich auf ein Gefecht einlassen, das schnurstracks und ohne Halt in die Hölle führen würde. Naja, besser gesagt noch eine Etage tiefer, denn in der Hölle war er ja schon.

Im Salon gab sich Pedro Mas alle Mühe, möglichst geräuschlos das Kaminfeuer zu entzünden. Der Kamin war riesig und man hätte darin sowohl einen Ochsen, wie auch einen unliebsamen Zeitgenossen braten können. Pedro hätte sich im Moment für seinen neuen Chef entschieden, wenn man ihn gefragt hätte. Er mühte sich mit den Birkenscheiten ab. Dabei schielte er von Zeit zu Zeit über seine Schulter und musterte den rothaarigen Mann, der schlafend in einem mit Fell überzogenen Sessel lag. Der Mann atmete unruhig und kräuselte wütend die Stirn.

Wer weiß, was der gerade träumt, dachte Pedro. Egal, Hauptsache er wird nicht wach und brüllt in der Gegend herum, so wie Señor Windolf, der öfters aus heiterem Himmel einen Wutanfall bekam. Und das war dann wirklich gar nicht lustig. Nein gar nicht! No!

Endlich leckten hellrote Flammenzungen über die säuberlich aufgestapelten Holzscheite. Wie verwöhnte Kinder, die vorsichtig eine ihnen unbekannte Speise probieren.

„Bien?“, murmelte Pedro, und im selben Moment zerbarst ein Scheit mit einem lauten Knall.

Pedro und der Mann im Sessel stießen den gleichen Schreckenslaut aus.

„Himmel“, sagte Carsten Sommer und fasste an sein Herz. Die Illustrierte auf seinen Knien war zu Boden gefallen. Er lächelte, als er Pedros entsetztes Gesicht sah.

„Volltreffer!“ Carsten grinste und zielte mit seinem Zeigefinger auf dessen Stirn.

Pedro lächelte verlegen. „Entschuldigen Sie.“ Hastig verschwand er aus dem Salon.

Carsten blickte ihm enttäuscht nach. Er hätte sich gerne ein wenig unterhalten, aber anscheinend hatte Boris auch hier seine Untertanen so unter der Fuchtel, dass sie sich schon aus dem Staub machten, noch bevor es irgendeinen Grund zu Beanstandungen gab.

Seufzend bückte er sich nach seiner Zeitschrift. Es war die neuste Ausgabe eines Computermagazins, dessen Chefredakteur er war.

Verärgert betrachtete Carsten die Titelseite. Es gab heutzutage viele solcher Zeitschriften und die Umsatzzahlen befanden sich auf einer rasanten Talfahrt. Er musste etwas tun, denn lange konnte das so nicht weitergehen. Aber was? Carsten war intelligent und nach seinen wilden Jahren hatte er sich mit Anfang dreißig doch noch gefangen und Schritt für Schritt Karriere gemacht. Naja, Karriere war vielleicht etwas übertrieben, aber immer noch besser als das, was aus Malte geworden war.

Und nun? Carsten war eben fünfzig geworden, es blieb nicht mehr viel Zeit, die richtigen Weichen zu stellen! Aber welche? Er grübelte schon lange darüber nach, aber bis jetzt hatte er noch nicht einmal den Hauch einer Idee.

Das lag vor allem daran, dass er in der letzten Zeit einfach nicht mehr richtig bei der Sache war. Carsten schlief schlecht. Das heißt, er schlief andauernd. Falls man das überhaupt Schlaf nennen konnte, diesen Dämmerzustand, in den er oft auch zu den unpassendsten Gelegenheiten fiel.

Und dann kamen die Träume. Diese Albträume waren grauenvoll und endeten immer gleich.

Plötzlich stand er in Flammen, er konnte sich nicht mehr rühren und er konnte nicht schreien. Carsten musste wie gelähmt zusehen, wie Flammen über seinen Körper züngelten und seine Haut Blasen warf. Seltsamerweise war das Feuer kalt, doch die

Schmerzen waren mörderisch. Und jedes Mal, kurz bevor er aus seinem Albtraum aufschreckte, stand der kleine Junge vor ihm.

Die Luft waberte durch die Hitze der Flammen. Das Gesicht des Jungen schien zu kochen und seine Augen, die Carsten hilfeflehend ansahen, bohrten sich in sein Herz. Der Junge streckte beide Hände nach ihm aus und begann zu schreien. Seine Stimme überschlug sich vor Angst und Schmerz und das brachte Carsten zu sich. Jedes Mal erwachte er mit dem Echo dieser gellenden Stimme in seinen Ohren. Es dauerte immer sehr lange, bis sie verstummte und das Brennen auf seiner Haut nachließ.

Diesmal hatte Carsten einfach nur so vor sich hingedöst, ohne zu träumen, bevor er von Pedro geweckt wurde. Eine himmlische Erfahrung! Müde lehnte er sich wieder zurück in das weiche Fell. Er beobachtete die Flammen, die nun kräftig loderten und sich mit lautem Knistern durch das Holz fraßen.

Wirklich angenehm hier, das musste man Boris lassen. Zum ersten Mal seit Monaten lockerten sich seine Muskeln und Carsten fühlte sich nicht wie ein Stein. Wunderbar. Fasziniert verfolgte er den Flug der kleinen Glutstückchen und genoss den wundervollen Duft, den die brennenden Scheite verströmten.

Dann sah er den Jungen.

Das ist einfach nicht möglich!

Er richtete sich auf und blinzelte. Doch es war so! Der Junge stand mitten im Feuer und starrte ihn an.

Carsten begann zu schreien.

Pedro schloss die Tür zum Garten mit einem lauten Knall.

„Ayayaiii, heilige Muttergottes!“ Er stöhnte laut und drehte sich zu Catalina um.

Seine Frau stand in der chromglänzenden Küche und richtete die Platten für den Aperitif.

Catalina war wie er über sechzig, und in seinen Augen die schönste Frau der Welt. Schlank, etwas knochig vielleicht, aber er liebte jede Falte in ihrem herben Gesicht.

Noch zwei Jahre, dann hatten sie es geschafft, und die Plackerei wäre zu Ende. Dann bekämen sie Rente, könnten zurück in ihre Heimat und sich ein schönes Leben mit ihrem sauer ersparten Geld machen. Nicht, dass es ihnen hier nicht gefiel. Sie arbeiteten nun schon so lange gemeinsam in diesem Land und sie hätten nie ein solches Leben gehabt, wenn sie in ihrer Heimat geblieben wären.

Aber hier war alles teuer und es war kalt. Und diese Kälte begann sich mit dem Alter in den Knochen einzunisten und ließ sich kaum mehr vertreiben. Nein, nein, sie würden wieder zurückgehen.

„Wenn das so weitergeht, mein Herz, werden wir wohl drei Monate ausharren müssen, bevor man uns befreien kann“, sagte Pedro.

Catalina blickte prüfend über die großen, silbernen Tabletts vor ihr.

„Nun übertreib doch nicht immer so“, erwiderte sie geistesabwesend.

Hatte sie auch wirklich nichts vergessen? Windolf würde ihr das Tablett an den Kopf werfen, sollte etwas von diesen exquisiten Häppchen fehlen.

In der großen Küche wirkte Catalina wie ein Fremdkörper. Alles, was hier nicht aus Chrom, Silber oder Granit war, schien fehl am Platz. Der Raum war nicht dafür gemacht, mit Leben gefüllt zu werden. Selbst die Petersilie auf den Lebercrostinis schien vorzeitig zu welken.

„Ha! Ich übertreibe ganz und gar nicht!“, rief Pedro. „Spätestens morgen früh bekommen wir die Türen nicht mehr auf, wenn das so weiter schneit.“

Catalina wusste, dass er recht haben könnte. Schon am Morgen hatte sich der Schnee, der in den letzten Tagen unaufhörlich gefallen war, bis an ihre Brust getürmt. Pedro und Leon waren die ganze Zeit nur damit beschäftigt gewesen, mithilfe der großen Schneefräsen Platz zu schaffen. Es half nichts.

Die Schneemassen kletterten an den Mauern empor, wie die Rosenranken um Dornröschens Schloss. Würden sie hundert Jahre schlafen?

Catalina schob das seltsame Bild vor ihren Augen energisch beiseite und ging in den Kühlraum.

Der ganze Raum war prall gefüllt mit den erlesensten Köstlichkeiten. Alles war vom Fünfsternehotel unten im Ort fertig vorbereitet angeliefert worden. Catalina hatte nichts weiter zu tun, als gewisse Dinge frisch zu braten oder aufzuwärmen. Ein Klacks und geradezu eine Beleidigung ihrer wirklich außergewöhnlichen Kochkünste!

Bitte, wenn die Herrschaften es so wollen! Catalina schnalzte verächtlich mit der Zunge.

Verhungern würden sie auf jeden Fall nicht. Sie blickte sich suchend um und ergriff schließlich eine weitere Silberplatte. Winzig kleine Pastetchen, die mit einem Bissen vertilgt werden konnten, lagen darauf. Catalina musste sie noch schnell warm machen, dann war alles bereit.

Jemand schlug ihm unsanft auf die Wange. Carsten riss die Augen auf und starrte verwirrt in Maltes grinsendes Gesicht.

„Mann, Mann, Mann!“, rief Malte lachend. „Was hast du denn eingeworfen?“

Carsten richtete sich benommen auf. Neben Malte, den er sofort erkannte, obwohl er einfach fürchterlich aussah, stand eine Frau. Sie sah ihn erschrocken an. Birgit? War das wirklich Birgit? Mein Gott!

„Hallo Carsten, geht's wieder?", fragte sie besorgt.

Diese Stimme. Es war tatsächlich Birgit.

„Hat die Party etwa ohne mich angefangen?" Windolf betrat den Raum. Fröhlich und leutselig hatte er sich bei Natalia untergehakt. Neben ihm stand sein bester Freund Eddie.

Eddie, sein Blutsbruder, sein Knecht, und neben Windolf der gewissenloseste Mensch, dem Carsten jemals begegnet war. Er richtete sich auf. Nun waren sie also alle da. Sie umringten ihn und starrten ihn an, als wäre er irgendein Insekt.

Willkommen, dachte er und rappelte sich auf. Willkommen im Panoptikum des Schreckens!

Julia schenkte den Champagner ein und musste sich beeilen, die Gläser gleich wieder nachzufüllen. Es war, als wollten sie irgendetwas damit hinunterspülen.

Etwas Schlechtes.

Julia schaffte es kaum, mit den Silberplatten herumzugehen. Das war nicht weiter schlimm, denn fast alle drängten sich um die kleine Bar und bedienten sich selbst. Alle, außer Natalia.

Die junge Frau stand mit steinernem Gesicht vor dem Kaminfeuer und hatte die Schultern hochgezogen. Es sah aus, als würde sie trotz der Hitze im Raum frieren.

Kein Wunder, in diesem Nichts von Kleid. Julia war sich sicher, dass Windolf es ausgesucht hatte. Es war leuchtend Rot und lag wie eine Haut aus Seide um ihren perfekten Körper. Natalia balancierte auf Absätzen, die so hoch waren, dass Julia darin keinen einzigen Schritt hätte gehen können.

Eine fast greifbare Spannung erfüllte den Raum. Alle umarmten sich und plapperten durcheinander. Doch es war offensichtlich. Sie waren nervös und ganz sicher nicht freiwillig hier. Es musste einen wirklich schwerwiegenden Grund geben, dass diese Leute Windolfs Einladung gefolgt waren.

Malte starrte mit großen Augen auf einen knallgelben Plastikbären, den Kirstin auf der Bar platzierte. Es war ein kleiner Lautsprecher, aus dem es unaufhörlich brabbelte.

„Ein Babyfone?“, rief er und die Augen fielen ihm fast aus dem Kopf. Verflucht, auch das noch!

Malte schielte zu Birgit, die immer noch an Carstens Seite stand wie eine aufdringliche Krankenschwester. Nun blickte sie überrascht zu ihm.

„Wenn du nichts dagegen hast“, sagte Kirstin verärgert. „Die Kleine schläft noch nicht und so kann ich hören, was los ist.“ Sie hielt Dieters Arm umklammert, der Malte böse ansah.

Malte hatte sich mit seinen Tabletten schon gut auf das Wiedersehen vorbereitet. Aber anscheinend nicht gut genug. Ein Baby! Der Raum begann sich zu drehen und er spürte, wie ihm der Schweiß den Rücken hinunterlief.

„Ein Baby?“ Birgit war zu ihnen gekommen. Ihr rundes Gesicht war blass. „Ich wusste nicht, dass ihr ein Kind habt.“

„Woher auch“, knurrte Dieter. „Schließlich haben wir uns ja fast zwanzig Jahre nicht mehr gesehen.“

„Und ihr habt es mitgebracht?“ Birgit schwankte.

Dieter fand, dass sie bescheuert aussah, mit dem einfältigen Ausdruck im Gesicht. Nicht zu glauben, wenn man an früher dachte. Was war nur aus der schwarzen Raubkatze geworden.

„Ja, wir haben Sarah mitgebracht.“ Kirstin wollte sich eigentlich wütend verteidigen. Aber als sie den Blick in Birgits Augen sah, wurde sie von einer Welle des Mitgefühls erfasst.

„Hast du auch Kinder?“, fragte sie leise.

Hurra, dachte Malte. Lasst das Massaker beginnen. Lasst uns mit bloßen Händen in den Eingeweiden wühlen und das Herz herausreißen. Wir könnten es im Kamin grillen.

„Ja“, sagte Birgit. Ihre Hände krampften sich um das Champagnerglas.

„Wie viele denn? Und wie alt sind sie?“ Kirstin war überrascht.

„Zwei Töchter.“ Birgit nuschelte und war kaum zu verstehen.

„Und?“, fragte Dieter irritiert.

Birgits Körper versteifte sich. „Ich weiß es nicht.“ Sie schluchzte unterdrückt. Abrupt wandte sie sich ab und ging zurück zu Carsten.

Kirstin blickte fragend zu Malte, der hörbar die Luft ausstieß.

Halleluja, wir können die Messer weglegen!

„Man hat ihr die Kinder weggenommen“, sagte er müde. „Ist schon lange her und wir haben keine Ahnung, was aus ihnen geworden ist.“

„Ach so.“ Kirstin sagte es, als ob es das Natürlichste der Welt wäre. Birgit darf keine Kinder haben, wirklich nicht.

Malte überlegte kurz, ob er ihr seinen Champagner ins Gesicht schütten, oder noch besser, sie an ihren akkurat gestylten Haaren packen und mit dem Gesicht in die Platte mit den Lachshäppchen drücken sollte. Solange, bis der überhebliche Ausdruck aus ihrem Gesicht verschwunden war. Solange, bis überhaupt jeglicher Ausdruck für immer verschwunden war! Aber das wäre nicht nett. Die ganze schöne Partystimmung wäre im Eimer, und Schuld hätte wieder einmal der alte Malte!

Er kicherte nervös. Kirstin und Dieter sahen ihn angewidert an und das löste bei ihm einen geradezu hysterischen Lachanfall aus.

„Was ist denn so lustig? Darf ich mitlachen?“ Eddie gesellte sich zu ihnen. Es war, als wäre es plötzlich kühler geworden. Schweigend musterten sie ihn, mit einer Mischung aus Abscheu und Unbehagen.

Eddie hatte sich in den letzten zwanzig Jahren kaum verändert. Groß, sportlich, einzig seine Haare waren grau geworden. Das sah gut aus, und wie er so dastand, perfekt und teuer gekleidet und nach Rasierwasser duftend, hätte er Werbung machen können für das neuste Männerparfüm.

Oder für Bestattungen der ganz besonderen Art, dachte Malte. Wie kann man nur so viel Glück haben. Es war einfach unfassbar. Man wird als Sohn unanständig reicher Eltern geboren! Man sieht gut aus und kann sich alles kaufen. Autos, Mädchen, Drogen und Freiheit. Die Freiheit, alles zu tun was man will, ohne jemals dafür bestraft zu werden. Und kein Mensch vermutet hinter der Fassade dieses immer freundlich lächelnden Engels den Sumpf, in dem sich die Maden winden. Scheiße!

„Schon wieder vergessen“, sagte Malte lachend und wich Eddies forschendem Blick aus. „Kann mir meine eigenen Witze nicht einmal mehr eine Minute merken.“ Er knallte sein leeres Glas auf den Tresen und lief ins Treppenhaus.

Das geht nicht! Das geht so nicht. Ich brauch was Stärkeres!

Gott sei Dank war Malte so klug gewesen und hatte sich einen großen Vorrat an kleinen, süßen Helfern mitgebracht.

Dass das Meiste davon gar nicht ihm gehörte, sondern von ihm für seinen, na sagen wir mal, Chef verkauft werden sollte, verdrängte er.

Immer schön ein Problem nach dem anderen.

Als Malte zufrieden und in bester Stimmung zurückkam, begann das, was er später als Anfang vom Ende bezeichnete.

Als Ersten traf es Eddie. Er schob sich eines dieser himmlisch duftenden Trüffelpastetchen in den Mund und biss genüsslich darauf herum. Er rollte es über seine Zunge, um den Geschmack auszukosten. Plötzlich schnitt er eine entsetzte Grimasse und sah gar nicht mehr so gut aus.

„Aahh!“

Eddies Schrei klang gedämpft, aber alle drehten sich nach ihm um und sahen, wie er das Pastetchen, das sich nun in Brei verwandelt hatte, in hohem Bogen auf den Teppich spuckte. Der Teppich war cremefarben und das Klümpchen leuchtete hellrot.

Eddie beugte sich vor und wischte sich über den Mund.

Von seinem Kinn tropfte Blut.

„Was zum Teufel soll das?“, brüllte Windolf, der neben ihm stand und hektisch einen Schritt zurücktrat.

Im selben Moment schrie Birgit auf und entledigte sich auf die gleiche Weise ihres Pastetchens. Wenigstens blutete sie nicht, oder doch? Ihre Zähne waren hellrot.

Dieter, der sich eben vom Tablett bedient hatte, legte das Pastetchen erschrocken zurück.

„Verdammt waf ift daf für eine Feiffe!“ Eddie kreischte und versprühte dabei einen feinen Regen aus Speichel und Blut.

Er zerrte ein Taschentuch aus seiner Hosentasche und wischte sich damit über das Kinn. Nun sah er endgültig aus wie ein Vampir nach der Vorspeise.

Malte wollte laut loslachen, doch dann entdeckte er das Blut an Birgits Mundwinkeln.

„Mach den Mund auf!“, befahl er. Mit schreckgeweiteten Augen gehorchte sie.

Ein Schnitt, ein kleiner Schnitt quer über ihre Zunge, aus dem immer noch munter das Blut floss. Birgit begann zu würgen.

„Hier, nehmen Sie das.“ Julia kam mit einer Schale Eiswürfel. Zögernd steckte sich Birgit einen in den Mund und begann daran zu saugen. Julia half ihr in einen Sessel, bevor sie umkippen konnte.

Windolf rannte fluchend hin und her. Sie waren alle schockiert, einzig Carsten fasste sich und kniete sich auf den Teppich.

Mit spitzen Fingern hob er angewidert den kleinen Klumpen auf, den Eddie ausgespuckt hatte, und legte ihn vorsichtig auf einen Teller. Sie drängten sich um ihn, als er mit einem Zahnstocher den Teig zerteilte. Zum Vorschein kam ein winziges Stück einer Rasierklinge, an dem noch ein Bröckchen schwarzer Trüffel klebte. Und Eddies Blut.

„Mein Gott", flüsterte Kirstin.

„If hätte fterben können!" Eddie war außer sich. Die Blutung hatte aufgehört, aber er sah aus wie ein Kind, das sich mit Sirup vollgesabbert hatte.

„Catalina!" Windolf fegte die Silberplatten vom Tisch. „Catalina!"

Erschrocken und außer Atem erschien Catalina in der Tür. Mit beiden Händen hielt sie ihre Schürze fest, die sie im Laufen ausgezogen hatte.

Dios mio! Ihr Magen krampfte sich zusammen, als sie die Szene überblickte. Dios mio!

Windolf ließ ihr keine Gelegenheit, auch nur ein Wort zu sagen. Er raste auf sie zu und Catalina dachte, er würde sie schlagen. Seine Augen waren gelb vor Zorn und was sie schon die ganze Zeit vermutet hatte, bestätigte sich jetzt. Für diesen Mann galten keine Regeln. Im letzten Moment beherrschte er sich.

„Willst du uns alle umbringen, du verdammte Hexe?“, brüllte er. Seine Hände hatte er zu Fäusten geballt.

„Señor, was ist denn passiert?“, stammelte Catalina verwirrt.

„Was passiert ist? Bist du blind, du dumme Kuh? Das ist Blut! Was hast du in diese gottverdammten Dinger getan?“

Windolfs Stimme überschlug sich. Nun würde er sie doch schlagen.

„Bitte.“ Julia schob sich vor Catalina. „Sie kann wirklich nichts dafür. Das ganze Essen wurde zubereitet angeliefert, das wissen Sie doch!“

Windolf ließ die Fäuste sinken und blinzelte. Er bemerkte, dass alle ihn anstarrten. Gut, gut, er musste sich zusammennehmen.

„Das muss unten im Hotel passiert sein“, sagte Julia beschwörend.

Windolf wollte ihr über den Mund fahren, aber er schwieg. Er glaubte nicht, dass sie recht hatte, nein, wirklich nicht. Stücke von Rasierklingen gelangten nicht einfach durch einen dummen Zufall in seine Trüffelpasteten! Das hatte irgendjemand hier, in seinem Haus getan. Er würde herausfinden wer, und dann, Gnade ihm Gott! Sie alle sollten doch wissen, dass man ihn niemals herausforderte.

„Ab in die Küche und pass auf, was du uns zum Abendessen servierst“, knurrte er.

Zitternd vor Schrecken und Empörung hastete Catalina davon.

„Woher haft du eigentlif dein Perfonal?“, beschwerte sich Eddie wütend. Seine Zunge brannte und der Geschmack im Mund war widerlich.

Windolf beobachtete mit zornig gerunzelter Stirn, wie Julia die Trümmer vom Boden auflas und den Raum verließ.

„Keine Ahnung, meine Geschäftsführerin macht das. Glaubst du, ich hätte Zeit, mich um so einen Mist zu kümmern?“

„Ef wäre aber beffer gewefen, du hätteft dich gekümmert!“

Da musste er seinem guten, alten Eddie recht geben. So jemand, wie diese dämlichen Leute, war noch nie in seinem Namen engagiert worden. Er musste wohl dringend ein ernstes Wort mit seiner persönlichen Assistentin reden. Sie sollte doch eigentlich wissen, welche Ansprüche er stellte. Vor allem hier, in diesem Hotel, das die Krone all dessen war, was er sich jemals geleistet hatte.

Kirstin war immer noch kreidebleich. Sie klammerte sich an Dieters Arm.

„Ich wusste es“, stöhnte sie leise.

„Was meinst du denn?“ Dieter fixierte den kleinen roten Fleck auf dem Teppich.

„Verstehst du es wirklich nicht? Er will uns alle umbringen!“

Das Kind weinte leise. Mit einem stechenden Kribbeln kehrte das Leben in seinen Körper zurück und strömte durch seine steifen Glieder.

Nun konnte es spüren, dass es auf etwas Hartem lag.

Das entsetzliche Gefühl, vollkommen verloren im dunklen Weltall zu schweben, verschwand. Seine tauben Arme lagen dicht angelegt an seinem Körper. Es bewegte die Finger.

Holz.

Das Kind lag auf rauem Holz, unter seinen Handflächen fühlte es kleine Splitter. Aber so sehr es sich auch anstrengte, es konnte sich nicht bewegen, Schmerzen schossen wie kleine Pfeile in sämtliche Glieder. Über seine Wangen kullerten Tränen und es starrte mit offenen Augen in die Dunkelheit. Noch immer war kein einziges Geräusch zu hören.

Eine unendliche Verzweiflung stieg in ihm auf. Wo war es? Und wieso war es hier? Für den Bruchteil einer Sekunde flackerten Bilder und Gedanken auf. Wie Blitzlichter, die für die Länge eines Wimpernschlags einen dunklen Raum erhellen. Das Kind konnte sie nicht festhalten, genauso wenig wie es sich bewegen konnte.

Mama? Mama!

Der Schrei verhallte in seinem Kopf.

Es war so still.

Sturm

Der Wind hatte aufgefrischt und fegte pfeifend über das Plateau. Die Lichter unten im Tal waren längst nicht mehr zu sehen. Flocken wirbelten schwindelerregend durch die Luft und die Konturen des Hauses verwischten. Mit einem lauten Krachen barst der Stamm eines Baumes unter der Schneelast. Was einmal ein Garten gewesen war, hatte sich in eine bizarre Landschaft verwandelt, in der die Lampen nur noch schwach durch die dicke, weiße Decke schimmerten. Einzig die hell erleuchteten Fenster reflektierten im Schneetreiben.

Leon und Pedro standen Schulter an Schulter vor dem Hoteleingang. Trotz der Daunenjacken und den Fellmützen froren sie erbärmlich. Die Temperatur war durch den Sturm noch mehr gefallen.

„So“, sagte Pedro, und warf seine Schaufel in die Ecke.

„Ende, das war‘s. Wir können nichts mehr tun.“

Leon blickte über die weiße Fläche. Es war sinnlos, sich noch weiter abzumühen. Sie mussten alle im Haus bleiben. Es gab keinen Weg mehr ins Tal und der Helikopter konnte bei diesem Wind nicht fliegen. Sie konnten nur beten und hoffen, dass es keinen Notfall gab. Die einzige Möglichkeit hier wegzukommen, war mit Skiern. Aber das grenzte an Selbstmord. Schweigend starrten sie zum Himmel, jeder versunken in seine eigenen unguten Gefühle. Dann hörten sie Schreie und Gebrüll aus dem Salon.

Geht es schon los? dachte Leon.

Sie blieben reglos stehen, die kleinen Atemwölkchen tanzten vor ihren Gesichtern.

Sie zögerten, das Haus zu betreten.

Dann flackerte das Licht.

„No me lo creo!“, stöhnte Pedro.

Leon verzog das Gesicht. Das Hotel war mit der neusten Technik ausgestattet. Das Problem war nur, dass weder er noch Pedro sich bisher mit allem genau vertraut machen konnten. Sie waren nur kurz eingewiesen worden. Eine eigentliche Schulung hätte ab morgen beginnen sollen. Aber im Moment sah es ganz danach aus, dass sie sich vorläufig alleine zurechtfinden mussten.

Sie seufzten beide erleichtert, als das Flackern aufhörte und die Lampen unter dem Schnee wieder wie kleine, müde Monde leuchteten.

„Verdammt, jetzt rede endlich mit uns! Wieso hast du uns hergeholt? Was soll das, nach all den Jahren?“

Dieter hatte sich vor Windolf aufgebaut und blickte ihn herausfordernd an.

Im Raum wurde es still. Das war die Frage, die sie alle beschäftigt hatte und auf die keiner von ihnen eine Antwort gefunden hatte. Sie hatten sich ihre Gedanken gemacht, natürlich, beunruhigende Gedanken, und genau deshalb waren sie überhaupt hier.

Windolfs Gesichtsausdruck veränderte sich schlagartig. Seine Gastgebermiene war weggewischt.

„Ich habe Post bekommen. Ansichtskarten“, sagte er scheinbar gelassen.

„Ansichtskarten?“ Dieter war irritiert. „Was denn für Ansichtskarten?“

Windolf zog eine buntbedruckte Karte aus der Hosentasche. Er hielt sie in die Höhe und sein Blick glitt lauernd über ihre Gesichter. Gab es irgendeine verräterische Reaktion? Irgendein feines Zucken eines Nervs, das den Absender verriet?

Es gab nicht das geringste Anzeichen. Wer immer das gewesen war, hatte sich vollkommen unter Kontrolle. Alle blickten verständnislos auf die bunte Karte.

Die Luftaufnahme einer Insel und am Rand ein paar Fotos, auf denen die wichtigsten Attraktionen festgehalten waren. Eine Ansichtskarte von Fuerteventura, wie sie von Touristen zu Tausenden in alle Welt verschickt wurden.

Birgit stöhnte leise. Windolfs Blick fraß sich in ihre Augen. War es Birgit gewesen? Die dumme, kleine Birgit, die er heute nicht mehr anfassen würde, selbst wenn sie die letzte Frau auf Erden wäre. Nein, dazu war sie nun wirklich zu blöd.

Noch immer hatte keiner ein Wort gesagt. Na schön.

„Und hier der letzte, anonyme Gruß!“

Er fischte eine weitere Karte aus seiner Tasche und drehte sich mit ihr im Kreis, damit alle sie genau sehen konnten.

Es war dasselbe Motiv. Aber diesmal waren an einer Stelle am Strand drei kleine Kreuze aufgemalt.

Ohne das Prasseln des Kaminfeuers wäre es totenstill gewesen. Windolf betrachtete seine früheren Freunde. Sie sahen alle aus, als ob sie etwas sehr Schlechtes gegessen hätten. Das hatten ja auch zwei von ihnen, nicht wahr?

Malte war das Grinsen vergangen, und er sah aus, als würde er sich gleich übergeben. Birgit bekam einen Weinkrampf, das brachte Malte zu sich. Er legte den Arm um ihre Schultern und gemeinsam ließen sie sich auf eines der Sofas fallen.

Ein reizendes Paar, dachte Windolf angewidert, zwei Ertrinkende, die einfach nicht untergehen wollten.

„Ich dachte, vielleicht hatte einer von euch die Idee, mich zu erpressen.“ Windolf sagte es lachend.

Doch alle wussten, wer immer das getan hatte, würde dafür bezahlen.

Einen sehr hohen Preis.

„Erpressen? Wie um Himmelswillen sollten ausgerechnet wir dich erpressen können?“ Dieters Stimme klang hysterisch. Schweiß perlte auf seiner Stirn. Er wedelte mit den Händen durch die Luft, als wollte er einen Wespenschwarm vertreiben.

Windolf grinste bösartig. „Wie? Das ist die Frage. Vielleicht haben sich ja die Erinnerungen im Lauf der Jahre ein wenig getrübt. Vielleicht glaubt doch tatsächlich einer von euch, er sei unschuldig?“ Jetzt brüllte er.

Sie wichen von ihm zurück. Sie kannten diesen Blick nur zu gut.

„He, alter Freund“, sagte Eddie und legte Windolf die Hand auf die Schulter. „Sowas denkst du doch nicht wirklich von mir?“

Windolf schüttelte sie ab.

„Ich weiß nicht, was ich denken soll.“ Seine Stimme war kalt. „Aber ich werde herausfinden, wer von euch glaubt, dass er mit mir spielen kann! Ich werde mit ihm spielen.“

„Idiot“, knurrte Malte.

Windolf fuhr wütend herum. Dann überzog wieder ein freundliches Lächeln sein Gesicht.

„Es könnte ja sein, dass jemand mit mir reden möchte. Ihr wisst ja, ich lasse immer mit mir reden!

Ich habe ein Herz für euch alle." Er klopfte sich theatralisch auf die Brust. „Bis zum Essen findet ihr mich in der Suite. Natalia, komm!"

Er drehte sich um und verschwand im Treppenhaus. Natalia war blass, aber sie zögerte keinen Moment, ihm zu folgen. Nicht jetzt.

Wie gelähmt blieben sie zurück. Welcher Idiot hatte diese Dummheit begangen und Boris aufgescheucht? Verstohlen musterten sie sich gegenseitig, aber noch immer sagte keiner ein Wort. Keiner wollte die Mauern einreißen, die sie um sich aufgebaut hatten.

Dann führte Malte die schluchzende Birgit hinaus. Schließlich hatten alle den Raum verlassen, alle, außer Carsten. Er stand vor dem großen Fenster und starrte mit leerem Blick hinaus in den Sturm.

Nun ist es also soweit, dachte Carsten, unsere Sünden haben uns eingeholt.

Mit einem Schlag wurde ihm bewusst, dass er eigentlich zwanzig Jahre nichts anderes getan hatte, als auf diesen Moment zu warten. Er war die ganze Zeit auf der Flucht gewesen. Auf der Flucht vor sich selbst und dem Grauen, das seit damals in seinem Gehirn nagte wie ein großer Käfer.

Fast fühlte er sich erleichtert. Er konnte nun aufhören zu fliehen. Er würde die Tür in seinem Kopf öffnen, die er so viele Jahre verzweifelt verbarrikadiert hatte. Mit Arbeit und sinnlosen und gescheiterten Beziehungen. Vergebung würde es niemals geben, das wusste er. Aber vielleicht konnte er endlich Schlaf finden.

Schlaf ohne Träume.

Mit steifen Schritten ging er zur Bar und griff sich die nächstbeste Flasche. Ohne hinzusehen trank er mit gierigen Schlucken. Es war weißer Rum. Carsten schmeckte nichts, er spürte nur das Brennen, das in seinen Magen strömte. Mit der Flasche in der Hand ließ er sich auf seinen Platz vor dem Feuer fallen. Weiches Fell. Während er sich in den Erinnerungen verlor, trank er Schluck um Schluck.

Unter ihm schien der Boden zu schwanken, genau wie damals, als er mit der Fähre auf der Insel ankam.

Es war eine unruhige Überfahrt gewesen und Carsten war froh, als er endlich seinen großen Rucksack schultern und das Schiff verlassen konnte. Er war voller Neugier und Tatendrang, frei wie ein Vogel, aber er stand unschlüssig am Hafen herum. Wohin sollte er zuerst gehen?

Dann hatte ein alter Jeep neben ihm gehalten.

Carsten konnte sein Glück nicht fassen. Am Steuer saß eine hübsche junge Frau. Ihre tief gebräunten Beine steckten in verwaschenen

Hotpants und unter dem dünnen Shirt trug sie nichts. Sie lachte ihn an und es lag nicht an der brütenden Hitze, dass er fast geschmolzen wäre.

„Hey! Wo willst du denn hin?“

„Weiß ich eigentlich noch gar nicht so genau“, antwortete er.

„Na, dann steig ein, ich bring dich zum schönsten Platz auf dieser Insel!“

Er zögerte keine Sekunde. Er warf den Rucksack auf den Rücksitz und setzte sich neben sie.

Sein ganzes Leben hatte er das bereut!

Wäre er doch nur gleich losmarschiert, irgendwohin, oder noch besser, wäre doch nur das verdammte Schiff an den Klippen zerschellt und niemals angekommen!

Die Flasche war fast leer. Egal. Es gab ja genug Nachschub. Wo Boris war, gab es immer genug Mittel für die Reise in die Hölle.

Carsten lachte laut. Damals hatte er auch viel gelacht. Er erinnerte sich nicht mehr an den Namen des Mädchens, das ihn in die seltsame, kleine Siedlung, weit abgelegen von allem, gebracht hatte.

Irgendwo an der Küste hatte ein Spekulant damit begonnen, im absoluten Nichts eine Ferienanlage zu bauen. Nachdem er ein Dutzend kleiner Bungalows und den ersten Stock des Hotelkomplexes hochgezogen hatte, stellte er fest, dass er sich verspekuliert hatte, und beendete die Bauarbeiten.

Außer den Gebäuden im Rohbau hinterließ er noch ein paar windzerzauste Palmen. Sonst gab es nichts. Nur rote Erde und steiniger Strand.

Aber dennoch glaubte sich Carsten im Paradies. Die Anlage war von jungen Leuten in Besitz genommen worden. Sie hatten sich häuslich eingerichtet und lebten vollkommen frei. Der Platz war von der Küstenstraße nicht einsehbar. Niemand interessierte sich für sie.

Die einzige Polizeistreife, die jemals aufgetaucht war, verschwand auf Nimmerwiedersehen, nachdem Eddie mit ihnen geredet hatte. Er hatte den Beutel, den er ständig um seine Hüfte trug, geöffnet, und ihnen versprochen, sie regelmäßig zu besuchen.

Eddie regelte alles. Eddie hatte Geld aus nie versiegenden Quellen. Und sie brauchten ja nicht viel. Jeder steuerte bei, was er hatte, oder organisierte es. Wozu gab es Fische im Meer und die vielen Ziegen, die unbeaufsichtigt über die Hügel streiften?

Nachts, wenn es dunkel wurde, wehte der Wind den Geruch von gebratenem Fleisch hinaus aufs Wasser.

Carsten bezog einen der kleinen Bungalows. Seine Vorgängerin, er war sich sicher, dass es eine Frau gewesen war, hatte die kahlen Wände mit bunten Tüchern verhängt. Auf der muffigen Matratze lagen kleine Kissen. Carsten wurde im

Kreis der Bewohner mit einer Selbstverständlichkeit aufgenommen, wie er es noch nirgends erlebt hatte.

Das Leben war ja so leicht unter dem blauen Himmel! Der Wind wehte den Alltag fort und trieb sämtliche Gedanken an sein früheres Leben hinaus in die Wellen. Carsten blieb. Er blieb sehr lange. Und mit ihm ein paar Menschen, die zu seinem Schicksal wurden.

Alles schien gut. Der schöne Eddie, den manche Frauen anhimmelten, sorgte für alles. Manchmal verschwand Eddie für zwei, drei Tage in die Stadt.

Wenn er zurückkam, war der Vorrat an Konserven, Alkohol und Pillen wieder aufgefüllt.

Ja, Pillen, nichts Schlimmes. Nur das, was auch in den Clubs eingeworfen wurde, wenn die Musik hämmerte. Carsten konnte sich nicht mehr genau erinnern, wann alles begonnen hatte, und die Tage und Nächte zu einem unentwirrbaren Knäuel aus Erlebnissen und Träumen verschmolzen. Egal, Eddie hielt alle zusammen, denn er brauchte sie. Eddie war auf der Suche.

„Lasst uns alles ausprobieren!“, schrie er oft und lachte.

Und das taten sie. Bei Gott, das taten sie.

Carsten tauchte nur für einen kurzen Moment aus seinem Nebel auf, als er das Mädchen, mit dem er zusammen war, eines Morgens weinend am Strand fand. Sie zitterte und lag zusammengekrümmt im

Sand. Ihre Haut, ihre wundervolle zarte Haut, die er so gern berührte, war voller Flecken. Hässliche, schwarzviolette Flecken, die ihren gesamten Körper bedeckten. Sie weinte und zuckte zurück, als Carsten sie anfasste.

„Was ist denn los? Was ist passiert?"

„Eddie", stammelte sie.

Das hatte er sich schon gedacht. Eddie gab ihnen alles, was sie wollten.

Aber auch Eddie wollte etwas.

Sie sprang auf. „Ich haue hier ab! Noch heute."

Carsten blieb sitzen, er schaffte es nicht, aufzustehen. Gehen? Wohin sollte er gehen? Um was zu tun? Er versuchte, sich zu sammeln. Wer war er gewesen, bevor er hergekommen war?

„Kommst du mit?" Sie sah ihn an und die Hoffnung in ihren Augen erlosch. Wortlos drehte sie sich um.

Carsten sah ihr nicht nach, als sie humpelnd den Strand verließ.

Lange blieb er dort sitzen und sah den Wellen zu. Sie kamen und gingen, wie die Menschen hier.

Am Abend saßen wieder alle um das Feuer, alle, außer dem Mädchen. Sie tranken und lachten. Die Musik übertönte das Rauschen der Brandung und sein Gewissen. Carsten saß Schulter an Schulter neben Eddie, der lachte und zufrieden war. Es war doch alles gut?

Doch dann kehrte Eddie eines Tages aus der Stadt zurück. Mit Boris. Das Böse in der Gestalt eines hageren jungen Mannes.

Danach wurde alles anders. Ein Schatten legte sich über die kleine Kolonie. Nun gab es Regeln. Boris' Regeln!

Schon bald reisten die meisten der jungen Leute ab. Diejenigen, die blieben, konnten nicht erkennen, was geschah. Oder sie waren zu schwach, um dagegen aufzubegehren.

Und ich, fragte sich Carsten und stürzte den letzten Schluck aus der Flasche hinunter.

War ich blind? War ich schwach? Wahrscheinlich beides und noch dazu dumm und feige!

Ein Weinkrampf schüttelte ihn. Torkelnd richtete er sich auf und schmetterte die Flasche in den Kamin. Sie zerschellte mit einem lauten Knall und grüne Flammen schossen in die Höhe.

Da war er.

Der Junge stand mitten im Feuer und öffnete den Mund.

Carsten wusste, was jetzt kam. Das würde er nicht mehr ertragen. Er presste die Hände auf die Ohren und schrie.

„Ich habe dich nicht vergessen, hörst du? Ich habe dich keine einzige Sekunde vergessen!"

Der Junge schloss den Mund und sah ihn an. Carsten ließ zitternd die Hände sinken.

Er machte einen unsicheren Schritt auf den Kamin zu. Die Hitze strich über seine nassen Wangen.

„Möchtest du vergessen?" Eine leise Stimme flüsterte in sein Ohr.

Carsten blinzelte verwirrt. Vor seinen Augen versank die Welt in einem roten See, aus dem Flammen loderten. Eine heftige Übelkeit erfasste ihn.

„Ja", seufzte er. Er spürte einen Stich an seinem Hals.

Wie der Stachel einer riesigen Hornisse bohrte sich etwas tief in sein Fleisch.

Carsten hob die Hände, um sie abzuwehren. Da verlor er das Gleichgewicht. Sein Atem gurgelte in seiner Kehle und der Geschmack von Blut erfüllte seinen Mund. Die Hornisse summte an seinem Ohr, aber er konnte nicht verstehen, was sie sagte. Dann fiel er.

Sein Oberkörper landete im Feuer und die Flammen umarmten ihn wie einen alten Freund. Aber das spürte Carsten nicht mehr.

Schatten

Boris Windolf lief nervös durch die Suite. Von der Tür zum Fenster und wieder zurück. Hin und her, wie ein Raubtier, das in einem viel zu engen Käfig dahinvegetiert. Natalia beobachtete beunruhigt, wie sich sein Gesicht mehr und mehr verfinsterte.

„Was?“, knurrte er zornig, als er ihren Blick bemerkte, und blieb abrupt vor ihr stehen.

Natalia wusste, was immer sie jetzt sagen würde, es wäre falsch. Er hatte sich bereits in einen Zustand hineingesteigert, in dem alles falsch war, außer das, was er für richtig hielt. Und weil sie nicht die geringste Ahnung hatte, was das sein könnte, schwieg sie. Natalia reichte ihm ein Glas Champagner. Er nahm es entgegen und musterte sie.

Sie ist wirklich hübsch, die Kleine! Er war kurz von seinen eigentlichen Gedanken abgelenkt.

Sehr hübsch sogar. Das mussten sie alle sein, seine Frauen. Und Natalia war klug, sie wusste, wann sie die Klappe halten musste.

Er grinste sie an.

Vielleicht sollte ich mit ihr hinunter gehen, dachte er. Ein wenig Entspannung im Whirlpool würde mir jetzt guttun. Und anschließend könnte ich ihr die anderen Räume zeigen. Es wird langsam Zeit, dass dieses Weib auch mein Spielzimmer kennenlernt!

Er griff mit der Hand in ihre blonden Haare und zog sie zu sich. Als er Natalia hart auf den Mund küsste, spürte er, wie ihr Körper sich versteifte. Das kümmerte ihn nicht im Geringsten. Es machte ihr keinen Spaß mehr, das hatte er schon festgestellt, bevor sie hergekommen waren. Natalia war ein Fehlgriff gewesen, aber er hatte einfach keine Zeit mehr gehabt, sich eine andere Begleiterin zu suchen.

Er hatte Natalia, wie die meisten seiner Trophäen, in seinem Club kennengelernt. Sie sah nicht besser aus, als all die anderen Mädchen, die sich da hemmungslos auf der Tanzfläche austobten. Aber Natalia hatte etwas Besonderes. Sie war stark, das hatte er gleich in ihren Augen erkannt. Und er liebte es, mit solchen Frauen zu spielen, und ihnen zu zeigen, wer er war. Wenn er sie dann fallen ließ, blieb nicht mehr viel übrig von ihnen. Und die Jagd begann von Neuem.

Aber diesmal lief es nicht gut. Natalia war wirklich zäh. Sie ließ sich nicht beugen, und tat alles, um ihre, ihre … Selbstachtung? ... zu bewahren. Und er wusste, dass sie ihn verlassen wollte.

Miststück. Mich hat noch keine Frau verlassen! Ich bestimme, wann du gehst.

Natalia versuchte, ihn wegzudrücken. Das machte ihn noch wütender. Er ließ sein Glas fallen und presste mit beiden Händen ihren Kopf zusammen.

Du kleine Schlampe! Bin ich dir nicht gut genug? Wer bezahlt denn hier alles? Ich werde dir schon beibringen, was Dankbarkeit heißt. In meinem Keller wirst du vor Dankbarkeit weinen!

Abrupt gab er sie frei.

Er begann, wieder hin und her zu laufen. Natalia konnte warten. Das würde jetzt ohnehin nichts werden, da unten im Keller. Und schließlich war er ja aus einem anderen Grund hier, nicht wahr?

Es gab ein Problem und das musste er jetzt ein für alle Mal lösen.

Und verdammt, das werde ich!

Natalia beobachte ihn mit einer Mischung aus Angst und Ekel. Verstohlen wischte sie sich über den Mund. Ihre Zähne schmerzten von seiner Brutalität.

Wieso hatte sie sich so blenden lassen? Ihr Instinkt hatte sie sofort gewarnt, aber trotzdem war sie ihm nach Hause gefolgt. Sie hatte die neidischen Blicke der Frauen gespürt. Boris Windolf, der Mann, dem die halbe Stadt gehörte, dessen Bild Seite an Seite mit einflussreichen Leuten in der Zeitung erschien. Und der in keiner festen

Beziehung lebte. Natalia hatte nicht auf ihre innere Stimme gehört, sie hatte tatsächlich geglaubt, dass sie diesen Mann bändigen könnte.

Schon nach der ersten Nacht hatte sie das bitter bereut. Trotzdem hatte sie sich wieder mit ihm verabredet und war ihm schließlich sogar hierher gefolgt. Aus Angst, denn Windolf war kein Mann, den man einfach sitzen lassen konnte. Sie war sein Eigentum, solange, bis er sie fallen ließ. Das hatte sie schnell und schmerzlich begriffen.

Und jetzt das. Dieses Hotel. Sicher, es war exquisit eingerichtet und würde bestimmt zu einer der besten Adressen werden, für gewisse Leute. Aber Natalia fand es beängstigend, so abgelegen, wie es lag. Und all der Schnee! Ein kaltes Gefängnis, aus dem es kein Entkommen gab. Und wer waren seine seltsamen Gäste?

Windolf hatte etwas von alten Freunden gemurmelt, die er endlich einmal wiedersehen wollte. Natalia konnte sich nicht vorstellen, dass es jemals so etwas wie Freundschaft in seinem Leben gegeben hatte. Es war etwas anderes, das diese Menschen verband. Und Natalia war sich nicht sicher, ob sie wirklich wissen wollte, was das war. Es musste etwas mit der Insel zu tun haben, auf der sie sich damals begegnet waren. Sie hatten alle Angst vor Windolf, das hatte sie sofort erkannt. Sogar Eddie, der dauernd um ihn herumtänzelte.

Natalia konnte Eddie nicht ausstehen. Bei der ersten Gelegenheit hatte er sie betatscht.

„Wenn der gute Boris genug von dir hat, dann kommst du zu mir, Süße“, hatte er gesagt. „Ich habe ein Herz für abgehalfterte Nutten.“

Sie hatte ausgeholt, um ihn zu schlagen, aber er war ihr lachend ausgewichen.

Und jetzt? Siehst du Mama, dachte Natalia, jetzt bin ich hier.

Windolfs Schatten wanderte über die Wand hinter ihr.

Dieter und Kirstin lagen in ihrem Zimmer auf dem Bett. Sie hatten sich einander zugewandt. Zwischen ihnen lag Sarah, ein fleischgewordenes Wunder, das ihnen ein halbwegs normales Leben geschenkt hatte. Ein Anker, der sie festhielt, wenn die Erinnerungen sie in die Tiefe rissen.

Das Baby lag auf dem Rücken und hatte die Beinchen in die Luft gestreckt. Mit seinen kleinen Händen hielt es die Füße fest und lachte. Es sah aus wie ein kleiner Käfer.

Kirstin hatte Herzklopfen. Alles in ihr krampfte sich zusammen, sie musste sich anstrengen, um nicht in Panik auszubrechen. Sarah. Sie hätte ihre Tochter niemals in die Nähe dieser Menschen bringen dürfen!

„Was glaubst du?“, fragte Dieter.

„Was?“ Kirstin hatte Mühe zu sprechen.

„Was meinst du, wer Boris diese Karten geschickt hat? Und wozu? Boris kann man nicht erpressen, außer man ist lebensmüde.“

„Ich weiß es nicht.“

Sie strich dem Baby zärtlich über die Wange, worauf das Kind quickend lachte.

Dieter rollte sich auf den Rücken.

„Die drei Kreuze. Es muss jemand von uns gewesen sein. Und es sind alle hier.“

„Alle, außer Patrick und Angela“, erwiderte sie.

„Die sind tot“, sagte er leise.

Kirstin schwieg. In der Zeitung hatte etwas von Fahrerflucht gestanden. Und mehr hatten sie auch gar nicht wissen wollen.

„Es muss jemand von uns sein!“

Kirstin wünschte sich, er würde einfach den Mund halten.

„Oder …“, mit einem Ruck setzte er sich auf und starrte sie an. „Oder es war Boris selber!“

„Und wozu dann dieses Theater?“

Dieter fuchtelte mit den Händen durch die Luft.

„Was weiß denn ich, was in seinem kranken Hirn vor sich geht? Vielleicht hat er plötzlich Angst. Vielleicht denkt er, dass doch noch jemand redet und du hast recht mit deiner Vermutung. Er versucht uns alle zum Schweigen zu bringen … auf die eine oder andere Art.“

Kirstin packte das Baby und presste es unsanft an sich. Sarah begann zu weinen.

„Ich will hier weg“, schrie sie. „Ich will hier auf der Stelle weg, hörst du!“

„Schhhschhh …“ Dieter nahm sie in die Arme. „Wir gehen sobald es möglich ist! Aber heute Nacht wohl kaum ...“, er deutete zum Fenster. Draußen war es dunkel geworden und an der Scheibe klebten Schneeflocken wie sterbende Falter.

Sie saßen in einer Falle. Eine tiefe Hoffnungslosigkeit erfasste Kirstin. Sie küsste die Tränen von Sarahs Wangen.

„Wie spät ist es eigentlich?“ Sie musste sich zusammenreißen. Wenn sie sich ganz normal verhielt, dann würde vielleicht? … Was? Nichts geschehen?

„Halb sieben vorbei“, antwortete Dieter.

„Oh, dann ist es höchste Zeit für ein kleines Abendessen, nicht wahr meine Süße?“

Mit Sarah auf dem Arm kramte sie in einer rosafarbenen Tasche.

„Alles dabei.“ Sie hängte sich den Riemen an ihre freie Schulter. „Ich geh schnell mit ihr runter in die Küche.“

„Mach das. Guten Appetit kleine Prinzessin!“

Dieter stand noch einen Moment unschlüssig herum, dann schlüpfte er in seinen Anorak und in die Moonboots und öffnete die Tür zum kleinen Balkon.

Der Wind hatte endlich etwas nachgelassen, auf dem Boden lag aufgetürmt der Schnee.

Der Balkon war winzig, aber durch den Schutz des überhängenden Daches nicht völlig zugeschneit. Er stampfte mit seinen großen Stiefeln herum, bis er sich einen einigermaßen bequemen Platz geschaffen hatte. Dann griff er in seine Jackentasche und zündete sich eine Zigarette an.

Seit der Geburt des Babys rauchte er nur noch im Freien. Es war unfassbar, wie dieses Kind ihr Leben verändert hatte! Ein warmes Gefühl durchströmte ihn. Dass sie überhaupt noch so spät ein Kind bekommen hatten. Sie hatten nicht einmal verhütet! Es schien so abwegig, dass Kirstin volle drei Monate schwanger war, bis sie endlich begriffen hatte, was passiert war.

Dieter nahm einen tiefen Zug.

Sie hatten Sarah nicht verdient. Nein, das hatten sie nicht. Aber dieses unschuldige kleine Mädchen schenkte ihnen Glück und Freude, wie sie es seit Jahren nicht mehr gekannt hatten.

Eine große Schneeflocke landete auf der Glut der Zigarette; mit einem leisen Zischen erlosch sie. Er dachte, er sollte hineingehen, und die Tür schließen, bevor sich die Kälte im Raum einnisten konnte.

Doch dann zündete er sich eine weitere Zigarette an. Er fühlte sich gut hier draußen in der kalten Luft. Es schien alles so friedlich, so weit weg von allem. Dieter blickte umher.

Viel gab es nicht zu sehen, aber was er sah, war beeindruckend. Wie die Kulisse in einem völlig verrückten Film. Fehlte bloß noch ein Yeti. Er grinste.

Er war ein Zuschauer, das war er schon immer gewesen. Er hielt sich gern aus allem heraus und sah zu.

Unbehagen kroch in ihm hoch, wie eine graue Spinne. Ihre dünnen Beine tasteten sich vor.

Er hatte immer zugesehen, handeln war nicht seine Stärke, nie gewesen. Und es hätte ja auch gar nichts genützt. Es war damals alles so schnell gegangen. In seinem Kopf konnte er Schreie hören und die Luft roch nach Salzwasser. Die Spinne begann schneller zu krabbeln. Er hätte aufstehen können, er hätte …

Auf seiner Stirn bildeten sich Schweißperlen. Die Zigarette fiel zischend in den Schnee. Hinter ihm wurde die Zimmertüre geöffnet.

„Schon zurück?“ Er drehte sich nicht um. Es dauerte immer einen Moment, bis die Spinne wieder in ihrem kleinen, schwarzen Loch verschwunden war.

Dieter atmete tief aus.

Hinter ihm stand jemand. Im selben Moment, in dem ihm klar wurde, dass es nicht Kirstin war, spürte er einen heftigen Schlag. In seinem Kopf hörte er ein knirschendes Geräusch. Es klang, als ob jemand eine Plastikflasche zerknüllen würde. Dumpf und zerrend.

Er riss den Mund auf, als er begriff, dass es seine Schädelknochen waren, die dieses Geräusch verursacht hatten. Seine Stimmbänder versagten.

Schwankend drehte er sich um. Trotz des Blutes, das ihm über die Stirn in die Augen floss, konnte er noch sehen. Und er verstand ganz genau, was der Schatten zu ihm sagte, bevor er ihn in die Tiefe stieß.

Lautlos stürzte Dieter in den Schnee. Wie ein missratener Scherenschnitt wirkte der Umriss seines Körpers auf dem makellosen Weiß. Um seinen Kopf bildete sich eine dunkle Blume. Dann fielen die Flocken wie Fliegen auf ihn.

Catalina war mit den Vorbereitungen für das Abendessen beschäftigt. Sie summte leise vor sich hin und blickte immer wieder zu dem kleinen Tisch in der Ecke. Ein alter Holztisch, der mit seiner karierten Decke in der modernen Küche wie ein Fremdkörper wirkte.

Catalina liebte diesen alten Tisch, den Pedro im Schuppen gefunden und mit Liebe restauriert hatte. Der Tisch brachte ein wenig Wärme in den Raum.

Im Moment liebte sie ihn noch mehr, denn die Frau mit dem Baby saß daran. Catalina fand es herrlich, ein Baby hier zu haben. Es brachte eine unbeschwerte Normalität in das Haus, in dem alles Furcht einflößend oder seltsam war.

Catalina knallte die teure Bratpfanne auf den Herd. Wenigstens war es ein Gasherd und nicht eine von diesen modernen Kochstellen, für die man erst eine Bedienungsanleitung vom Umfang einer Bibel lesen musste. Dios!

Das Baby nuckelte zufrieden an seiner Flasche und verfolgte dabei aufmerksam jede ihrer Handbewegungen.

Catalina lächelte und winkte. Die Frau reagierte nicht. Sie blickte geistesabwesend auf das Kind.

Arme Frau, dachte Catalina. Was macht sie hier bei diesen Leuten? Und noch dazu mit so einem kleinen Kind. Catalina beobachtete die beiden, während sie die Gewürze und Kräuter für das Fleisch bereitstellte. Die Frau war vielleicht Mitte vierzig, eine späte Mama, und wirkte ziemlich unscheinbar. Sie saß zusammengesunken auf dem Stuhl.

Vielleicht hat sie Angst, überlegte Catalina, genau wie ich. Sie wurde immer noch vom Schrecken erfasst, als sie an die Szene mit Windolf dachte. Der Mann war nun wirklich verrückt. Jawohl! Sie hatte es in seinen Augen gesehen, als er sie beschuldigte, und wenn Julia nicht dazwischen gegangen wäre, Himmel!

Julia war wirklich eine mutige junge Frau. Und so nett, etwas still vielleicht. Aber sehr hübsch! Catalina schmunzelte. Ihr war nicht entgangen, wie Leon sie heimlich ansah. Die beiden würden ein hübsches Paar abgeben. Aber Catalina glaubte nicht, dass Leon es je wagen würde, seine Gefühle zu zeigen.

Der arme Kerl! Mit seinem verkrüppelten Bein. Es musste irgendwann in seiner Kindheit passiert sein. Catalina würde ihn nicht danach fragen. Nein, so etwas machte man einfach nicht. Leon würde schon reden, wenn er wollte.

Aber vielleicht gibt es ja gar keine Gelegenheit mehr dazu. Catalina runzelte die Stirn. Denn hier wollte sie nicht mehr bleiben! Ganz sicher nicht. Dieser Windolf würde natürlich bald wieder verschwinden, irgendwohin, wo er seinen Geschäften nachging. Was auch immer dieser Teufel machte! Aber ganz sicher würde er immer wieder hier auftauchen. Das war schließlich sein Hotel. Und sie wollte ihm nie wieder begegnen. Nie mehr!

„Hallo." Pedro betrat die Küche mit einem Korb voller Weinflaschen, gefolgt von Leon, den er unten vor dem Technikraum angetroffen hatte.

„Und?", hatte Pedro ihn gefragt.

Leon hatte nur mit den Schultern gezuckt. Er war nicht viel klüger als zuvor. Soweit er das beurteilen konnte, schien alles in Ordnung, und das Haus trotzte dem Sturm und auch dem vielen Schnee.

Kirstin blickte auf. Verstohlen beobachtete sie Leons ruckartige, ungelenke Bewegungen. Armer Teufel, dachte sie. Als sie seinen Blick bemerkte, stand sie hastig auf.

„Ich gehe dann mal wieder", sagte sie und packte Sarahs Sachen in die Tasche.

„Um halb acht wird das Essen serviert", rief Catalina ihr nach.

Ich glaube nicht, dass irgendjemand Appetit hat, dachte Kirstin, aber sie sagte nichts.

Tictac, tictac.

Eddie folgte mit den Augen dem Pendel der Uhr, die in seinem Zimmer über dem kleinen Schreibtisch hing. Zweifellos eine Antiquität. Sie passte wunderbar in den Raum, der ganz in Schwarzweiß und Silber gehalten war.

Tictac, tictac.

Es machte ihn nervös. Eddie hatte die verrückte Idee, dass diese Uhr ihm etwas sagen wollte. Völlig idiotisch, aber er kam nicht dagegen an.

Unruhig stand er vom Stuhl auf und ging zum Kühlschrank. Ein Schluck würde ihm guttun. Obwohl, diese Trinkerei hatte ihn schon oft in mächtige Schwierigkeiten gebracht. Eddie musste einen klaren Kopf bewahren.

Irgendwie hatte er das Gefühl, dass sich eine Schlinge, so zart wie ein Seidenschal, um seinen Hals gelegt hatte. Und er musste auf der Hut sein, dass sie nicht plötzlich von jemandem zugezogen wurde.

Was für ein Schlamassel.

Abgesehen vom Tod seiner Eltern, der sehr unschön und auch etwas sonderbar abgelaufen war, verlief sein Leben doch immer ganz gut.

Na gut, gewisse Dinge waren schon etwas aus dem Ruder gelaufen, aber er war immer davon gekommen. Das stand ihm schließlich auch zu. Das hatten ihm seine Eltern immer versichert.

Sie hatten sich eigentlich nie groß um Eddie und seinen Lebenswandel gekümmert; erst später, als sie älter waren und sein Vater krank wurde. Himmel, war das ein Theater gewesen, als er da plötzlich im Rollstuhl hockte und nicht mehr vernünftig reden konnte.

Seine Mutter hatte auf einmal ganz sonderbare Ideen gehabt. Sie verlangte von Eddie, dass er aufhörte in der Welt herumzureisen, um ihnen Gesellschaft zu leisten. Und er sollte sich um die Firma kümmern. Lästig war das. Wozu hatte man Personal? Noch lästiger wurde es, als seine Mutter, die alle Vollmachten besaß, ihm den Geldhahn zudrehte. Wenn er sein Leben nicht als Gigolo verbringen wollte, und das wäre bei seinem Aussehen zwar kein Problem gewesen, musste er etwas tun. Das machte er dann auch.

Aber das war jetzt nicht das Thema.

Tictac, tictac.

Eddie hatte den Drang, diese dämliche Uhr von der Wand zu reißen und aus dem Fenster zu werfen. Stattdessen setzte er sich wieder hin.

Also, was war hier los? Er presste die Zunge an seinen Gaumen. Die Verletzung war zwar nicht so schlimm, wie es im ersten Moment ausgesehen hatte, aber sein Mund tat immer noch höllisch weh. Würde sein alter Freund Boris ihm so etwas antun, nur weil er Post bekommen hatte?

Das würde er. Gar keine Frage.

Na schön, dann waren sie nun also keine Freunde mehr. Eddie hatte sowieso genug. Genug von Boris' großkotzigem Gehabe und davon, dass er ihn immer noch behandelte, wie einen seiner hirnlosen Lakaien. Eddie hatte immer zu ihm gehalten, sie hatten viele gemeinsame Geheimnisse, aber wenn Windolf jetzt glaubte, er könne ihm an den Karren fahren, na dann ...

„Wirst schon sehen, was du davon hast", murmelte Eddie und packte das Pendel der Uhr.

„Hallo, wir sind wieder da!“ Kirstin schloss die Zimmertür hinter sich. Der Raum war leer.

„Dieter?“

Sie ließ die Tasche fallen und spähte ins Badezimmer. Nichts. Sarah zappelte auf ihrem Arm. Ein leichter Tabakgeruch schwebte durch die Luft.

„Aha“, sagte Kirstin. „Der Papa ist wieder einmal am Rauchen.“

Sie öffnete die geschlossene Balkontür. Schneeflocken wirbelten in ihr Gesicht und fielen auf den Teppichboden.

Der Balkon war leer. Allerdings konnte sie noch Dieters Fußabdrücke erkennen. Kirstin beugte sich beunruhigt über das niedrige Holzgeländer. Nichts. Die weiße Fläche unter ihr und die tanzenden Flocken vor ihren Augen verursachten ein Schwindelgefühl und sie zog sich hastig ins Zimmer zurück.

„Wahrscheinlich hängt er schon wieder unten an der Bar herum, der Papa“, sagte sie zu Sarah.

Sie war eher ärgerlich als beunruhigt.

„Zeit fürs Bettchen. Und gleich morgen früh reisen wir ab!“

Während sie ihre kleine Tochter umzog und das Reisebettchen bereitstellte, war sie nur von Liebe und Fürsorge erfüllt. Alles andere rückte weit fort.

Wie in einem Kokon lag Dieter eingehüllt im Schnee. Blut sickerte aus seiner Nase und den Ohren. Die Kälte war schneidend und samtig zugleich; sie betäubte den Schmerz. Dieter hielt die Augen geschlossen. Er hätte sie auch gar nicht öffnen können. Ein Knochensplitter hatte sich in sein Gehirn gebohrt und er konnte sich nicht bewegen.

Sein Geist wanderte verwirrt umher. Einen Moment glaubte er, Kirstins Stimme zu hören.

Kirstin hatte ihm den Schädel eingeschlagen!

Aber nein, das war nicht Kirstin gewesen, das war … nein. Unmöglich! Tot. Schon lange.

Für einen kurzen Moment verlor er wieder das Bewusstsein. Dann hörte er Boris brüllen.

„Sei still! Verdammt nochmal, sei endlich still!"

Dieters Beine zuckten. Er wollte loslaufen zum Feuer. Aber er konnte nicht. Er war schließlich gelähmt! Verdammte Pillen. Alles drehte sich. Er wusste nicht mehr, wo unten und oben war.

Er musste aufhören mit dem Zeug. War das wirklich eben geschehen? Das konnte nicht sein. Wahrscheinlich nur ein schlechter Trip und er würde jetzt wirklich endlich die Finger von den Pillen lassen. Und abreisen. Jawohl! Kirstin mit sich schleifen und die nächste Fähre nehmen.

Obwohl sie ihm doch den Schädel eingeschlagen hatte.

Der metallische Geruch von Blut vermischte sich mit dem sauberen Duft des Meeres. Dieter seufzte. Nicht gut. Schmerzen. Und Schreie.

Mein Gott, lass diese Schreie aufhören!

Dann tauchte Eddie auf. In seinen Badeshorts stapfte er durch den Schnee und trug etwas unter seinem Arm. Etwas Schweres.

Nein, nicht!

Dieter versuchte wieder aufzustehen, aber es ging einfach nicht. Dieses Hämmern in seinem Kopf! Das Atmen fiel ihm immer schwerer.

Und dann sah er, was Eddie trug.

Es war Sarah. Seine kleine Sarah!

Dieter brüllte los. Er schrie aus Leibeskräften.

Der Wind flüsterte auf der eisigen Decke über ihm, als er endlich starb. Sonst war alles still.

Das Kind war eingeschlafen. Es träumte. Es stand bis zum Bauchnabel im Wasser und sprang bei jeder Welle jauchzend in die Luft. Unter seinen Füßen spielte der Sand mit Kieselsteinen. Einen kurzen Moment hatte es nicht aufgepasst und das Salzwasser schwappte über seinen Kopf. Es prustete und spuckte. Mit brennenden Augen drehte es sich um.

Am Strand saß seine Mama, seine wunderschöne Mama, die ihm zulachte und ihre hüftlangen, blonden Haare zu einem dicken Zopf flocht.

„Geh nicht weiter hinaus!“, rief sie dem Kind zu. Das Kind nickte und machte folgsam einen Schritt zurück.

Es machte sowieso keinen Spaß mehr. Die Stimme. Wenn Mamas Stimme so klang dann war es, als ob die Sonne hinter den Wolken verschwand. Seine Mama war dann ganz anders; sie lachte, auch wenn es gar nichts Lustiges gab, und es hörte sich so falsch an. Oder sie weinte ganz plötzlich.

Das Kind blickte an sich herab und musterte seine braunen Beine, die vom Wasser umspült wurden. Ein kleiner Fisch wirbelte um seine Knöchel und wurde vom Strudel wieder fortgerissen.

Ob der kleine Fisch wohl auch eine Mama hat? Und einen Papa? Natürlich, jeder hat doch Eltern.

Es war eigentlich schön hier, aber das Kind wäre lieber fortgegangen. Mit Mama natürlich. Die Erwachsenen hier waren manchmal ganz seltsam. Die Meisten waren zwar nett oder beachteten es einfach nicht, auch wenn es herumtollte und spielte.

Aber man konnte nie sicher sein. Ganz plötzlich schrie einer wie verrückt, oder lachte und machte ganz seltsame Dinge. Das war unheimlich. Dann musste man sich verstecken.

Sonst konnte einem dasselbe passieren wie der kleinen Katze.

Sie war so süß. Zuerst war sie sehr scheu, aber das Kind hatte sie mit kleinen Fleischstückchen gefüttert und schon bald war sie wie ein Hündchen hinterhergelaufen. Das war so süß! Die Katze ließ sich nur von ihm streicheln. Und das war ihr Fehler.

Die Katze hatte nicht gewusst, dass man abends, wenn die Erwachsenen sich so seltsam benahmen, wenn sie am Feuer saßen, besser nicht um sie herumschleichen sollte.

Wenigstens nicht um Eddie.

Er hat die Katze gepackt und natürlich hat sie ihn gekratzt. Und Eddie hat geflucht und geschrien und die anderen haben gelacht und dann ist Eddie verrückt geworden und die Katze war tot.

Eine Träne lief dem Kind über die Wange. Es wollte nicht mehr hier sein.

Und außerdem müsste es doch bald in den Kindergarten gehen, doch hier gab es gar keinen Kindergarten.

Es war so heiß! Das Kind atmete schwer. Es war ganz schlimm heiß heute, auch das Wasser war heiß. Das Kind blickte nach unten, aber es konnte die Wellen nicht mehr sehen. Auch seine Beine und Füße nicht. Es war plötzlich ganz dunkel geworden. Wieso war es jetzt Nacht? Mama?

Das Kind riss die Augen auf. Schweißgebadet lag es auf dem rauen Holz und die Hitze war unerträglich. Der Gestank nahm ihm die Luft zum Atmen.

Mit einem Ruck setzte es sich auf und schlug mit dem Kopf an Etwas, das direkt über ihm war.

Es war aus Holz.

Angst

Julia erwachte aus einem unruhigen Dämmerschlaf. Ihre Stirn fühlte sich heiß an.

Jetzt bloß kein Fieber, dachte sie erschrocken, das hätte mir gerade noch gefehlt!

Sie richtete sich auf. Lustlos starrte sie auf ihre Arbeitskleidung, die sie säuberlich auf einem Bügel an den Schrank gehängt hatte. Schwarze Hosen mit Bügelfalten, schwarzer Blazer und eine strahlend weiße Bluse.

Moment, nicht mehr ganz so weiß. Am Kragen entdeckte Julia ein paar Flecken. Auch das noch!

Müde nahm sie die Bluse und ging damit in das winzige Bad, um sie zu reinigen. Hier oben, unter dem Dach, hatte man nicht viel Geld für die Renovierung investiert. Schließlich befanden sich hier auch nur die Zimmer für das Personal. Aber immerhin. Julia hatte schon schlechtere Behausungen kennengelernt.

„Perfekt“, murmelte sie schließlich zufrieden. Die Bluse konnte sie heute problemlos noch einmal tragen. Das Personal wurde ja von niemandem groß beachtet.

Außer von Windolf natürlich, wenn man sich ihm in den Weg stellen musste. Julia drückte sich nicht gerne so aus, aber für ihn gab es wirklich nur ein Wort. Kotzbrocken. Nicht zu glauben, wie er auf Catalina losgegangen war! Das war hier das reinste Irrenhaus. Gleich würde sie hinuntergehen, den Tisch decken und das Essen servieren, das Catalina inzwischen vorbereitet hatte.

Julia seufzte. Wenn ich bloß kein Fieber bekomme!

Als sie das Zimmer verließ, wäre sie fast mit Leon zusammengestoßen, der eben von unten kam.

„Sorry“, murmelte er als Reaktion auf ihren kleinen, erschrocken Schrei.

Sie grinste.

„Wenigstens bin ich jetzt wieder völlig wach.“

Er musterte sie mit seinen unglaublichen Augen und ihr wurde ganz warm ums Herz. Es pochte etwas schneller.

„Eigentlich müsste ich dir danken.“ Julia lächelte.

Leon hatte immer noch nichts gesagt, sondern blickte sie nur prüfend an. Es schien, als wolle er sie etwas fragen, als suche er nach etwas.

Es wurde unangenehm.

„Tja, also ich muss wieder in den Löwenkäfig“, sagte sie nervös und deutete vielsagend nach unten.

Das riss ihn aus seiner Starre.

„Natürlich“, stotterte er. Aber dann blickte er ihr tief in die Augen.

„Pass auf dich auf", sagte er mit Nachdruck.

Es dauerte lange, bis Birgit sich endlich beruhigte. Panisch tupfte sie ununterbrochen mit einem feuchten Taschentuch über ihre Zunge. Sie schluchzte und riss ihren Koffer aus dem Schrank.

„Ich reise sofort ab!", heulte sie.

Während sie das Taschentuch vor ihren Mund hielt, stopfte sie mit einer Hand ihre Habseligkeiten in den Koffer.

Malte seufzte tief.

„Wir können jetzt nicht abreisen. Hast du mal aus dem Fenster gesehen?"

„Mir egal!", kreischte Birgit. „Der Helikopter soll kommen oder die Bergwacht, was weiß ich. Ich will hier weg!"

Malte wusste, dass es sinnlos war mit ihr zu diskutieren. Und wenn er sie nicht aufhielt, würde sie es fertigbringen, sich mit ihrem Koffer in die Kälte vor die Tür zu stellen oder gleich durch den Tiefschnee zu marschieren.

Er füllte ein kleines Glas mit Sherry und ließ dabei unbemerkt eine winzige Pille hineingleiten.

„Hier, trink erst mal einen Schluck zur Beruhigung und dann lass uns vernünftig darüber reden."

„Also, ich bin vernünftig! Ich mache das einzig Vernünftige, ich gehe!"

In ihre Angst hatte sich Wut gemischt. Doch sie riss ihm das Glas aus der Hand und stürzte den Inhalt in einem Zug hinunter.

Halleluja, dachte Malte, jetzt muss ich nur noch ein wenig Zeit schinden, bis das Zeug wirkt.

„Also? Kommst du mit?“ Sie funkelte ihn an.

Er wollte ihr nochmal erklären, dass es im Moment einfach keine Möglichkeit gab, zu gehen, aber sie wartete seine Antwort gar nicht ab. Birgit warf das Glas und das Taschentuch auf das Bett und schloss mit zitternden Fingern den Koffer.

„Ich hätte sterben können! Sterben! Kapierst du denn gar nichts, du Idiot? Hast du die Karte nicht gesehen? Er will uns umbringen! Dich auch. Und er wird ein leichtes Spiel haben mit dir, wenn du weiterhin einfach nur so blöd herumstehst und nichts unternimmst!“

„Wer, er?“ Malte blinzelte. Er hatte plötzlich Mühe, sich zu konzentrieren.

Birgit fuchtelte wild mit den Händen vor seinem Gesicht.

„Ich fass es einfach nicht! Was fragst du? Boris natürlich, wer sonst!“

„Keine Ahnung.“Malte ließ sich auf die Bettkante fallen und schob den Koffer zur Seite.

„Komm mal her, setz dich.“

Er wunderte sich über sich selbst. Er konnte sich nicht erinnern, wann er das letzte Mal so ruhig und beherrscht gewesen war. Ich werde doch nicht etwa alt und abgeklärt, dachte er. Gott behüte!

Darüber musste er wieder kichern, er konnte es einfach nicht verhindern. Birgit machte ein Gesicht, als wollte sie ihm eine Ohrfeige verpassen, aber dann setzte sie sich doch neben ihn. Stöhnend presste sie beide Hände an ihren Kopf.

„Was ist nur los mit dir?“, jammerte sie. „Warum kannst du nicht begreifen, in welcher Gefahr wir hier sind?“

Malte griff nach ihren Händen und hielt sie fest. Jetzt nur kein falsches Wort!

In ihren Pupillen erkannte er, dass die Droge zu wirken begann. Der gehetzte Ausdruck in ihrem Gesicht begann zu verschwinden. Stattdessen machte sich Müdigkeit breit.

„Jetzt hör mal zu“, sagte er in einem Ton, als rede er mit einem Kind. „Glaub bloß nicht, dass ich irgendetwas auf die leichte Schulter nehme. Ganz und gar nicht, schließlich bin ich nicht lebensmüde. Aber erstens können wir, wie schon gesagt, heute Nacht nicht abhauen. Und zweitens, wir wissen doch gar nicht sicher, ob Boris uns tatsächlich an den Kragen will. Klar, die Ansichtskarten und dass er uns alle hierher gelockt hat ... Aber weiß der Teufel, was dahintersteckt. Vielleicht hat sich einer von … von damals einen idiotischen Scherz erlaubt und nichts weiter. Und Boris ist darauf hereingefallen und hat uns alle aufgescheucht."

„Und die Messer im Essen?" Sie streckte ihm wie ein quengelndes Kind die verletzte Zunge entgegen.

„Also, erstens waren es keine Messer und das Essen wurde ja angeliefert. Von wegen Haute Cuisine! Wahrscheinlich wird alles maschinell hergestellt und es gab irgendeinen Defekt in der Maschine und die ganze Scheiße ist im Trüffel gelandet!"

Malte war fasziniert von seiner eigenen Theorie. Dabei hatte er die ganze Geschichte nur erfunden, um Birgit zu beruhigen.

Aber natürlich hatte er sich viele Gedanken gemacht. Boris hatte sie alle hierher zitiert. Und Malte war zu dem Schluss gekommen, dass es besser war, ihn auf neutralem Gebiet zu treffen. Viel besser, als ihm plötzlich im Dunkeln vor der eigenen Haustüre zu begegnen!

„Glaubst du das wirklich?", fragte Birgit zweifelnd. Sie hatte ihren Kopf auf seine Schulter gelegt. Benommen blinzelte sie ihn an.

„Na klar! Ich habe mal von einem Jumbojet gelesen, der musste kurz nach dem Start wieder zurück, weil zwei Leute Reißzwecken in ihrem pampigen Sandwich gefunden haben."

Birgit begann leise zu weinen.

„Ich hab solche Angst!", flüsterte sie.

„Ich auch, ich auch. Das kannst du mir glauben.“ Malte tätschelte ihren Kopf.

Und Scheiße auch, dachte er. Das kannst du mir wirklich glauben!

Ein Stockwerk tiefer schlug Pedro den Gong und kam sich dabei ziemlich albern vor.

Als Malte den Gong hörte, bekam er einen seiner gefürchteten Anfälle. Er warf sich auf den Rücken und gackerte los.

Birgit starrte ihn fassungslos an.

„Entschuldige“, schniefte er und wischte sich die Lachtränen aus dem Gesicht. „Ein Gong! Das ist doch nicht zu fassen. Unser Boris ist wirklich ein Idiot!“

Mit einem Ruck richtete er sich auf. „Na egal, anscheinend gibt es was zu futtern.“

„Essen! Du denkst doch nicht wirklich daran, hier noch irgendetwas in den Mund zu nehmen?“

„Doch, das tue ich! Ich habe seit heute früh nichts im Magen, außer Alkohol und ... verdammt, ich habe Kohldampf!“

„Du bist verrückt“, sagte Birgit.

„Ich werde jeden Bissen mit der Lupe untersuchen, aber ich muss jetzt irgendetwas zwischen die Zähne kriegen!“

Er ging zur Tür.

„Du willst mich doch nicht etwa hier oben alleine lassen?“ Sie packte ihn am Arm. „Ich bleib unter gar keinen Umständen hier alleine!“

„Dann komm mit runter.“ Er schüttelte ihre Hand ab. „Du brauchst ja nichts zu essen.“

Sie rang nervös die Hände.

„Na schön“, sagte sie zögernd. „Ich komme mit, aber ich werde nichts anrühren. Und ich werde dafür sorgen, dass wir hier wegkommen. Und zwar heute Nacht noch!“

„Viel Glück“, erwiderte Malte.

Mit grimmigem Gesicht folgte Birgit ihm die Treppe hinunter.

Der kleine Speisesaal schimmerte im warmen Licht. Kerzen spiegelten sich in den Weinkelchen und ließen das silberne Gedeck leuchten. Einen Moment lang fühlte sich Malte in einer anderen Welt, einer Welt, die er immer nur von Weitem beobachtet und nie betreten hatte. Alles wirkte wunderschön und perfekt. Und die Bewohner solcher Welten? Soviel hatte Malte auch aus der Ferne mitbekommen.

Außer dem Dekor war meistens gar nichts perfekt.

Malte blieb vor dem Tisch stehen. Boris saß oben an der langen Tafel, na wo sonst wohl? Neben ihm Natalia. Ihr raffiniertes und sicher sündhaft teures

Abendkleid passte so gar nicht zu ihrem Gesichtsausdruck.

Noch eine, die auf der Stelle abreisen will, dachte Malte, und er musste sich zusammenreißen, um nicht gleich wieder los zu kichern.

Eddie saß links von Windolf. Zwischen den beiden stand ein leerer Stuhl.

Malte zog die Augenbrauen hoch und grinste. Sieh an, dachte er, die Blutsbrüderschaft scheint sich zu verwässern.

Julia schenkte aus einer schweren Karaffe Wein ein.

„Wo sind denn die anderen, kein Appetit mehr?“, fragte Malte.

Boris zog genervt die Augenbrauen zusammen. Birgit räusperte sich nervös. „Also hört mal, Leute“, begann sie und schluckte schwer. Die Stimme wollte ihr nicht gehorchen.

In diesem Moment betrat Kirstin den Raum. Überrascht blickte sie sich um. Sie hatte erwartet, Dieter hier zu finden. „Weiß jemand, wo mein Mann ist?“

Birgit verließ der Mut bei Boris‘ Anblick. Sie brauchte noch einen Drink. Sie fühlte sich ausgebrannt und erschöpft und nicht in der Verfassung, ihm jetzt Forderungen zu stellen.

Wie er da hockte in seinem Stuhl mit der hohen Lehne. Wie eine Spinne im Netz, dachte Birgit schaudernd.

Wahrscheinlich kleben wir schon alle fest an den Fäden, die er gesponnen hat und haben es nur noch nicht bemerkt!

Birgit flüchtete. Resigniert öffnete sie die Tür zum Salon. Schon im Treppenhaus war ihr der Geruch aufgefallen. Sie hatte geglaubt, dass er aus der Küche käme. Aber hier, in diesem Raum, war er besonders stark. Es roch nach Fleisch, aber irgendwie ekelerregend. Sie verzog das Gesicht und blickte sich um.

Vor dem Fenster schimmerte der Schnee im Garten graublau, beleuchtet von den Lampen, die er unter sich begraben hatte. Es schneite nur noch leicht.

Ein gutes Zeichen, dachte Birgit voller Hoffnung. Vielleicht kann der Helikopter jetzt doch starten. Sie eilte zur Bar. Schnell noch ein Schluck und dann soll Boris gefälligst den Heliport anrufen. Sie würde ihm die Hölle heißmachen, solange bis sie endlich hier wegfliegen konnten!

Etwas stimmte nicht in dem Raum. Es war nicht nur die schreckliche Luft. Konnte man das Panoramafenster eigentlich öffnen?

Da war noch etwas anderes. Etwas, das sie aus dem Augenwinkel heraus registriert hatte.

Etwas, das nicht hierher gehörte.

Birgit drehte den Kopf.

Beine in fleckigen Jeans ragten aus dem Kamin auf den Teppichboden. Alles war voll Ruß und …

Birgit riss die Augen auf. Ihr Verstand versuchte zu verarbeiten, was sie sah.

„Was, was …?“, stammelte sie. Dann fügte sich das Bild zusammen.

Da lag die Hälfte eines Körpers! Der Rest war von der Hüfte an aufwärts so verkohlt, dass er aussah wie ein bizarres Holzstück.

Carsten lag mit dem Gesicht nach unten in der immer noch schwelenden Glut. Was von ihm noch übrig war …

Birgit beugte sich vor und übergab sich. Sie torkelte zurück und schrie. Tränen und Rotz liefen über ihr Kinn.

Catalina ließ das Tablett mit den Vorspeisen fallen, als sie die Schreie hörte. Variationen vom Fisch. Scheppernd knallte es auf den Boden und das Lachstatar spritzte auf Pedros Schuhe. Einen Moment starrten sie kreidebleich zur Tür. Die Schreie hörten nicht auf.

„Dios mio!“, murmelte Pedro, dann liefen sie zur Treppe.

„Was zur Hölle ist jetzt wieder los!“ Windolf sprang so hastig auf, dass sein Stuhl nach hinten kippte und auf den Boden knallte.

„Das ist Birgit!“ Malte bekam beinahe einen Herzinfarkt. Sie rannten alle los. Leon riss direkt vor ihnen die Tür zum Salon auf und ein ekelerregender Gestank wehte ihnen entgegen.

Birgit schrie immer noch. Sie taumelte rückwärts und prallte gegen Eddie.

„Was soll denn das, du dumme Kuh“, rief er und schubste sie weg. „Bist du wieder vollkommen besoffen?“

Julia wollte sie auffangen, aber Birgit klammerte sich panisch an ihr fest und sie stürzten gemeinsam zu Boden.

„Oh Gott, Carsten! Tot! Verbrannt!“

Julia musste sich gewaltsam aus ihrer Umklammerung befreien. „Beruhigen Sie sich!“

Aber Birgit war nicht zu beruhigen. Als Julia es endlich geschafft hatte, sich aus ihren Armen zu lösen, blieb Birgit zusammengekauert in der Ecke sitzen.

„Verdammte Scheiße“, flüsterte Malte.

Einen Moment waren alle wie gelähmt. Niemand brachte ein Wort heraus.

Catalina begann leise zu weinen.

Windolf und Eddie näherten sich mit angewidertem Gesichtsausdruck dem Leichnam.

„Das ist tatsächlich Carsten“, stellte Windolf nüchtern fest.

Eddie tippte leicht mit der Schuhspitze an das Bein des Körpers. Birgit, die nur kurz aufgeblickt hatte, übergab sich von Neuem.

„Was soll das, was tust du!“, knurrte Windolf. „Dass er tot ist, müsste doch auch ein Idiot wie du erkennen.“

„Zu Tode gebraten“, zischte Eddie. „Fragt sich nur von wem?“

Windolf starrte ihn wütend an.

„Was soll das heißen?“

Eddie zuckte die Schultern. „Ist bloß eine Frage.“

Windolf griff nach dem Schürhaken und versuchte damit die Leiche umzudrehen.

Catalina wandte sich ab und sank zu Boden.

„Señor! Bitte!“, rief Pedro.

Windolf ließ sich nicht beirren. Er kippte die Leiche auf die Seite, dann ließ er das Eisen fallen. Lange starrte er auf das, was von Carsten übrig war.

Na schön, dachte er, scheint so, als wolle mich da jemand aus der Fassung bringen. Muss ein Schwachkopf sein, aber ich spiel erst mal mit.

Windolf drehte sich um und stemmte die Hände in die Hüften. Was für ein erbärmlicher Haufen, dachte er, während er sie alle fixierte, aber einen von ihnen habe ich wohl unterschätzt!

„Ich kann euch sagen, was den guten Carsten ins Jenseits befördert hat. Seht euch die Scherben an."

Alle starrten ihn an.

„Hat wahrscheinlich die ganze Flasche leer gesoffen!"

„Was?" Malte musterte ihn voller Abscheu. Na los Alter, erzähl mir deine Geschichte, darin bist du doch gut.

„Ist doch ganz klar." Windolfs Tonfall war überheblich. „Wir wissen doch alle ganz genau, dass Carsten nichts verträgt. Heutzutage könnte jeder Zwölfjährige ihn unter den Tisch saufen. Hätte, können. Und er ist schlicht und einfach umgekippt. Dummerweise in die falsche Richtung."

Er grinste und in diesem Moment wünschten ihm alle im Raum den Tod.

„Oder …", Windolfs Augen verengten sich. „Jemand hat ihm einen Schubs gegeben."

Wie auch immer, eine Sauerei. Missgelaunt betrachtete er den ruinierten Teppich.

Kirstin stand stocksteif an die Wand gelehnt. Alle Farbe war aus ihrem Gesicht gewichen. Sie blickte auf die Schuhe des Toten. Das war Carsten. Der Himmel möge ihr vergeben, aber sie fühlte Erleichterung. Einen grauenhaften Moment lang hatte sie geglaubt, es sei Dieter. Aber wo steckte er bloß? Das Gefühl der Erleichterung verflog.

„Wo ist Dieter?", flüsterte sie.

Panik schnürte ihr die Kehle zu.

Niemand hatte sie gehört.

Alle waren zu sehr damit beschäftigt, einen klaren Gedanken zu fassen. War hier ein schrecklicher Unfall passiert? Keiner von ihnen glaubte das wirklich. Malte zweifelte daran, dass man so besoffen sein konnte und nicht merkte, dass es plötzlich heiß wurde. Höllisch heiß. Und an Erfahrung mangelte es ihm gewiss nicht.

Malte war mal auf einem derart abgefahrenen Trip gewesen, dass man ihn am Ende aus einem zerbeulten Auto schneiden musste; wie aus einer Konservendose. Er hatte rein gar nichts von dem Unfall mitbekommen und den Feuerwehrmann angebrüllt, er solle die Finger von seinem Wagen lassen. Aber Carsten? Konnte man überhaupt so viel trinken, dass man nicht mehr mitbekam, dass man geröstet wurde? Malte zuckte zusammen als Kirstin schrie.

„Wo ist Dieter!“

Alle drehten sich nach ihr um.

Ja, wo war Dieter. Erst jetzt wurde ihnen bewusst, dass er nicht hier war.

Kirstins Lippen waren blutleer. Sie starrte immer noch auf Carstens Schuhe. Elegante, teure Schuhe, die schwarze Spuren auf dem hellen Teppich hinterlassen hatten. Er muss gezappelt haben, als er im Feuer lag. Vielleicht auch nur ein Reflex des

Körpers. Sie rutschte an der Wand zu Boden. Alles drehte sich. Verschwommen nahm sie Maltes Gesicht war, der besorgt vor ihr niederkniete.

„Hallo Mamafrau, alles in Ordnung?"

Sie stöhnte laut. Was für eine Frage. Nur Malte konnte so etwas fragen, während neben ihnen Carstens Leiche lag. Nichts war in Ordnung! Absolut nichts!

Sie schoss so heftig in die Höhe, dass Malte vor Überraschung nach hinten kippte.

„Sarah! Mein Gott, ich muss zu meiner Tochter!"

„Ruhe jetzt, verdammt noch mal!" Windolf brüllte und packte sie am Ellenbogen. „Nehmt euch mal zusammen!"

Kirstin wand sich und versuchte sich aus seinem Griff zu befreien. Mit seinen hellen Augen funkelte er sie giftig an.

„Was soll diese Hysterie? Was glaubt ihr, wo ihr hier seid? Ihr benehmt euch wie die Idioten!"

Er lockerte den Griff keine Sekunde und Kirstin konnte die blauen Flecken, die seine Finger hinterlassen würden, schon ahnen.

„Pedro! Leon!", brüllte er.

„Si Señor." Pedro hatte Catalina, die immer noch leise weinte, aufgeholfen und näherte sich nervös seinem Chef.

„Ihr zwei nehmt jetzt diesen ... diesen Mann und schafft ihn in den Schuppen, und zwar subito. Ich will hier keine Spur mehr von ihm sehen!“

„Aber Herr Windolf, wir sollten vielleicht warten, bis ein Arzt oder die Polizei …“ Julia hatte keine Chance auszureden.

„Der Arzt kann den Leichnam auch noch im Schuppen besichtigen!“, schnauzte Windolf sie an.

Endlich ließ er Kirstins Arm los. Sie knetete ihn mit der Hand, er brannte wie Feuer. Hastig verdrängte sie dieses Wort.

„Und die anderen, und ich meine alle ...“, Windolf packte erneut ihr Handgelenk, „werden gemeinsam nach Dieter suchen. Irgendwo muss der Idiot ja stecken.“

Er gab sie frei und wedelte mit den Händen Richtung Tür.

Malte konnte es nicht fassen. Der Kerl war kalt wie ein Eisbrocken. Da lag ein Mensch. Tot! Aber ihn schien das nicht im Geringsten zu berühren. Aber war er nicht immer schon so gewesen? Wieso sollte sich der alte Boris geändert haben. Das hatte er doch nicht wirklich erwartet.

„Ich bring erst mal Birgit ins Zimmer“, sagte Malte müde.

Birgit schüttelte wild den Kopf. Sie presste sich mit den Händen vor dem Mund noch tiefer in die Ecke bei der Tür.

„Ich geh hier nicht weg“, keuchte sie. „Ich will hierbleiben. Hier kann ich euch alle sehen!“

Malte wusste, was in ihrem Kopf vorging, es war sinnlos. Birgit traute keinem mehr. Wahrscheinlich hoffte sie, dass die Eingangstür auffliegen und irgendein Rettungstrupp sie von hier wegschaffen würde.

„Gehen Sie, ich bleibe bei ihr“, sagte Natalia. Sie hatte die Arme um ihren Oberkörper geschlungen. Sie zitterte, aber sie nickte ihm beruhigend zu.

„Na gut“, murmelte Malte und trottete unschlüssig hinter den anderen her. Was sollte das werden? Eine Schnitzeljagd? So groß war das Hotel ja nicht. Falls er noch hier war, würden sie Dieter schnell finden.

Malte hatte sich schon mal besser gefühlt.

Julia half Catalina, sich auf einen Stuhl in der Küche zu setzen. Sie sprachen beide kein Wort und zuckten zusammen als Pedro und Leon in ihren Anoraks auftauchten.

„Wo willst du hin?“ Catalina schoss in die Höhe.

Pedro seufzte tief. „Der Señor hat recht. Wir können den … den armen Kerl nicht einfach so liegen lassen.“ Er zog sich die Kapuze über den Kopf.

„Im Gartenhaus liegt noch eine Plastikplane, die holen wir und wickeln ihn damit ein.“ Leon konnte nicht fassen, was er da sagte.

Catalina sank zurück auf ihren Stuhl. Sie verbarg ihr Gesicht in den Händen und murmelte vor sich hin. Sie betete.

Als Leon die Tür zum Garten öffnete, fuhr ein Windstoß leise pfeifend in den Raum.

Die beiden Männer blieben zögernd vor der Tür stehen und die Kälte legte sich wie eine Hand auf ihre Gesichter. Sie blickten sich um.

Keiner von beiden hatte jemals solche Mengen Schnee gesehen. Es sah aus, als wären sie auf einem eisigen Planeten gelandet.

Vor ihnen wölbte sich der weiße Buckel eines monströsen Tieres. Es waren die Umrisse einer kleinen Baumgruppe, die, vollkommen begraben, eine bizarre Form angenommen hatte. Der schmale Weg, den sie vor ein paar Stunden freigelegt hatten, war bereits wieder kniehoch mit Schnee bedeckt, von beiden Seiten begrenzt durch weiße Mauern.

„Warte hier“, sagte Pedro. Er wusste, dass Leon Mühe haben würde, bis zum Gartenhaus zu kommen.

„Schon in Ordnung.“ Leon humpelte los, und hinterließ eine seltsame Spur.

Pedro, der hinter ihm her stapfte, setzte verstohlen seine Stiefel genau in Leons Abdrücke.

Sein Körper verrenkte sich auf eine unnatürliche Weise. Er konnte nun nachvollziehen, was Leon jeden Tag, jede Minute durchmachte. Es musste den jungen Mann eine unglaubliche Kraft kosten, sich auf diese Weise fortzubewegen. Erschöpft pflügte sich Pedro seinen eigenen Weg durch den Schnee.

Das Gartenhaus war fast zugeschneit, der Schnee verdeckte die schlimmsten Mängel. Im Frühling sollte es renoviert werden und genau wie das Hotel in neuem Glanz erstrahlen. Im Moment diente es noch als Zwischenlager für alle möglichen Dinge. Aber es gab Licht. Es war zwar nur eine einzelne Glühbirne, die nackt von der Decke baumelte, aber immerhin.

Pedro stellte mit Unbehagen fest, dass er sich seit Neuestem vor der Dunkelheit fürchtete.

Gemeinsam räumten sie ein paar Schachteln und Gartenstühle zur Seite, dann hatten sie gefunden, was sie brauchten. Eine dicke Plastikplane. Pedro klopfte den Staub weg.

„Gehen wir“, sagte er mit trockenem Mund.

Die Vorstellung, darin den toten Körper eines Menschen einzuwickeln, verursachte ihm Übelkeit. Pedro war sich nicht sicher, ob er das schaffen würde.

„Lass die Tür gleich offen“, sagte er und stapfte energisch voraus. Bloß nicht weiter nachdenken!

Unschlüssig standen sie im Salon. Die Schneeflocken auf ihren Jacken schmolzen und tropften zu Boden. Leon schob seine Kapuze zurück. Er war blass und versuchte nicht auf die Leiche zu blicken. Er nahm Pedro, der ratlos herumstand, die Plane aus den Händen. Mit steifen Fingern öffnete er den Knoten der dicken Schnur. Es dauerte eine Ewigkeit.

Schließlich breitete er die Plane vor dem verkohlten Körper auf dem Teppich aus.

Pedro atmete schwer und knetete seine Hände.

„Himmel, Leon, ich habe noch nie einen Toten angefasst!“

Leon senkte den Kopf und blickte auf seine nassen Stiefel.

„Tote Tiere, ja das schon, aber …“ Pedro starrte auf Carstens Leiche. Hör auf mit dem Gerede, dachte er, es nützt ja doch nichts. Ich könnte noch stundenlang hier stehen und dem armen Jungen Geschichten erzählen, aber das ändert nichts. Wir müssen den Kerl einpacken und fortschaffen. Energisch straffte Pedro die Schultern.

„Also los. Ich denke, das Einfachste ist es, wenn wir die Plane unter seine Beine legen, ihn an den Füssen packen und dann ziehen!“ Er räusperte sich. „Dann müssen wir ihn nicht … nicht da oben anfassen.“

„Gute Idee.“ Leons Stimme zitterte.

Und genauso machten sie es. Es schien die beste Lösung zu sein. Nur auf das Geräusch, das der Körper verursachte, als sie ihn aus der Glut auf die Plane zogen, waren sie nicht gefasst.

Pedro Mas war sich sicher, dass er es für den Rest seines Lebens in seinen Träumen hören würde! Als er Carstens Knöchel mit seinen Händen umschloss, hätte er beinahe laut geschrien.

Die Socken, die Carsten trug, waren aus Seide. Glatt und weich, wie die Haut einer Schlange, die sich gleich winden würde! Hastig ließ er das Bein fallen.

„Schnell", keuchte Pedro. Sie wickelten die Plane um die Leiche. Schweißgebadet traten sie einen Schritt zurück und betrachteten ihr Werk.

„Ich kann immer noch nicht glauben, was wir hier tun", sagte Leon. Er starrte auf die grüne Rolle vor ihren Füßen.

„Du sagst es." Pedro fühlte sich so elend wie noch nie. Er wollte das alles nur schnell hinter sich bringen. Er griff sich die dicke Schnur und blendete alle Gedanken aus. Sorgfältig verknotete er sie. Alles konnte er aushalten, aber bei Gott nicht, dass der Tote während des Transports plötzlich aus der Plane rutschte. Er machte einen weiteren Knoten. Sicher ist sicher!

„Los geht's. Wir ziehen beide. Im Schnee wird es dann leichter gehen.“ Pedro begann hysterisch zu lachen.

„Warte“, sagte Leon. Er deutete auf die geschlossene Tür. Davor stand immer noch Natalia und am Boden kauerte Birgit. Er öffnete die Tür einen Spalt.

„Vielleicht sollten Sie jetzt besser hier weggehen“, sagte er zu Natalia. Sie nickte. Aber Birgit umklammerte wie ein trotziges Kind ihre angezogenen Beine.

„Ich geh hier nicht weg! Auf keinen Fall!“

Leon seufzte und riss die Türe weit auf.

Natalia wandte sich ab, als sie Carsten an ihnen vorbei zerrten. Birgit starrte ihnen mit schreckgeweiteten Augen nach, dann begann sie zu wimmern.

Das habe ich schon einmal gesehen, dachte sie, es ist genau wie damals! Ein Körper, der einfach fortgeschleift wird wie Müll. Diesmal ist es Carsten. Carsten ist tot. Und ich werde nicht lebend hier rauskommen.

Das wusste sie mit einer schrecklichen Gewissheit und sie versank unter einer Welle von Selbstmitleid.

„Ich konnte doch nichts dafür!“, heulte sie. Hilfeflehend blickte sie zu Natalia.

„Verstehen Sie, ich konnte doch gar nichts machen!“ Zitternd griff Birgit nach ihrer Hand.

Natalia machte einen Schritt zurück. Sie wollte sich von der Frau nicht anfassen lassen. Zuerst hatte sie Mitleid verspürt, als Birgit weinend zusammengebrochen war. Die Verzweiflung und Angst, die sich in ihren Augen gespiegelt hatten, erinnerte Natalia an ihre Mutter. Birgit glich ihr sogar ein wenig. Dieselben schwarzen Haare, die auch frisch gewaschen irgendwie ungepflegt wirkten, dieselbe Figur und die billige Kleidung. Sie hatte wirklich einen Augenblick Sympathie für diese Frau empfunden. Aber jetzt fühlte sich Natalia nur noch von ihr angewidert, wie sie da auf Knien rutschte und dabei heulte und wirres Zeug redete. Birgit schien tatsächlich Todesangst zu haben.

Weshalb?, fragte sich Natalia, was hat sie getan, dass sie so in Panik gerät? Sie scheint wirklich fest davon überzeugt, dass dies kein Unfall gewesen war.

Was hatten sie alle getan?

Diese Leute waren nicht freiwillig hier, das hatte Natalia vom ersten Moment gespürt. Sie misstrauten sich, konnten einander kaum in die Augen sehen und es war offensichtlich. Sie hatten alle Angst. Vor was? Vor wem? Es hatte etwas mit der Insel zu tun. Selbst Windolf hatte Angst.

Oder war dies etwa nur gespielt? Seit Tagen war er nervös gewesen, hatte irgendwelche Pläne geschmiedet, und seine Wut nur mühsam unterdrückt. Natalia hatte nicht mitbekommen, um was es ging. Sie hatte geglaubt, dass er bei einem seiner undurchsichtigen Geschäfte über den Tisch gezogen worden sei und sich nun hierhin zurückzog, um dann unverhofft zurückzuschlagen.

Birgit kroch ihr nach und fasste nach ihrem Kleid.

„Sie müssen mir glauben! Bitte! Ich konnte nichts tun", schniefte sie.

Natalia wollte an ihr vorbei, aber Birgit warf sich vor ihre Füße. „Hören Sie doch zu!"

Natalia flüchtete verstört in den Salon und stellte sich vor das Fenster.

Wo sind denn alle? Jemand soll endlich diese Frau hier wegbringen.

Trotz Birgits Gejammer konnte sie hören, wie Türen geöffnet und geschlossen wurden und man Dieters Namen rief.

Birgit begann, laut zu schreien. Malte kam die Treppe herunter gepoltert.

„Schon gut, schon gut", sagte er und zog sie hoch.

„Du, du weißt, dass ich nichts dafürkann!", schrie Birgit und klammerte sich an ihm fest.

Heilige Scheiße, dachte Malte, ich glaub, ich habe einen Fehler gemacht!

Er bog ihren Kopf nach hinten und blickte ihr ins Gesicht. Ihre Augäpfel waren verdreht und fast völlig unter den Lidern verschwunden. Die Haare klebten verschwitzt an ihrem Kopf. Birgit torkelte und er hatte Mühe, sie festzuhalten.

Eddie kam aus dem Speisesaal geschlendert. Er hielt ein Weinglas in der einen und ein Stück Brot in der anderen Hand.

„Na, auch keine Lust, an dem Versteckspiel teilzunehmen?“ Eddie grinste, und als er Birgits Gesicht sah, lachte er laut.

„Malte, Malte, immer noch dasselbe. Fütterst die Mädels mit Pillen, bis sie nicht mehr wissen, wo hinten und vorne ist.“

Birgit kreischte.

Malte packte sie um die Hüfte und schob sich mit ihr die Treppe hoch. Er würde ein anderes Mal mit Eddie reden. Das würde er.

Natalia war erleichtert, als endlich alle verschwunden waren. Sie überlegte, ob sie nach oben gehen sollte. Aber sie war sich sicher, dass in ihrer Suite schon Windolf auf sie wartete.

Noch wütender.

Er hatte sich ganz sicher nicht an der Suche nach dem Mann beteiligt. Windolf hatte sich noch nie um andere gekümmert. Natalia würde hierbleiben, wenn nötig die ganze Nacht.

Sie holte sich an der Bar eine Zigarette, wobei sie darauf achtete, einen weiten Bogen um den Kamin zu machen. Nicht in dessen Richtung zu blicken. Auf den weißen Teppich, auf dem sich ein dunkler Umriss abzeichnete.

Als Natalia an ihren Platz am Fenster zurückkehrte, konnte sie eben noch Leon und Pedro sehen, die sich gebückt durch den schmalen Pfad im Schnee zwängten und die Plane hinter sich herzogen. Sie sahen aus wie Zwerge mit ihren Kapuzen. Wie bösartige Zwerge, die sich mit einer grässlichen Beute in den Wald zurückzogen.

Natalia zog nervös an ihrer Zigarette. Sie verfügte über eine robuste Natur, und ängstliche Fantasien gehörten eigentlich nicht zu ihr. Aber das surrealistisch wirkende Bild verstörte sie. Natalia fühlte eine Angst in sich hochkriechen, die nichts mehr damit zu tun hatte, hier mit Windolf in einer Falle zu sitzen.

Die Angst war tiefer. In diesem Haus war etwas, das sich wie der Schnee da draußen über sie legen und für immer begraben würde. Hilflos starrte sie auf die weiße Fläche unter ihr. Sie zuckte zurück. Was war das?

Natalia kniff die Augen zusammen. Ihr Spiegelbild nahm ihr die Sicht. Da!

Sie ließ die Zigarette fallen und drückte das Gesicht an die Schreibe. Mit beiden Händen schirmte sie die Augen ab, um besser sehen zu können. Unter ihr fegte der Wind und hatte etwas freigelegt.

Natalias Herz begann wild zu schlagen.

Ein Stiefel! Da ragte ein Stiefel aus dem Schnee! Sie blinzelte. Ihr Herzschlag dröhnte laut in ihren Ohren, als ihr klar wurde, dass da nicht nur ein Stiefel lag. Sie erkannte den Hinterkopf eines Mannes, und braune, blutverschmierte Haare, an denen Eiskristalle klebten. Dieter.

Jemand hatte ihm den Schädel zertrümmert. Natalia wollte den Blick abwenden, aber es war, als wäre sie am Fenster festgeklebt. Gnädig schob der Wind frischen Schnee über den verrenkten Körper und zitternd ließ sie die Hände sinken. Nun war Natalia überzeugt, dass auch Carstens Tod kein Unfall gewesen war. Was sollte sie jetzt tun? Wem sollte sie das erzählen? Mit wem konnte sie reden? Wem vertrauen? Es war ihr unmöglich, einen klaren Gedanken zu fassen.

Wie aus dem Nichts tauchte plötzlich Kirstins Spiegelbild neben dem ihren auf. Natalia schrie auf und fuhr herum.

„Entschuldigen Sie, ich wollte Sie nicht erschrecken“, stammelte Kirstin, die selbst zurückgezuckt war. Sie hielt Sarah fest an sich gedrückt und sah elend aus. Schwarze Ringe lagen unter ihren Augen.

Ich muss es ihr doch sagen, dachte Natalia, ich muss ihr sagen, dass da draußen ihr Mann liegt. Tot, mit eingeschlagenem Schädel!

Sie brachte kein Wort heraus.

„Hören Sie“, sagte Kirstin und legte ihr eine kalte Hand auf den Arm. „Wir können Dieter nicht finden.“ Sie schluckte und ihr Gesicht verzog sich vor Kummer. Das Baby blickte verwirrt zu ihr hoch.

Da wusste Natalia, dass sie es niemals übers Herz bringen würde, der Frau die Wahrheit zu sagen.

„Aber ich glaube“, fuhr Kirstin fort und ein hoffnungsvoller Unterton schlich sich in ihre Stimme. „Das kann doch alles Mögliche bedeuten. Also ich denke, nachdem ja auch alle Telefonverbindungen unterbrochen worden sind, versucht er wahrscheinlich ins Tal zu kommen. Vielleicht hat er Skier genommen …“ Ihre Stimme verlor sich.

Das glaubst du doch nicht wirklich! Natalias Magen krampfte sich zusammen. Ohne dir Bescheid zu sagen?

Kirstin riss sie aus ihren Gedanken.

„Ich weiß nicht, wo er ist und was passiert ist!“, stöhnte sie. „Aber ganz egal. Ich muss mit Ihnen reden. Ich wollte Sie bitten, von Herzen bitten, wenn … wenn mir etwas zustoßen sollte, bitte kümmern

Sie sich um Sarah. Bitte, versprechen Sie mir das!" Weinend drückte sie das Baby an ihre Brust.

„Ich?" Natalia war verblüfft. „Also, erstens, was sollte denn passieren?" Sie hörte selbst, dass es nicht sehr überzeugt klang. Hastig redete sie weiter.

„Und Sie kennen mich doch gar nicht?" Verunsichert hob Natalia die Hände.

Kirstin wischte sich müde lächelnd die Tränen aus dem Gesicht.

„Glauben Sie mir, meine Menschenkenntnis ist gar nicht so schlecht. Naja, ich habe in den letzten Jahren dazu gelernt. Und Sie scheinen mir eine sehr nette und warmherzige junge Frau zu sein. Ich vertraue Ihnen."

Natalia war völlig überrascht. Von Frauen war sie bisher immer nur mit Neid oder Abscheu betrachtet worden. Sie hatte keine einzige Freundin, es gab nur ihre Mutter. Noch nie hatte eine andere Frau so zu ihr gesprochen.

„Also, versprechen Sie mir das?" In Kirstins Augen sammelten sich neue Tränen.

„Ja", antwortete Natalia. „Das verspreche ich Ihnen."

Und noch nie in ihrem Leben hatte sie etwas so ernst gemeint. Natalia strich dem Baby sanft über die seidigen Haare. Sie würde ihr Leben für dieses kleine Mädchen geben.

„Danke.“ Kirstin nickte und schleppte sich wie eine alte Frau zur Tür. „Ich werde in unserem Zimmer auf Dieter warten.“

Natalia blieb zurück, allein, mit einer Angst, die sich wie Gift durch ihren Körper fraß.

Das Kind tastete mit den Händen über das faserige Holz über seinem Kopf. Seine Stirn pochte. Ein kleiner Splitter bohrte sich unter seinen Fingernagel. Ein neuer Schmerz. Es zog die Hände zurück und streckte den Fuß. Wieder Holz. Nun wurde dem Kind bewusst, dass es in einer Kiste lag. In einer Holzkiste, in der es von der Dunkelheit und dem Gestank langsam erdrückt wurde.

Einen Moment lang war seine Angst der Überraschung gewichen. Lag es wirklich in einer Kiste? War das ein Spiel?

Ja sicher, sie hatten gespielt und dann war es eingeschlafen und die anderen hatten es einfach vergessen!

In der kochenden Hitze war es so schwer zu denken. Das Kind versuchte, sich zu erinnern. Wo war es zuletzt gewesen? Am Strand, nein, in der Hütte? Es hatte Durst, schrecklichen Durst, und der Splitter unter seinem Nagel brannte wie Feuer.

Feuer! Das Kind war beim Feuer gewesen. Und dann? Einen kurzen Augenblick flackerte ein Bild vor seinen Augen, dann trieb es fort. Es versank im heißen Strom der Schmerzen.

Es musste rufen! Laut rufen, dann würden sie es hören und endlich hier rausholen.

Das Kind holte tief Luft. Faulig stinkende Luft, schwer wie Öl. Am liebsten hätte es einfach nur den

Atem angehalten. Aber sie würden es sonst ja vielleicht niemals finden.

„MAMA! MAAAAMAAAAA!“

Das Kind ballte die Fäuste, bäumte sich auf und legte seine ganze Kraft in seine Stimme.

Sie klang dumpf, als würden die Wände aus Holz sie packen und niederdrücken, wie Hände, die sich auf seine Brust legten.

Erschöpft ließ sich das Kind zurücksinken. Sein Mund war vollkommen ausgetrocknet und neue Wellen aus Schmerz jagten durch alle Glieder. Am schlimmsten wüteten sie in seinem Kopf, und nicht nur an der Stelle, wo es sich die Stirn angeschlagen hatte, sondern am Hinterkopf. War es hingefallen?

Nein!

Das Kind war sich plötzlich ganz sicher, jemand hatte es geschlagen. Ja! Es hing diesem Gedanken nach, voller Hoffnung noch etwas zu finden, das ihm helfen würde, sich zu erinnern. Seine Haut brannte unter der klebrigen Schicht aus Schweiß.

Es gab kein Erinnern, es war kein Platz mehr neben dem Schmerz.

Schmerz

Malte hatte Birgit nach oben gebracht. Sie zappelte und schrie ununterbrochen, und als er sie endlich auf das Bett fallen ließ, tropfte der Schweiß von seiner Stirn.

Ich bin gar nicht gut in Form, oh Mann, das kannst du aber laut sagen! Aber schließlich war Birgit ja auch alles andere als ein Fliegengewicht.

Schnaufend setzte Malte sich auf die Bettkante. Birgit hatte ihr Gesicht in dem großen Seidenkissen vergraben und weinte laut. Malte legte ihr tröstend eine Hand auf die Schulter. Sie reagierte nicht.

Scheint, dass wir wieder einmal ganz unten angekommen sind.

Das kannte er schon. Nur dass sie diesmal festsaßen. In einem Rattenkäfig aus Gold und Silber. Er blickte sich ratlos um und fühlte sich so alt, wie er aussah. Viel zu alt für solchen Mist!

Während Malte lange Zeit einfach vor sich hin stierte, fühlte er sich plötzlich völlig nüchtern. Er runzelte die Stirn. War das möglich? Konnte der ganze Stress tatsächlich die Wirkung seiner kleinen Pillen aufheben oder war er nun völlig weggetreten? Aber Malte hatte das Gefühl, dass er seit Jahren nicht mehr so klar gewesen war. Und ganz klar war, er hatte seit damals nie wieder solche Angst verspürt wie jetzt.

Bilder tauchten vor seinen Augen auf. Bilder, die er nicht sehen wollte. Verdammt.

Er sprang vom Bett auf und strich mit beiden Händen durch seine dünnen Haare.

Malte, alter Junge, pass auf, dachte er. Reiß dich zusammen, hör auf zu saufen, und iss endlich was.

Genau. Er musste etwas essen, das würde ihm helfen auf die Beine zu kommen, um dann hoffentlich die richtigen Entscheidungen zu treffen. Er warf Birgit einen kurzen Blick zu. Es schien, als ob sie endlich eingeschlafen wäre.

Dem Himmel oder sonst wem sei Dank, dann nichts wie los! Leise schloss Malte die Tür hinter sich und machte sich auf den Weg nach unten.

Er wusste nicht, dass es das letzte Mal gewesen war, dass er Birgit lebend sah.

Boris Windolf hatte sich natürlich nicht an der Suche nach Dieter beteiligt. Wieso sollte er.

Er war mit den anderen die Treppe hochgestiegen und hatte pro forma zwei Mal laut nach ihm gebrüllt. Dann war er in seine Suite verschwunden und zog aus der Schreibtischschublade einen Schlüssel.

Windolf lauschte kurz an der Tür, dann hastete er ungesehen die Treppen hinunter bis in den Keller.

Das Licht schaltete sich automatisch ein und flutete über den Swimmingpool, auf dessen Grund Dutzende kleine Lämpchen wie Sterne im Wasser funkelten. Ruheliegen, mit dicken, weiß bezogenen Polstern standen einladend am Rand des Beckens. Er würdigte sie keines Blickes, er hatte nur ein Ziel, die letzte Tür am Ende der großen Halle. Sie war aus schwerem dunklem Holz, das mit Intarsien ausgelegt war. Er schloss sie auf und betrat den Raum. Auch hier flammte Licht auf, ohne dass er einen Schalter betätigen musste. Es war dämmriges Licht und die Konturen der Einrichtung verfestigten sich erst nach einem kurzen Moment.

Der ganze Raum war in Schwarz gehalten. Schwarzes Leder, schwarzes Metall.

Und schwarze Gedanken. Windolf grinste.

Es war nichts Außergewöhnliches. Ein Spielzimmer für Leute wie ihn, die gerne anderen Schmerzen zufügten. Also bitte, jeder hat schließlich sein Hobby.

Windolf legte sich auf eine Pritsche. Er hätte eine CD einlegen oder sich auf der großen Leinwand einen seiner Lieblingsfilme ansehen können, aber das war nicht der richtige Moment. Er brauchte Ruhe. Er musste nachdenken, und zwar gründlich!

Boris Windolf hatte das ungute Gefühl, dass er bis jetzt zu wenig nachgedacht hatte und die Dinge ihm entglitten. Und das durfte auf keinen Fall passieren. In seinem Leben war schon vieles schiefgelaufen, Doch er hatte niemals die Kontrolle verloren! Er war immer davongekommen.

Doch nun sah es ganz so aus, als wäre er wie ein Volltrottel in eine Falle getappt. Das trieb ihn zur Weißglut, zornig ballte er die Fäuste.

Er war sich absolut sicher, dass Carsten den Löffel nicht aufgrund eines dämlichen Unfalls abgegeben hatte. Was er den anderen mit seiner unschlagbaren Überzeugungskraft erzählt hatte, war nichts als Geschwafel gewesen, und dabei hatte er sie alle genauestens beobachtet. Aber Teufel nochmal, keiner hatte sich eine Blöße gegeben! Und was Dieter betraf, der war auch tot, das war so sicher wie das Amen in der Kirche. Irgendwo lag er herum, und er brauchte sich wegen ihm keine Sorgen mehr zu machen. Auch gut.

Aber er musste sich Sorgen machen, nur über wen? Wer steckte hinter der Teufelei, die vor einem halben Jahr mit den Ansichtskarten begonnen hatte?

Windolf kniff seine farblosen Augen zusammen. Eigentlich hatte doch alles schon früher begonnen. Und er hatte gedacht, das Problem zusammen mit Angie und Patrick entsorgt zu haben. Sondermüll, sozusagen.

Vor etwa zehn Jahren war Angela plötzlich aufgetaucht und hatte sich an ihn herangemacht.

Das war, gleich nachdem von ihm, in einer dieser bunten Illustrierten, ein Porträt veröffentlich worden war. Von Boris Windolf und dem Reichtum, den er durch seine Geschäfte gescheffelt hatte. Es hatte viele Fotos gegeben, die ihn Seite an Seite mit Leuten zeigten, die wahrscheinlich der Schlag treffen würde, wenn sie wüssten, was er sonst noch so alles trieb. Sein Geschäftssinn war hochgelobt worden und auch seine guten Taten. Klar, schließlich wusste er, was sich gehörte. Aber seine wahren Stärken wurden mit keinem Wort erwähnt, und das war auch gut so.

Boris Windolfs größtes Talent war, die Menschen zu durchschauen und zu manipulieren. Der Erfolg war garantiert, wenn man ihre geheimsten Wünsche kannte und wahr werden ließ.

Und das konnte er. Es war wirklich faszinierend, wonach die Leute so gierten. Windolf verschaffte ihnen, was sie wollten, aber dann lernten sie ihn richtig kennen. Und es wunderte ihn gar nicht, dass sich ihre Zuneigung blitzartig verflüchtigte. Man musste leider sagen, es gab sogar Leute, die ihn hassten. Nicht, dass dies seine gute Laune jemals beeinträchtigt hätte, im Gegenteil. Es gefiel ihm! Sie bekamen Angst. Wunderbar. Er konnte mit ihnen spielen wie eine Katze mit einem flügellahmen Vogel. Er hatte Macht über sie. Es gab nichts, was er mehr genoss.

Aber dann hatte ihm Angie doch tatsächlich eine schlaflose Nacht bereitet! Die Erinnerung daran machte ihn so wütend, dass er sie jetzt auf der Stelle ein zweites Mal umgebracht hätte.

Windolf hatte sich ein großes Haus gekauft, ein richtig großes Haus, mit einem herrlichen Park. Und natürlich hatte er eine Party gegeben und jede Menge Leute eingeladen. Die einen mochten ihn und die anderen weniger. Aber sie waren alle gekommen.

Spätabends stand er mit seinem Glas in der Hand etwas abseits und beobachtete seine Gäste. Er dachte an die schäbige Wohnung, in der er seine Kindheit verbracht hatte, und war sehr zufrieden mit sich.

Weiß der Teufel, wie sie sich hereingeschlichen hatte, aber plötzlich stand sie vor ihm. Angie.

Sie sah immer noch gut aus, und für einen Moment hatte er ihr Bild vor Augen, wie sie früher in ihrem winzigen Tanga am Strand herumgehüpft war. Süß, aber schon damals nicht mehr unschuldig.

„Hallo Boris", sagte sie.

Ihre Stimme klang unsicher. Was führte sie im Schilde? Alte Liebe konnte Angie kaum hergetrieben haben. Windolf schwieg. Er hatte gelernt, dass das die beste Taktik war. Die Leute wurden nervös und begannen zu plappern. Und das tat sie dann auch. Angie plapperte. Zuerst dummes

Zeug, von wegen, was für eine Karriere er da hingelegt hatte, wer hätte das gedacht und so weiter. Da packte ihn die Wut.

„Was willst du hier?“, zischte er sie an.

Angie wurde blass und wich einen Schritt zurück. Sie hatte Angst vor ihm.

Sie blickte unruhig zu den lachenden Menschen, die sich ein paar Meter entfernt bestens zu amüsieren schienen. Sie suchte jemanden.

„Bist du etwa immer noch mit Patrick zusammen?“, fragte er, und gab sich Mühe, freundlich zu klingen.

„Nein, schon lange nicht mehr, aber wir haben uns zufällig wieder getroffen.“ Angie hatte neuen Mut geschöpft. „Er ist jetzt bei der Polizei, ist das zu glauben?“

Windolf bekam einen solchen Lachanfall, dass er sich verschluckte und nach Luft ringen musste.

Zögernd klopfte sie ihm auf den Rücken.

„Lass das“, knurrte er. Aber er konnte fast nicht mehr aufhören zu lachen. Genau wie der idiotische Malte damals, dachte er. Schließlich hatte er sich wieder gefasst.

„Das ist wirklich der beste Witz, den ich jemals gehört habe. Patrick ist Polizist. Der Bock ist Gärtner geworden. Aber ich denke, du tauchst nicht nach all den Jahren plötzlich auf, um mir das zu erzählen. Also, was willst du?“

Angie war elegant gekleidet, passend zum heutigen Anlass. Nun hielt sie ihre kleine Abendtasche mit beiden Händen krampfhaft fest.

„Erinnerst du dich an unseren letzten, gemeinsamen Morgen, damals, auf der Insel?"

Also das war es, natürlich. Und wie er sich erinnerte! Sie waren alle davongerannt wie die Hasen, die plötzlich gesehen haben, dass der Fuchs den Kopf aus dem Bau streckt. Die wenigsten hatten sich noch einmal umgedreht. Unter ihrer sonnengebräunten Haut waren sie blass. Sie waren zur Straße hochgelaufen, zwischen sich eine Distanz, als könnten sie sich eine ansteckende Krankheit holen, sollten sie sich zu nahekommen.

Und er und sein altbewährter Knappe Eddie hatten die ganze restliche Drecksarbeit machen müssen!

Windolfs Pupillen verengten sich, während er Angie anstarrte.

„Ich erinnere mich." Was will die Schlampe?

„Nun." Angie begann zu schwitzen. „Ich habe noch ein Foto gemacht!"

„Ein Foto?" Er war völlig überrumpelt. Das kann gar nicht sein, das hätte ich doch bemerkt!

Aber eine Sekunde später wurde ihm klar, dass er das ganz sicher nicht bemerkt hätte. Er war zu beschäftigt gewesen, um der feigen Bande auch nur einen einzigen Blick zu schenken. Scheiße!

Angie begriff, dass Boris also doch verwundbar war. Sie straffte die Schultern.

„Ich habe es nie jemandem gezeigt, ich habe es ja auch erst viel später erst selber gesehen. Damals habe meinen Rucksack einfach in eine Ecke geworfen und nie ausgepackt. Aber dann brauchte ich eine Kamera und da ist mir das alte Ding in den Sinn gekommen. Der Film war noch drin und ich dachte, ich sollte ihn entwickeln lassen, und …“

Windolf fixierte sie. Ihre Worte stachen wie kleine Nadeln in seine Ohren, und er musste mit Gewalt seine Hände hinter dem Rücken verschränken. Sie wollten sich um Angies Hals legen und so lange zudrücken, bis außer der Musik und dem Lachen der Gäste nichts mehr zu hören war.

„Und?“ Er hatte es endlich geschafft, sich zu beherrschen.

Angie sah ihn verängstigt und misstrauisch an.

„Noch einmal und zum letzten Mal.“ Er dehnte jedes Wort. „Was willst du?“

Angie begann zu stottern.

Es schien alles so einfach, als sie mit Patrick diesen Plan ausgeheckt hatte. Aber nun stand sie vor Boris. Und sie fürchtete sich. Sie wusste, wozu er fähig war. Aus heiterem Himmel, grundlos. Und sie war gerade dabei, ihm einen Grund zu liefern, um völlig auszurasten.

Angie vergewisserte sich nervös, ob sich noch genügend Gäste in ihrer Nähe aufhielten. Er würde sich hüten, vor allen Leuten auf sie loszugehen.

„Nun, als der Film dann entwickelt war und ich das Foto gesehen habe, also, da hab ich es einfach weggelegt und dann ganz vergessen. Dann habe ich Patrick wieder getroffen und wir haben von alten Zeiten geredet und Patrick war der Meinung, ich solle dir dieses Foto doch zeigen."

„So, Patrick denkt das also. Ich wusste gar nicht, dass Patrick denken kann."

Angie stand unschlüssig vor ihm. Seine Gelassenheit überraschte sie und sie hatte keine Ahnung, was sie davon halten sollte.

„Also schön", sagte Windolf seufzend. „Dann zeig schon her, und sag endlich, was du, was ihr wollt, und wir machen dem Ganzen jetzt ein Ende. Ich muss mich um meine Gäste kümmern."

Mit zitternden Fingern öffnete sie ihre Tasche und streckte ihm ein Bild entgegen. Als er danach griff, zog sie hastig ihre Hand zurück. Sie wollte ihn auf keinen Fall berühren.

Windolf betrachtete das Foto eingehend. Es war eine miserable, unscharfe Aufnahme, so als ob jemand im Laufen auf den Auslöser gedrückt hätte.

Aber das war unbestreitbar er. Seine hellen Haare hatten ihm damals bis über die Schultern gereicht und auf dem Bild hingen sie über sein Gesicht und verdeckten es zum größten Teil. Aber nicht ganz. Im Gegensatz zu damals war er heute richtig mager. Auf dem Foto hatte er sogar einen kleinen Bauchansatz. War das zu glauben?

Auf der Aufnahme stand er halb gebückt in den knielangen, dunkelblauen Shorts, die er eigentlich die ganze Zeit getragen hatte, an einer Feuerstelle. Seine Hände hielten das Ende einer Teppichrolle umfasst. Nein, kein Teppich, es war eine große, bunt gemusterte Decke. Alles kein Grund zur Aufregung, wäre da nicht am anderen Ende der Rolle eine Hand zu sehen. Eine schwarze Hand. Völlig verkohlt, um genau zu sein.

Sie hatten ihn. Er seufzte tief.

„Lass uns nicht um den heißen Brei reden, meine Schöne. Ich gebe euch Geld und ihr mir dieses Andenken und wir gehen in Frieden auseinander. So habt ihr euch das doch gedacht, stimmt‘s?“

Angie riss den Mund auf. Sie hatte alle möglichen Reaktionen erwartet, aber dass er einfach nur so müde auf sie herabblickte, brachte sie völlig aus dem Konzept.

„Also …“ Sie stammelte. Das ging viel zu einfach!

„Sag mir wie viel, wann und wo. Ich muss mich jetzt wirklich wieder um meine Party kümmern.“

„Patrick wird dich anrufen“, sagte Angie. Dann lief sie hastig davon.

Windolf betrachtete das Foto lange und eingehend. Konnte man ihn wirklich erkennen und konnte es ihm heute tatsächlich noch schaden? Doch, das konnte es. Es gab Leute, sollte es in deren Hände gelangen, die Nachforschungen betreiben würden. Herumschnüffeln und in Dingen wühlen, die sie nichts angingen. Man würde ihn belästigen, doch das kam nicht in Frage. Außerdem, selbst wenn er diesen dreckigen Erpressern Geld gäbe, er könnte sich nie mehr sicher fühlen. Sie hätten ihn für alle Zeiten am Haken, wie einen Fisch. Und Windolf war alles andere als ein zappelnder Fisch! Also musste er etwas tun.

Er steckte das Foto ein und ging zurück zu seinen Gästen. Er würde nicht warten, bis Patrick so gnädig war, sich bei ihm zu melden.

Nein, er würde den lieben Patrick überraschen! Windolf suchte nach Eddie und zerrte ihn weg von der Bar und den hübschen Frauen.

Eddie betrachtete das Foto amüsiert.

„Mann, hast du damals bescheuert ausgesehen!"

Windolf ärgerte sich über diese Reaktion, aber was konnte man von Eddie schon erwarten.

„Wenn du dich genug an meiner Frisur ergötzt hast, halt die Klappe und hör mir genau zu! Ich will nicht, dass irgendetwas schiefläuft. Ich will mir die

Schmeißfliegen ein für alle Mal vom Hals schaffen."

„Nur die Ruhe", sagte Eddie und gab ihm das Foto zurück. „Ich verstehe nur nicht, warum du dir die Finger schmutzig machen willst. Ich kenne da jemanden, der würde das schnell und leise erledigen."

Windolf fixierte ihn mit einem seltsamen Blick.

„Erstens muss ich das selbst machen, um sicher zu gehen, dass das Kapitel damit endgültig abgeschlossen ist. Und … zweitens …", seine Lippen kräuselten sich, „möchte ich mir den Spaß, den ich dabei sicher haben werde, nicht nehmen lassen."

„Du hast wie immer recht", krähte Eddie.

„Denk daran, nimm einen großen Wagen. Einen sehr großen!"

Schon am nächsten Nachmittag standen sie in Angies kleiner Wohnung. Windolf war fast ein wenig enttäuscht, so einfach war es gewesen.

Eddie hatte Angie Manieren beigebracht, und dann hatte er sich um sie gekümmert. Nun gab es nichts mehr, was ihm hätte schaden können. Es war alles da und er war sich sicher, dass Angie die Wahrheit sagte. Sie hatte Todesangst und keine Kraft mehr zu lügen.

Er blickte kopfschüttelnd auf sie herab. Ihr hübsches Gesicht war blutverschmiert und mit der gebrochenen Nase, sah sie aus wie eine Hexe. Ihr Atem ging röchelnd.

„Weißt du“, sagte Windolf beiläufig. „Ich hätte gedacht, dass ihr klüger seid. Noch dazu, da Patrick ja jetzt ein Bulle ist. Wie naiv kann man denn sein? Lernen die denn dort gar nichts?“

Er klopfte auf seine Hosentasche. „Also, ich hätte mich irgendwie abgesichert.“

Angie stöhnte laut. Blut sickerte aus der Nase und dem Mund. Ihr gebrochener Arm hing schlaff herab.

„Du hast doch jetzt, was du willst“, flüsterte sie.

„Ganz genau“, sagte Eddie und knöpfte sein Hemd zu. Zufrieden strich er über den Stoff. Nicht der kleinste Fleck.

„Dann geht doch endlich.“ Angie schaffte es nicht, den Kopf zu heben.

„Aber wo bleibt denn deine Gastfreundschaft?“, fragte Windolf in gespielter Empörung. „Wir konnten ja noch nicht einmal Patrick begrüßen. Wir warten hier auf ihn. Er wird sich riesig freuen.“

Angie krümmte sich wimmernd. Sie wusste was geschehen würde.

„Eddie, sei so gut, mach uns mal einen Espresso. Ich glaube, die gute Angela ist gerade nicht in der Verfassung.“

„Aber sicher doch. Möchtest du vielleicht auch einen, Schatz?“

Angie wünschte sich, endlich das Bewusstsein zu verlieren, aber diese Gnade wurde ihr verwehrt.

Gott straft mich jetzt für alles, was ich getan habe, dachte sie. Nein, er straft mich für das, was ich nicht getan habe!

Als Patrick endlich erschien, reagierte er viel zu langsam. Er schloss die Tür auf und sein Blick fiel auf das blutige Bündel, das einmal eine hübsche junge Frau gewesen war.

Angie!

Der Schock lähmte ihn für eine Sekunde, eine Sekunde zu lange, denn er konnte Windolfs Schlag nicht mehr abwehren.

Als Patrick wieder zu sich kam, lag er auf der Straße. Sein Kopf dröhnte und die Welt um ihn drehte sich, als er die Augen öffnete. Er blickte direkt in Angies Gesicht, die neben ihm lag. Ihre Augen waren zugeschwollen. Aber er begriff sofort, dass sie tot war.

„Angie“, flüsterte er. Er wollte näher kriechen, doch da drang ein Geräusch in sein Bewusstsein. Das dumpfe Röhren eines Motors im Leerlauf. Eines starken Motors.

Patrick hob den Kopf und seine Augen weiteten sich vor Entsetzen. Keine zwei Meter vor sich sah er einen riesigen schwarzen Reifen, der langsam, wie in Zeitlupe, unaufhaltsam auf ihn zurollte. Er wollte hochspringen, aber es war zu spät. Der Motor heulte auf und die breiten Räder überrollten ihn und Angie.

„Adios“, hatte Windolf geflüstert, der am Steuer des Wagens saß.

Es hatte nie eine Spur gegeben. Wer die beiden Menschen so brutal umgebracht hatte, wurde nie aufgeklärt. Der Wagen war noch in derselben Nacht über die Grenze nach Osten verschwunden. Sein neuer Besitzer hatte nichts daran auszusetzen. Der Wagen hatte nicht einen Kratzer.

„Adios“, murmelte Windolf und verschränkte die Arme hinter dem Kopf. Nun waren die Geister aus der Vergangenheit wiederaufgetaucht. Aber diesmal war es anders. Es gab bis jetzt keinen Erpressungsversuch und er war überzeugt, es würde auch keinen geben. Das hier war Rache. Irgendjemand wollte ihn fertigmachen. Aber wer, verdammt nochmal?

Er zermarterte sich sein Hirn. Die, die dabei gewesen waren, und um genau zu sein, diejenigen, die jetzt noch übrig waren, hatten doch selbst genug Dreck am Stecken. Sie hatten sich bisher still verhalten und er war sich eigentlich sicher, dass sie nichts anderes vorhatten, als ihr jämmerliches Leben in Ruhe und im Vergessen zu verbringen.

Also, … gab es vielleicht doch noch ein Foto, das jetzt jemandem in die Hände gefallen war? Oder irgendetwas, das er damals übersehen hatte?

Windolf hatte große Mühe, sich zu konzentrieren. Das war doch gar nicht seine Art, und jetzt, da es wirklich darauf ankam, begannen seine Gedanken abzuschweifen.

Reiß dich zusammen! Er hatte großes Verlangen nach einem Schluck Alkohol. Aber er musste bei klarem Verstand bleiben.

Plötzlich hatte er Eddies grinsendes Gesicht vor Augen. Eddie?

Windolf verzog den Mund. Eddie teilte fast alle seine Geheimnisse. Die meisten davon waren aus dem Mist entstanden, den Eddie selbst fabriziert hatte, aber es gab auch andere. Hinter Windolfs geschlossenen Lidern bewegten sich seine Augäpfel hin und her. Sein Atem ging schneller.

Eddie war es in der letzten Zeit nicht so gut gegangen. Eigentlich gar nicht gut. Beschissen sogar! Eddie hatte noch nie eine Ahnung von Geschäften gehabt und nach dem Tod seiner Eltern einfach alles so gelassen wie es war und sich um nichts gekümmert. Das war ein paar Jahre lang einigermaßen gut gegangen. Ob es daran lag, dass das ganze Unternehmen ohne vernünftige Führung vor sich hindümpelte oder daran, dass sich Eddie etwas zu oft aus der Firmenkasse bediente, jedenfalls war es steil bergab gegangen. Eddie befand sich nun eindeutig auf einer Talfahrt.

Und was tun die Leute, wenn sie tief fallen? Sie versuchen, sich festzuhalten, an alten Freunden, die im Geld schwimmen und noch keinen Rettungsring benötigen. Es ging eben doch um Geld. Es geht immer um Geld! Und nur Eddie mit seinem verdrehten Hirn konnte so ein Theater inszenieren.

Und ich bin darauf hereingefallen; auf ein paar dämliche Ansichtskarten!

Er war so dumm gewesen und hatte die ganze Brut hierher eingeladen und versucht, eine Spur zu finden.

Windolfs Fingernägel bohrten sich tief in das Fleisch seiner Handflächen. Es war völlig klar. Nur Eddie hätte den Mut, ein solches Spiel mit ihm zu treiben. Und nur Eddie brachte es fertig Carsten im Feuer zu braten. Gehörte alles zum Szenario, um ihn nervös zu machen.

Mit einem Ruck richtete Windolf sich auf.

Und da stand Eddie vor ihm.

Windolf verschlug es die Sprache. Eddie stand vor der Liege und trank seelenruhig seinen besten Rotwein direkt aus der Flasche. In Windolfs Kopf explodierte etwas.

„Du Arschloch!“, schrie er.

„Hä?“ Eddie ließ die Flasche sinken und starrte ihn verblüfft an. „Was ist denn los?“

Windolf schwang die Beine von der Liege und schoss auf ihn zu. Er packte Eddie am Hemdkragen und zog sein Gesicht so dicht an seines, dass sich ihre Nasen fast berührten.

„Ja! Was ist los? Das frage ich dich!“

Eddie versuchte schwankend einen Schritt zurückzumachen, aber Windolf ließ ihn nicht los. Weil er so mager war, wurde seine körperliche Kraft immer unterschätzt. Und jetzt war er zornig, sehr zornig sogar, und da hätte es schon ein anderes Kaliber gebraucht, um Windolf aufzuhalten.

Und Eddie wusste das. In dem Zustand konnte man nicht mehr zu ihm durchdringen. Eddie war zu Tode erschrocken, als er den Blick in seinen Augen sah. Windolf war nicht mehr zu bremsen. Eddie ließ die Arme sinken und hielt still.

„Okay“, sagte er. „Irgendetwas scheint mir entgangen zu sein. Könntest du mich bitte loslassen und mir erklären, warum du mir an die Gurgel gehst?“

„Brauchst du Geld?“, fauchte Windolf.

Eddie war völlig verdattert. „Was soll denn das jetzt?“

„Brauchst du Geld?“ Windolfs Stimme war leise. Gefährlich leise.

Eddie begann zu schwitzen. Was für eine blöde Frage. Natürlich brauchte er Geld, ganz dringend sogar! Aber er hatte Boris um nichts gebeten und was sollte jetzt dieser irre Wutanfall?

„Hör mal, ich weiß nicht was los ist, aber was auch immer, ich habe nichts damit zu tun, also lass mich endlich los!"

Windolf drängte ihn um die Liege herum gegen die schwarze Wand. Sein Blick verursachte Eddie Übelkeit. Er strauchelte und wäre gestürzt, wenn Windolf ihn nicht gegen den kalten Stein gedrückt hätte. Ein leises Klirren erklang in Eddies Ohren und er drehte den Kopf. Neben seinem Gesicht hingen dicke Eisenketten, und noch ehe er sich bewusst wurde, was Windolf vorhatte, legte sich eine breite Manschette um sein Handgelenk. Mit einem hellen Klicken schnappte das Schloss zu.

„Bist du völlig durchgedreht?", schrie er und versuchte mit der Weinflasche auf Windolfs Kopf zu schlagen. „Hör auf, verdammt, und lass mich los!"

Windolf duckte sich geschickt, und die Flasche zerschellte auf dem Steinboden.

„Dir werd ich's zeigen." Windolf knurrte wie ein wütender Hund.

Eddie wand sich und trat nach ihm. Aber Windolf packte zu und drückte unbeeindruckt seinen freien Arm nach oben. Als sich die zweite

Eisenmanschette um sein Handgelenk schloss, sackte Eddie zusammen. Er fiel auf die Knie und starrte seinen alten Freund fassungslos an.

„Boris“, keuchte er. „Bitte, mach keinen Mist!“ Er musste den Wahnsinn, der ihm aus Windolfs Augen entgegen loderte, irgendwie aufhalten.

Windolf reagierte nicht. Er bückte sich und nahm ein Stück Glas der zerbrochenen Weinflasche vorsichtig zwischen Daumen und Zeigefinger. Er hielt es in die Luft und betrachtete es scheinbar völlig fasziniert. Die spitze Scherbe funkelte in einem satten Dunkelgrün.

„Boris!“ Eddie geriet in Panik.

Er zerrte an den Ketten und versuchte aus den Handschellen zu schlüpfen. Sinnlos, sie ließen sich nicht öffnen. Man brauchte tatsächlich einen Schlüssel. Sie waren nicht für Spielereien gemacht.

Windolf trat vor ihn und musterte interessiert sein Hemd. Eddie hielt den Atem an, als er leicht mit dem Glasstück über seine Brust und den Ärmel strich.

„Hast du mir nichts zu sagen?“, fragte Windolf freundlich.

Eddie stöhnte. „Verdammt, Boris, wenn ich bloß wüsste, was in dich gefahren ist! Ich habe keine Ahnung, wieso du plötzlich denkst, ich hätte ..., Himmel, ich weiß nicht, was zum Teufel du dir einbildest!“ Er schrie, als Windolf mit der Scherbe das Hemd zerschnitt. Mit langen, tiefen Schnitten zerfetzte er den Stoff und seine Haut.

„Nochmal. Brauchst du Geld?“

Eddie brüllte und trat nach ihm. Geschickt wich Windolf ihm aus.

„Ich weiß nicht, was du von mir willst! Oh Gott, Boris, hör auf damit!“ Eddie schluchzte.

Windolf ließ die Scherbe fallen. Er setzte sich wieder auf die Liege und drehte ihm den Rücken zu.

„Ich lass dir ein bisschen Zeit, um nachzudenken, zu überlegen, ob du dich tatsächlich mit mir anlegen willst. Fast hättest du mich übertölpelt!“ Windolf schüttelte erstaunt den Kopf.

Eddie schwieg und versuchte verzweifelt zu begreifen, was ihn in diese schreckliche Lage gebracht hatte.

„Du kannst es mir ruhig sagen.“ Windolfs Stimme klang väterlich. „Du hast einen Fehler gemacht. Du hast mir diese Karten geschickt und Carsten und Dieter umgebracht, um mich nervös zu machen. Keine Ahnung, was du noch vorgehabt hast, aber schlussendlich wäre es um Geld gegangen, nicht wahr?“

Er drehte sich um und sah Eddie kummervoll an, wie ein enttäuschter Vater, der erkennen musste, dass er seinen Sohn besser nicht in die Welt gesetzt hätte.

Eddie war so schockiert, dass er einen Moment lang kein Wort herausbrachte. Das war doch verrückt, vollkommen verrückt!

„Wie kannst du nur so etwas Idiotisches glauben!“ Eddie schüttelte die Fäuste. Für einen Augenblick hatte er seine Angst vergessen. „Denk doch mal vernünftig nach und befrei mich endlich von diesen Dingern!“ Er klirrte mit den Ketten und wäre es nicht bitterer Ernst gewesen, hätte Eddie über dieses Geräusch laut gelacht.

„Das habe ich schon getan“, erwiderte Windolf. „Ich habe nachgedacht, und zwar gründlich. Und deshalb hängst du jetzt fest.“

Eddie straffte die Schultern.

„Dann hast du eben einen Denkfehler gemacht. Ich sage dir, was immer du glaubst, ich habe mit der ganzen Sache nichts zu tun. Wenn ich Geld von dir wollte, würde ich nicht versuchen, dich zu erpressen, sondern dich darum bitten. Ich bin ja nicht lebensmüde! Also fang an zu überlegen, wer käme denn sonst in Frage? Alle, die damals dabei waren sind hier, und was ist eigentlich mit diesen Spaniern, diesem Pedro und seiner Alten?“

In Windolfs Blick leuchtete Interesse auf und Eddie schöpfte Hoffnung. Hastig redete er weiter.

„Du hast die Leute ja nicht selbst eingestellt, also weißt du gar nichts über sie und hast keine Ahnung, woher sie kommen. Erinnerst du dich an diesen

Bauern, der mehrmals bei uns aufgetaucht ist und herumgebrüllt hat wie ein Verrückter, nur weil wir uns ein paar seiner Ziegen geschnappt haben?“

Er stemmte rasselnd seine Hände in die Hüften und blickte Windolf herausfordernd an.

„Willst du mir etwa einreden, dass diese Bauerntölpel sich zwanzig Jahre später bei mir einstellen lassen, und nun ihre Ziegen rächen?“

Windolf lachte laut und Eddie schüttelte wütend den Kopf.

„Kapierst du es nicht? Natürlich geht es nicht um die dämlichen Ziegen! Aber vielleicht haben sie damals doch irgendetwas mitbekommen!“ Am liebsten hätte er jetzt Windolf gepackt und geschüttelt, um ihn zur Vernunft zu bringen. Aber er hing an den verfluchten Ketten fest.

Entsetzt und hilflos musste Eddie mit ansehen, wie er sich bückte und die Glasscherbe aufhob.

„Boris!“

Windolf antwortete nicht. Er drehte und wendete das scharfkantige Glasstück und betrachtete es eingehend von allen Seiten. Es schien das Wichtigste auf der Welt zu sein.

Eddie beobachtete ihn und was er fühlte, war Todesangst. Er hatte ihn schon oft in diesem Zustand gesehen.

Dass Windolf verrückt war, hatte Eddie seit ihrer ersten Begegnung gewusst. Wie verrückt, war ihm erst nach ein paar Wochen bewusst geworden, aber es hatte keine Rolle gespielt. Denn er war sein Freund gewesen und es hatte ihn fasziniert. Es hatte ihm großen Spaß gemacht, Windolf dabei zu beobachten, wie er sich mit Gewalt verschaffte, was er wollte. Oder aus dem Weg räumte, was ihn störte.

Aber nun sah die Sache anders aus. Ganz anders. Nun war er, der gute alte Eddie, im Weg!

„Boris!“

Windolf hörte ihn nicht. Er setzte sich wieder auf die Pritsche und starrte reglos auf die Scherbe in seiner Hand. Seine Gedanken trieben davon. Sein Herzschlag verlangsamte sich.

Weshalb sollte er sich aufregen oder nervös machen lassen? Es gab für alles eine Lösung, er hatte immer alle Probleme gelöst.

Auf seine Weise, und die war immer richtig gewesen. Er hatte es nicht nötig, sich auf der Nase herumtanzen zu lassen, egal von wem! Auch von Eddie nicht.

Sie hatten prima zusammengepasst und all die Jahre viel Spaß gehabt. Aber wenn er es sich genau überlegte ... er brauchte Eddie nicht mehr.

Mit Eddie war es bergab gegangen und außerdem hatte er einen schlechten Ruf. Und in seiner Position musste er sich genau überlegen, mit welchen Leuten er sich umgab. Man musste sich vorsehen, wenn man vorwärtskommen wollte. Und nützlich war ihm

Eddie schon lange nicht mehr. Im Gegenteil. Der arrogante Schönling ging ihm auf den Wecker und machte seine Frauen nervös. Bestimmt war Eddie der Grund, weshalb Natalia ihn verlassen wollte!

Windolf schnaubte wütend. Hatte Eddie sich tatsächlich eingebildet, dass er all die Jahre nicht bemerken würde, wie er heimlich seine Freundinnen betatschte? Es war Zeit, dass er dem ein Ende machte!

Windolf drehte sich um und funkelte Eddie zornig an. Eine lächerliche Figur, wie er da so kniete, die Arme an den Ketten hochgezogen. Und sein Hemd! Windolf grinste. Eddies schönes, teures Hemd, völlig versaut von seinem eigenen Blut.

Eddie begann zu zittern, als er Windolfs Blick sah. Die Pupillen in den hellen Augen waren so winzig geworden, dass sie fast verschwanden. Eddie blickte in die trüben Augen eines Blinden.

Panisch zerrte er an den Ketten.

„Boris, bitte hör mir doch zu! Alter, wir sind doch Freunde!“

Windolf stand auf und presste sich eine Hand an die Stirn. Dieses Geschrei! Er bekam davon Kopfschmerzen. Wenn es etwas gab, das ihn rasend machte, dann war es Geheul und Geschrei.

„Sei endlich still!“, brüllte er. Mit einem Satz stand er vor Eddie und packte sein Handgelenk.

Er setzte den Schnitt so schnell, dass Eddie erst gar nichts spürte. Bestürzt blickte er auf seinen Unterarm und die lange, klaffende Wunde, aus der das Blut floss.

Eddie schrie und schlug mit den Händen um sich. Die Eisenkette flog ihm ins Gesicht und schrammte über seine Augen. Blut strömte über seine Hand. Er versuchte verzweifelt, doch noch irgendwie aus den Handschellen zu schlüpfen, aber es war hoffnungslos.

Windolf stand außer Reichweite vor ihm und musterte ihn interessiert, wie ein spannendes Experiment, das ihm neue Erkenntnisse verschaffen würde.

„Verdammt, Boris, komm endlich zu dir! Du bringst mich um!“, keuchte Eddie.

„Ganz genau, du sagst es“, erwiderte Windolf.

Er musterte das verschmierte Glasstück in seinen Händen und dann Eddie. Sein Blick wirkte abwesend, aber Eddie ließ sich nicht täuschen. Dieser Wahnsinnige wollte sich erneut auf ihn stürzen, und diesmal hatte er es auf seine Halsschlagader abgesehen! Eine rasende Wut überfiel Eddie und seine Angst war wie weggewischt.

„Na komm schon, du Mistkerl!“, tobte er und versuchte, nach Windolf zu treten.

„Glaub bloß nicht, dass ich es dir einfach mache! Ich bin keines deiner Lämmer, die du einfach so abschlachten kannst. Ich bin Eddie, und ich schwöre dir, ich bring dich um! Ganz egal, wenn ich dabei verrecke, aber ich bring dich um!“ Seine Stimme überschlug sich.

Windolf machte ein erstauntes Gesicht und ließ die Hand sinken.

Tatsächlich, dachte er, das würdest du tun.

Wenn der alte Eddie ihn zu fassen bekäme, würde er ihm die Ketten um den Hals schlingen und so lange daran ziehen, bis der Disput zu seinen Gunsten ausgegangen wäre.

„Ein schöner Freund bist du.“ Windolf schnaubte und legte die besudelte Scherbe auf die Pritsche.

Eddie machte sich keine Illusionen mehr. Er war so gut wie tot. Er spürte, wie er durch den stetigen Blutverlust schwächer wurde. Wie lange würde es dauern? Seine Schreie hier unten konnte niemand hören, sonst wäre doch schon längst jemand aufgetaucht.

Das erste Mal seit Jahren dachte Eddie wieder an seine Eltern. Eine Woge des Selbstmitleids überspülte ihn. Das war’s dann also.

Windolf hatte sich abgewandt und ging vor der Pritsche in die Knie. Mit einer Hand tastete er unter das Polster und mit einem reißenden Geräusch zog er eine kleine Pistole hervor.

Windolf lächelte. „Sieh mal, was ich habe.“ Er hielt die Waffe in die Luft wie eine wertvolle Trophäe.

Also geht es schnell, dachte Eddie. Er sank wieder auf die Knie. Der Boden war glitschig vom Blut. „Mach schon“, sagte er.

„Nicht doch“, sagte Windolf gelangweilt und steckte die Pistole ein. „Du weißt doch ganz genau, dass es dumm ist, jemanden zu erschießen. Viel zu riskant. Das habe ich dir immer gepredigt. Man darf die Polizei nicht unterschätzen. Habe ich dir das nicht immer gesagt?“

Das hatte er. Sie hatten nie jemanden erschossen.

„Aber wenn sich jemand aus lauter Verzweiflung die Pulsader aufschneidet, da kann man nichts machen. Jeder darf selbst entscheiden, ob er leben will oder nicht.“

So hatte Windolf sich das also gedacht. Er würde ihn hier verbluten lassen, alle Spuren verwischen und den Selbstmord seines besten Freundes betrauern.

„Du glaubst, damit kommst du durch?“, flüsterte Eddie.

„Sicher doch.“

Er wusste, dass Windolf recht hatte, und als er den Raum verließ, begann Eddie zu weinen.

Birgit richtete sich auf.

Malte war weg!

Wie schon oft hatte er sie einfach allein gelassen und wie immer fragte sie sich, ob er wirklich zurückkommen würde. Langsam drehte sie sich, bis sie endlich auf der Bettkante saß. Ihr war entsetzlich übel.

Gleich kotze ich auf den Teppich, dachte sie, aber es war ihr egal. Alles war ihr egal, sie fühlte sich leer und einsam. Und vollkommen verwirrt. So wie damals, als sie und Malte gemeinsam die bunten Pillen geschluckt hatten und die Wirkung dann nachließ.

Doch sie hatte heute ja gar keine Drogen genommen! Es musste der Alkohol sein. Der Alkohol und die Angst, die sie überrannt hatte wie ein durchgegangenes Pferd.

Birgit rutschte vom Bettrand und kroch würgend ins Bad. Endlose Minuten klammerte sie sich kniend an der Toilette fest. Das blütenweiße Emaille verursachte ein weiteres Schwindelgefühl und ließ sie stöhnend zu Boden sinken. Was immer in ihrem Magen wütete, es wollte nicht heraus. Den Finger in den Hals zu stecken, schaffte sie nicht. Sie fror erbärmlich, obwohl ihr ganzer Körper schweißgebadet war.

Endlich nahm die Umgebung wieder feste Konturen an. Im Badezimmer glänzte alles golden und weiß und es duftete nach Vanille und Orangen.

Passt perfekt zu mir, dachte Birgit, und lachte gequält. Mühsam richtete sie sich auf. Der eigene Schweißgeruch stach ihr beißend in die Nase.

„Was soll's", murmelte sie, aber dann drehte sie doch den Wasserhahn auf und schüttete eine halbe Flasche Schaumbad in die Wanne.

Weiße Wolken türmten sich auf, und als sich Birgit endlich aus den Kleidern geschält hatte und sich in das warme Wasser gleiten ließ, knisterten sie leise und beruhigend in ihren Ohren. Sie seufzte tief und schloss die Augen. Es war still.

Eine Stille wie in jener Kirche, in die sie sich als Kind oft geflüchtet hatte.

Birgits Eltern bewirtschafteten einen kleinen Bauernhof und das schafften sie nur, wenn alle mithalfen. Auch die Kinder. Deshalb arbeitete Birgit schon morgens vor der Schule im Stall. Zeit zum Duschen blieb sowieso keine mehr, selbst wenn, hätte ihr Vater das nicht erlaubt. Es wäre Wasserverschwendung gewesen.

Deshalb roch Birgit nach Stall, und keines der anderen Kinder wollte neben ihr sitzen. Das war nicht die einzige Demütigung, die sie jeden Tag wegstecken musste; sie hatte große Mühe mit Lesen und Schreiben und alle hielten sie für dumm. Und wenn sie nach Hause kam, gab es Wichtigeres zu tun, als Hausaufgaben zu machen. Der Lehrer hatte kein Interesse, sich mit dem stämmigen, plumpen

Mädchen zu befassen, und so schaffte sie nur mit Mühe den Hauptschulabschluss.

Birgit war eine Außenseiterin und sehnsüchtig beobachtete sie die Mädchen, die Arm in Arm vertraut miteinander tuschelten und lachten.

Die Jungs sahen in Birgit ein willkommenes Opfer für alle möglichen, üblen Streiche. Es blieb ihr gar nichts anderes übrig, als sich von Zeit zu Zeit mit ihnen zu prügeln. Ein Teufelskreis. So machte sie sich noch unbeliebter. Schließlich war es eine Erleichterung, die Schule verlassen zu können, auch wenn sie keine Ahnung hatte, was aus ihr werden sollte; es gab nicht viele Möglichkeiten.

Aber dann passierte etwas Ungeheuerliches. Birgits Großtante, um die sie sich manchmal widerwillig gekümmert hatte, starb, und hinterließ ihr, zur Überraschung der ganzen Familie, einen ansehnlichen Geldbetrag.

Reich! Birgit fühlte sich unendlich reich. Das war natürlich völlig übertrieben, aber nun studierte sie all ihre bunten Zeitschriften noch intensiver. Die Welt war groß. Und voller Möglichkeiten!

In der Stadt stand sie Ewigkeiten vor den Reisebüros, und eines Tages machte sie ihren Traum wahr.

Birgit buchte eine Reise auf eine Insel. Ihre Eltern waren natürlich wütend, dass sie Geld für einen so überflüssigen Unsinn ausgab, aber das war ihr egal. Sie wollte endlich wirklich leben! Sie wollte endlich einmal weg aus diesem Kaff und das Meer sehen, das sie bis jetzt nur auf Bildern und im Fernseher bestaunt hatte.

Kummer machte Birgit nur ihre Figur. Sie war nicht besonders groß und hatte stämmige, kurze Beine. Niemals würde sie sich einen Bikini kaufen, sie müsste vor Scham im Boden versinken, neben all den langbeinigen, braun gebrannten Mädchen.

Aber dann tat sie es doch. Birgit stand verlegen in der Kabine des Billigwarenhauses in der Stadt und musterte sich im Spiegel. Der Bikini war dunkelblau, eher unauffällig. Sie würde ihn nehmen. Er passte zu ihrem Abenteuer.

Das Hotelzimmer war klein und spärlich möbliert, aber als sie sich auf dem winzigen Balkon weit hinauslehnte, konnte sie das Meer sehen.

Schnell zog sie sich um und hastete, die Badetasche unter den Arm geklemmt, durch die Mittagshitze hinunter zum Strand. Das Geräusch, das ihre neuen Flipflops bei jedem Schritt machten, brachte sie zum Lachen.

Endlich stand Birgit bis zu den Knien im Wasser und blickte zum Horizont. Das Gefühl war unglaublich! Sie würde jede Minute dieses Traums auskosten, und sie war sich jetzt schon sicher, sie wollte nie wieder nach Hause.

In den folgenden Tagen war Birgit immer die Erste und abends auch die Letzte am Strand. Dann stolperte sie buchstäblich über Malte.

Birgit hatte verschlafen und hätte fast den Sonnenaufgang verpasst. Sie liebte diese Zeit, in der ihr der Strand ganz alleine gehörte. Sie lief durch den Sand, den Blick fest auf den sich rötenden Horizont gerichtet und schlug der Länge nach hin.

Ein Schmerzensschrei ertönte hinter ihr und erschrocken drehte sie den Kopf. Unter einem beigen Poncho, dessen Farbe sich kaum vom Sand abhob, tauchte das verschlafene Gesicht eines jungen Mannes auf. Verdattert beobachtete sie, wie er seine schlaksigen Glieder umständlich aus dem Stoff befreite.

„Mann!“, rief er, als er es endlich geschafft hatte und musterte sie.

Birgit lag direkt vor ihm im Sand. Er strich sich seine Haare aus dem Gesicht. Sie waren hellbraun und hingen vollkommen gerade bis auf seine Schultern. Schnittlauchlocken nannten die Kinder so etwas.

„Schon wieder total überfüllt der Strand. Ich hasse dieses Gedränge am frühen Morgen“, sagte er. Dann lachte er schallend und Birgit konnte gar nicht anders, als mit ihm zu lachen.

Von dem Moment an blieben sie zusammen. Durch Malte entdeckte sie Seiten an sich, die sie völlig überraschten. Er gab ihr das Gefühl, attraktiv zu sein, obwohl er ihr nie Komplimente machte. Er fand sie witzig, und das freute sie, auch wenn sie meistens gar nicht begriff, was er eigentlich so lustig fand. Ohne zu zögern, packte sie schließlich ihre Sachen und folgte ihm in die kleine Siedlung.

Birgit war fasziniert von den jungen Leuten, die völlig frei ihr Leben genossen. Mit jedem Tag wurde sie lockerer, und es blieb kaum mehr etwas übrig von dem schüchternen, einsamen Mädchen, das sie gewesen war. Die Sonne verbrannte ihre Zweifel und ihre Haut. Birgit war zum ersten Mal wirklich glücklich. Es gab sogar Kinder in der Siedlung.

Plötzlich konnte sie sich vorstellen, selbst einmal Kinder zu haben. Wieso nicht? Hier, an diesem Ort, würden sie in einem Paradies aufwachsen. Ganz anders als sie selbst. Sie überlegte, ob Malte wohl ein guter Vater wäre. Doch, er nahm immer wieder Drogen und hatte sie auch dazu überredet. Aber im Gegensatz zu Malte fand sie keinen Gefallen daran. Außer, dass ihr immer schlecht wurde, brachte es ihr nicht viel. Und er war ständig mit Eddie zusammen. Er war der Schatten auf ihrem Glück.

Birgit mochte Eddie nicht, er war ihr irgendwie unheimlich. Glücklicherweise ignorierte er sie völlig, es gab andere Mädchen, die sein Interesse weckten. So gab sie sich weiter ihren Träumen hin.

Bis Boris auftauchte.

Birgit konnte nicht schwimmen. Obwohl sie es immer wieder versuchte, versank sie nach zwei Zügen wie ein Stein im Wasser, sobald Malte sie losließ.

„Ich vermute, wo andere Leute ihr Knochenmark haben, wurde bei dir Blei eingebaut“, sagte er kichernd, als sie prustend wieder auftauchte.

Es war ihr eigentlich egal. Der Strand war teilweise ziemlich flach und es reichte ihr vollkommen, im seichten Wasser herum zu planschen.

Eines Morgens, als alle anderen noch ihren Rausch ausschliefen, stand Birgit alleine am Meer. Es war noch früh, aber die Hitze lag schon wie ein schwerer Mantel auf ihrer Haut. Ein heftiger Wind, der keine Kühlung brachte, wühlte die Wellen auf. Vorsichtig stapfte sie ins Wasser. Es war herrlich erfrischend, und weil sie genau wusste, wo sie hintreten musste, ging sie noch ein Stück weiter.

Dann brach der Sand unter ihren Füßen weg und eine Welle riss sie mit. Birgit ging augenblicklich unter. Der Schock lähmte sie und sie schwebte mit aufgerissenen Augen durch ein schimmerndes, von Sonnenstrahlen erleuchtetes Universum.

Ein Universum, in dem sie sterben würde.

Panik schoss wie ein Stromstoß durch ihren Körper und sie begann hektisch zu strampeln. Das

Salzwasser strömte in ihren Mund, in die Nase und sie bekam Todesangst. Schließlich tauchte ihr Kopf aus dem Wasser. Birgit schnappte japsend nach Luft und schrie und schlug wild um sich.

Jemand stand am Ufer.

„Hilfe, hilf mir!“ Mit jedem Wort schluckte sie noch mehr Wasser.

Die Gestalt rührte sich nicht.

Eine neue Welle packte sie und trieb sie vor sich her. Birgit presste die Lippen aufeinander und ruderte wild mit den Armen. Ihre Augen brannten, aber nun erkannte sie den Mann, der dort bewegungslos im Sand verharrte und sie beobachtete.

Es war Boris.

Birgit konnte es einfach nicht fassen. Während sie um ihr Leben kämpfte, starrte er sie aus trüben Augen an. Er sah aus wie eine eigenartige Statue, aber kurz bevor sie wieder versank, konnte sie sehen, dass er lachte.

Es machte ihm Spaß, zuzusehen wie sie starb!

Birgit war so entsetzt, dass sie eine Sekunde ihre Angst vergaß. Sie machte zwei kräftige Schwimmzüge, wie Malte es ihr gezeigt hatte. Das reichte aus. Die nächste Welle spülte sie zurück zum Ufer. Ihre Knie schlugen auf sandigen Untergrund und hustend und würgend kroch sie auf allen Vieren an den Strand. Weinend und zitternd ließ sie sich fallen. Boris kam zu ihr und sie redete sich schon ein, dass sie sich getäuscht und in ihrer Panik Wahnvorstellungen gehabt hatte.

Aber dann kniete er neben sie und musterte ihr aufgeschwollenes Gesicht. Boris war enttäuscht.

„Schade“, murmelte er. „Ich mag tote Mädchen.“

Ihre Angst zu ertrinken war nichts im Vergleich mit dem Grauen, das sie bei den teilnahmslosen Worten überfiel. Er sah sie an, als ob sie ihm etwas weggenommen hätte, etwas, das er unbedingt wollte. Seine Pupillen waren winzig, seine Augen sahen aus wie Kieselsteine.

Dann stand er einfach auf und schlenderte gelangweilt davon.

Birgit bewegte sich unruhig im warmen Wasser der Badewanne. Duftender Schaum klebte an ihren Wangen. Der salzige Geschmack von damals sammelte sich in ihrem Mund. Er brannte in ihrer Kehle.

Jemand strich über ihre Haare und flüsterte. Malte! Malte war zurückgekommen. Ihr Körper entspannte sich und Birgit hielt die Augen geschlossen, als die Hände sanft zu ihren Schultern wanderten. Seltsam, es war gar nicht seine Art. Malte war noch nie zärtlich gewesen, und seit damals hatte er sie kaum mehr angefasst. Birgit öffnete die Augen.

Es blieb ihr keine Zeit mehr zu schreien.

Die Hände drückten sie nach unten und der Geschmack von Salz vermischte sich mit Seife. Wieder strampelte sie mit Händen und Füssen, aber diesmal war das Wasser trüb und sie konnte nichts sehen. So sehr sie sich wehrte, die Hände hatten sich wie Eisenklammern um sie gelegt, aber es dauerte nicht lange.

Es war nicht allein!

Einen Moment lang war das Kind verunsichert. Vollkommen erschöpft war es eingeschlafen und hatte in wirren Träumen um sein Leben gekämpft. Seine Kehle war rau vom Schreien. Es hatte immer und immer wieder nach seiner Mutter geschrien, aber sie war tot!

Die Erinnerung stürzte herab wie ein Felsen. Mama ist tot!

Das Kind wimmerte und schlug verzweifelt um sich, und da traf seine Faust auf kalte Haut.

Es war nicht allein.

Das Kind zog erschrocken die Hand zurück und verharrte regungslos. Sein Herz raste und hämmerte in seinen Ohren und es schnappte hektisch nach Luft. Den überwältigenden Gestank nahm es nicht mehr wahr.

Mama?

Tastend streckte es seine Hand aus. Hoffnung und Grauen tobten in seinem Geist, als es vorsichtig mit den Fingerspitzen einen Arm berührte.

Das Kind kannte Geschichten und Märchen, in denen Menschen und Tiere starben. Es war fünf Jahre alt und der Tod war eine kleine Katze, etwas Ungeheuerliches, das es nicht begreifen konnte, aber es wusste, Mama war tot.

So wie dieser Körper, der neben ihm in der Dunkelheit lag.

Wahn

Die Tannen vor dem Hotel schwankten wie verkrüppelte Riesen bei einem wilden Tanz. Der Sturm schüttelte Schnee von ihren Ästen und grüne Finger tauchten auf, die Halt suchend ins Leere griffen. Die dichte Wolkendecke wurde für einen Moment aufgerissen und gab einen klaren Himmel frei, der übersät war von Sternen. Sie verschwanden wie eine Theaterkulisse hinter einem Vorhang und es begann wieder zu schneien.

Windolf stand reglos im Salon und blickte auf Natalia, die zusammengerollt auf dem Sofa lag. Die Beine hatte sie angezogen und die Arme vor der Brust verschränkt. Wie ein Embryo lag sie auf dem Fell. Sie schlief und sein Blick wanderte über ihren Körper. Er nahm ein leichtes Zittern wahr, entweder träumte sie, und anscheinend nichts Gutes, oder sie fror in diesem lächerlich dünnen Kleid. Natalia drehte ihm den Rücken zu. Der Ausschnitt reichte hinunter bis zu ihrer schmalen Taille und sie wirkte schutzlos.

Wie eine Schildkröte ohne Panzer, dachte Windolf, nur dass sie eindeutig hübscher ist als eine Schildkröte.

Natalias Haut war leicht gebräunt und spannte sich über ihren zarten Rippen, die er brechen könnte, wie dünne Äste.

Er fuhr sich mit der Zunge über die Lippen.

Das hatte er schon getan. Er hatte schon mehr als einer Frau die Rippen gebrochen. Und Natalia hätte es verdient. Sie war gegen ihn. Alle waren gegen ihn! Dummköpfe, Idioten, die nichts verstanden und sich gegen ihn auflehnten! Die sich im Recht fühlten und ihn in den Wahnsinn trieben.

Und dann heulten und jammerten sie, wenn er ihnen beibrachte, dass man ihn zu respektieren hatte!

Windolf beugte sich hinunter und schnupperte an ihren hellen Haaren. Natalia roch gut. Wie ein reifer Pfirsich. Er griff nach einer Locke und zwirbelte sie zwischen den Fingern. Das war ein angenehmes Gefühl und eine Erinnerung blitzte auf.

Valerie!

Valerie hatte auch blonde Haare gehabt. Aber sie waren noch länger gewesen und meistens zu einem Zopf geflochten. Hübsch hatte das ausgesehen und manchmal hatte er Valerie daran gezogen, wenn sie wieder einmal nicht gehorchen wollte.

Schade, wirklich schade, dass sie ihn nicht mehr geliebt hatte. Aber sie war wie alle Frauen gewesen, sie wusste nicht, was Liebe bedeutete. Sie hatte nur an sich gedacht und keinerlei Achtung vor ihm gezeigt. Kurz gesagt, eine Schlampe, genau wie Natalia!

Er beugte sich noch tiefer. Miststück.

Windolf öffnete die Faust und packte zu. Wie Seide lagen Natalias Haare in seiner Handfläche. Er zog daran und ihr Kopf drehte sich. Erschrocken riss sie die Augen auf.

Einen Moment hatte sie das Gefühl, noch immer in dem Albtraum gefangen zu sein. Aber der Schmerz, der durch ihre Kopfhaut fuhr als er sie vom Sofa hochriss, ließ keinen Zweifel zu. Tränen schossen ihr in die Augen.

Natalia war barfuß und stellte sich auf die Zehenspitzen, um das Ziehen zu lockern. Windolf zerrte ihren Kopf dicht vor sein Gesicht.

Kalte Angst überflutete sie. Der Mann hatte kaum noch Ähnlichkeit mit Boris Windolf. Er war leichenblass und seine Augen blickten ins Leere.

„Liebst du mich?“, flüsterte er.

Natalia brachte keinen Ton hervor. Sie versuchte, seine Hände festzuhalten. Ihre Kopfhaut brannte.

Er blinzelte wütend.

„Halt still, Valerie, und sag mir jetzt, ob du mich liebst!“

In seinem Gesicht und auf dem hellen Pullover bemerkte Natalia dunkle Flecken.

Das ist Blut! Sie musste sich mit aller Gewalt zusammenreißen, um nicht loszuschreien.

„Ich bin nicht Valerie“, sagte sie so ruhig wie möglich. „Hörst du Boris, ich bin nicht Valerie!“

Er blinzelte verwirrt und starrte sie mit zusammen gekniffenen Augen an. Er lockerte den Griff ein wenig und der brennende Schmerz ließ nach. Aber er hielt ihre Haare immer noch fest. Natalia wagte nicht sich zu bewegen.

Fieberhaft überlegte sie, was sie sagen oder tun könnte. Körperlich hatte sie nicht die geringste Chance. Windolf konnte ihr das Genick brechen, ohne sich anzustrengen.

„Boris, ich liebe dich“, stammelte sie und versuchte ihn anzulächeln.

„Das ist schön“, murmelte er und endlich ließ er ihre Haare los. Sie fielen über ihre Schultern und er legte seine Hände darauf.

Sie fühlten sich schwer und kalt an. Windolf würde sie nicht loslassen, egal was sie sagen würde. Natalias Knie begannen zu zittern. Auf seiner Wange schienen die Blutspritzer zu leuchten, als er sich zu ihr beugte.

„Küss mich Valerie“, sagte er lächelnd. Seine Augen blickten durch sie hindurch.

Wenn man Wahnsinn riechen konnte, dann roch er so wie das, was aus Windolfs Poren strömte und sie vor Ekel stöhnen ließ, als er die Lippen auf die ihren presste.

Als Natalia seine Zunge spürte, konnte sie sich nicht mehr beherrschen. Mit aller Kraft versuchte sie ihn von sich zu stoßen und ihm das Knie zwischen die Beine zu rammen. Windolf lachte laut und schüttelte sie wie eine Puppe. Ihr Kopf flog hin und her.

„Macht man sowas mit seinem Liebsten? Ja? Macht man das?"

Er ließ sie fallen und sie stürzte. Als Natalia versuchte aufzuspringen und zu fliehen, trat er nach ihr und der gleißende Schmerz, der durch ihre linke Seite fuhr, riss sie zu Boden.

Natalia keuchte, ein glühender Strom schoss durch ihren Körper und dehnte sich aus, bis es nichts anderes mehr gab.

Sie krümmte sich, während Windolf um sie tänzelte wie ein Derwisch. Der Schmerz war so überwältigend, dass sie seine Worte kaum verstand.

„Du liebst mich? Ja? Liebst mich? Sag schon!"

Er versetzte ihr einen neuen Tritt und diesmal würde sie sterben. Sie konnte nicht mehr atmen, ihr Blick begann sich zu trüben. Aber noch immer konnte sie ihn hören.

Windolf hüpfte um sie herum, ein monströses Kind, und sein Geschrei klang wie ein böses Lied.

„Zeig mir deine Liebe!", rief er. „Zeig mir, wie sehr du mich liebst und stirb für mich!"

Bei jedem Wort trat er nach ihr.

Natalia rollte sich zusammen, versuchte ihren Körper mit den Armen zu schützen, aber die Welt verdunkelte sich immer mehr. Sie hatte nicht einmal mehr die Kraft zu schreien.

Ein Schatten flog vorbei und brachte ihren Peiniger zu Fall.

„Du bringst niemanden mehr um!"

Die Stimme überschlug sich vor Wut.

Neben Natalia wälzten sich zwei ineinander verschlungene Körper über den Boden.

Die Schreie wurden zu einem Schluchzen.

„Birgit! Du Schwein hast Birgit umgebracht!"

Natalia begriff nichts, sie konnte auch nicht erkennen, wer da wie ein Wahnsinniger auf Windolf einschlug. Es spielte auch gar keine Rolle, sie musste weg, bevor er wieder auf sie eintreten konnte. Sie kroch zur Tür. Jede Bewegung war eine Tortur, aber das war egal.

Übelkeit erfasste sie und dann verließen sie die Kräfte. Natalia ließ den Kopf sinken und presste ihre Stirn auf den Teppich. Aus den Augenwinkeln blickte sie hinüber zu den beiden Männern, die sich nun mit geballten Fäusten gegenüberstanden.

„Du hast sie umgebracht und ich schwöre dir, diesmal kommst du nicht davon!"

Es war Malte.

Natalia wunderte sich, dass der seltsame, kleine Mann es geschafft hatte, Windolf zu Fall zu bringen.

David gegen Goliath, aber es war wohl der Überraschungseffekt gewesen. Der unerwartete Angriff und die maßlose Wut hatten Windolf überrumpelt.

Aber der Moment war vorbei.

Windolf lachte.

„Malte, alter Junge! Was hast du denn jetzt schon wieder geschluckt!“

Windolfs Stimme war freundlich, aber seine Augen blieben leer. Natalia stockte der Atem.

Malte war blind vor Trauer und Hass. Es war ihm nie bewusst gewesen, wie sehr er Birgit geliebt hatte. Erst als er sie leblos im Badezimmer fand, begriff er, was er verloren hatte. Wie sollte er ohne sie leben?

Die Arme um ihren Körper geschlungen, hatte er Birgit aus dem Wasser gezerrt. Es schwappte über den Rand der Wanne. Birgit war schwer. Malte rutschte auf den nassen Fliesen aus und stürzte mit ihr zu Boden.

Die schwarzen Haare klebten an ihren Wangen. Schaumreste hingen daran, flüsterten wie leise Stimmen. Birgits Körper lag auf ihm, noch warm vom heißen Wasser, aber sie war tot. Birgit war tot und sie hatte nie richtig gelebt.

Ein Weinkrampf schüttelte Malte. Es war seine Schuld! Er hatte sie ins Verderben gerissen, als er sie mitgenommen hatte in die Siedlung. Birgit war so jung gewesen, hatte von nichts eine Ahnung gehabt und so viele Träume. Und er hatte zugelassen, dass Boris dafür jede Möglichkeit begrub, wie eine Lawine, die alles mitriss.

Dass Birgit sich nie wieder erholte, sich selbst und das Leben ihrer Kinder zerstörte, das war alles seine Schuld. Und nun war sie tot!

Boris! Malte stand vor Windolf und spuckte ihn an.

„Hehe! Lass das, du kleiner Junkie!“

Malte war wieder soweit bei Sinnen, dass er sich nicht gleich auf ihn stürzte, sondern abwog, wie er ihn am besten überwältigen konnte. Malte wusste, er hatte nur eine Chance. Wenn überhaupt!

„Du sagst, Birgit ist tot?“

Malte verharrte irritiert. Boris klang ehrlich überrascht.

„Hör auf mit dem Theater!“, knurrte er. „Du warst das. Du hast sie umgebracht!“

Windolf schüttelte den Kopf und machte ein beleidigtes Gesicht. „Warum beschuldigen eigentlich immer alle mich?“, rief er empört. „Egal was passiert, nicht zu fassen ist das! Aber nun sag schon, wie ist sie gestorben? Sie wird wohl kaum aus dem Bett gefallen sein?“

Windolf lächelte und blinzelte Natalia schelmisch zu.

Es ist ein Spiel für ihn, dachte sie angewidert, nichts als ein Spiel, und er hat Spaß dabei!

„Das weißt du ganz genau!“, zischte Malte. „Du hast sie ersäuft wie eine Katze!“

Als er das sagte, verließ ihn alle Kraft und Malte begann zu weinen. Er dachte an den leblosen Körper in seinen Armen und ließ die Fäuste sinken. Es war mehr, als er ertragen konnte.

„Ertrunken? Birgit ist ertrunken?“

Windolf war so verblüfft, dass Natalia Zweifel an seiner Schuld kamen.

„Ertrunken“, nuschelte er. Dann verzog sich sein Gesicht und er lachte laut.

Natalia zuckte zusammen. Fassungslos sah sie mit an, wie er schallend lachte, sich krümmte und auf die Schenkel schlug. Ein makabrer, blasser Clown.

Malte starrte ihn an.

„Also hat sie mir doch noch den Gefallen getan“, murmelte Windolf.

In Malte zerriss etwas bei diesen Worten. Er stürzte sich auf Windolf, packte mit beiden Händen seinen Hals und drückte zu.

„Sei still, du Monster, sei endlich still!“

Windolf wankte, aber er stürzte nicht. Er versuchte Maltes Finger von seiner Kehle zu lösen.

Doch Malte mobilisierte durch seine Wut eine Kraft, die man ihm niemals zugetraut hätte.

Windolf rang nach Luft und gemeinsam drehten sie sich im Kreis wie ein eng umschlungenes Liebespaar.

Natalia stützte sich auf die Ellenbogen. Bei jedem Atemzug fuhr ein Schmerz wie der Schnitt eines Skalpells durch ihre Brust.

In dem Zustand konnte sie Malte nicht helfen! Sie konnte nichts tun, als hilflos hier zu liegen! Voller Hoffnung sah Natalia, wie Windolfs Gesicht eine rötliche Färbung annahm und er eine Hand sinken ließ. Dann ging alles sehr schnell.

Windolfs Hand verschwand in der Hosentasche, und, noch ehe ihr klar wurde, was er darin versteckt hatte, knallte ein Schuss, und Malte sank zu Boden.

Mit einem erstaunten Gesichtsausdruck rutschte er an Windolfs Körper hinunter, eine Marionette, deren Fäden gerissen waren.

Ungläubig blickte Malte auf den dunklen Fleck auf seinem Hemd, der rasch größer wurde.

Windolf hustete und dann schlug er ihm die Faust ins Gesicht.

„Blöder Junkie!", rief er. „Du hast mich dazu gebracht zu schießen! Idiot!"

Natalia ließ hastig den Kopf sinken. Sie hielt den Atem an. Vielleicht würde Windolf sie für tot oder wenigstens bewusstlos halten und sich nicht mehr um sie kümmern.

Der Raum verschwand in einem grauen Dunst und Malte bekam nichts mit vom Vortrag, den Windolf ihm hielt. Wie ein Lehrer dozierte er darüber, wie gefährlich und dumm es war, Schusswaffen einzusetzen, wenn man jemanden loswerden wollte.

„Gewisse Umstände lassen sich leicht erklären, aber eine Kugel in der Lunge wirft viele Fragen auf. Äußerst unangenehme Fragen!“, schimpfte Windolf. „Ich kann dich ja schlecht als Einbrecher ausgeben. Oder vielleicht doch?“

Natalia beobachtete ihn unter gesenkten Lidern. Windolf stand vor Malte und musterte ihn. Mit totenbleichem Gesicht fixierte er sein Opfer. Die Pistole war in seiner großen Hand kaum zu sehen.

Windolf befand sich in einer anderen Welt, einer Welt, die Natalia niemals kennenlernen wollte. Als er sich nach langer Zeit plötzlich abrupt aufrichtete und an ihr vorbei stürmte, zuckte sie zusammen. Aber er sah sie nicht einmal an.

Er hatte zu tun.

Kraftlos sah Natalia, wie er die Treppe nach unten lief. Er war auf der Jagd, und Gnade Gott denen, die ihm jetzt begegneten!

Mühsam drehte sie sich nach Malte um. Er lag auf dem Rücken, den Körper seltsam verrenkt. Sein Hemd war mit Blut getränkt. Natalia konnte nicht erkennen, ob er noch lebte. Aber sie konnte sich jetzt nicht um ihn kümmern.

Windolf würde zurückkommen. Und dann wollte sie nicht mehr hier liegen. Sie musste irgendwie aus dem Hotel kommen! Eine weitere Begegnung mit ihm würde sie nicht mehr überleben.

Stöhnend richtete Natalia sich auf und kroch zur Treppe.

Weg, egal wohin! Aber sie musste sich etwas anziehen, draußen würde sie nach ein paar Metern in dem Abendkleid erfrieren. Ihr Blut rauschte vor Anstrengung in den Ohren, aber trotzdem konnte sie den eisigen Wind vor den Fenstern hören.

Es war, als wollte er sie antreiben sich zu beeilen, als wüsste er, wie wenig Zeit ihr noch blieb.

Vor ein paar Minuten hatte Catalina die Reste von Maltes kleiner Mahlzeit weggeräumt. Sie war erleichtert gewesen, als er schließlich wortlos gegangen war.

Malte hatte nur Brot und Käse verlangt und Wasser getrunken. Verstohlen hatte sie ihn beobachtet, wie er nervös den Käse in kleine Stücke riss und in den Mund stopfte. Die ganze Zeit schweifte sein Blick unruhig umher. Malte saß auf der Stuhlkante und sein rechtes Bein zitterte. Es war beängstigend gewesen, als er plötzlich in sich hinein kicherte.

Nun saß sie mit Pedro an dem kleinen Tisch. Zwischen ihnen standen zwei leere Gläser. Normalerweise tranken sie keinen Alkohol während der Arbeitszeit, aber nach diesen Aufregungen hatten sie Rotwein getrunken und lange miteinander geredet.

Pedro betrachtete sein leeres Glas. Er hätte jetzt gut noch etwas Hochprozentiges vertragen können.

Catalina umfasste seine Hände. Es war alles besprochen. Morgen würden sie gehen. Wahrscheinlich würden sie Scherereien bekommen und sicher keine neue Arbeit mehr finden.

In dem Alter und dann einfach alles liegen lassen!

Aber das war ihnen egal. Hier wollten sie keinen Tag länger bleiben. Pedro war hundemüde, doch wenn er nur einen Augenblick die Augen schloss, tauchte das Bild des verkohlten Körpers vor ihm auf, die grüne Plastikplane wie ein verschimmelter Mantel über den Schultern.

Er schüttelte den Kopf und dann küsste er die warmen Lippen seiner Frau. Seiner Catalina! Sie war einfach wunderbar. Was hatten sie schon alles zusammen durchgemacht und erreicht. Pedro dachte an das kleine Haus in Spanien, das sie gekauft und renoviert hatten. Es gab immer noch viel zu tun, aber so wie es aussah, hätten sie bald alle Zeit der Welt. Das Geld würde schon reichen, irgendwie. Schließlich hatten sie ja …

Die Schreie aus dem Salon über ihnen waren markerschütternd. Aber noch entsetzlicher war die Totenstille nach dem Schuss.

Catalina schnappte nach Luft.

„Komm“, flüsterte Pedro erschrocken und ergriff ihre Hand. „Machen wir, dass wir hier fortkommen.“

„Und wohin? Willst du etwa durch diesen Sturm und den Schnee ins Tal hinunterlaufen?“

Pedro wusste selbst, dass das unmöglich war.

„Nein, aber wir verbarrikadieren uns in unserem Zimmer und kommen erst wieder raus, wenn …“

Die Tür zur Küche flog auf.

Windolf stand im Türrahmen und funkelte sie zornig an. Er sah schrecklich aus. Sein Gesicht und sein Pullover waren voller Blut. Aber es war der Ausdruck in seinen Augen, der Catalina aufschreien ließ.

Der Mann ist ein wandelnder Toter, dachte sie, kein Wesen mit einer Seele hat einen solchen Blick. Sie wich vor ihm zurück bis an die Wand.

„Ihr sagt mir jetzt auf der Stelle, wer ihr seid und mit wem ihr dieses hinterlistige Spiel gegen mich betreibt!“, brüllte Windolf und machte einen Schritt auf sie zu.

Pedro stellte sich schützend vor seine Frau.

„Aber Sie kennen uns doch Señor!“ Er stammelte. Noch nie hatte er solche Angst verspürt. Der Mann war offensichtlich völlig von Sinnen!

„Mein Name ist …“

„Was soll das? Hältst du mich für einen Idioten?“ Windolf fuchtelte mit der Pistole. „Ich kenne deinen Namen! Ich habe gefragt, wer du wirklich bist?“

Catalina stockte der Atem. Er würde sie beide umbringen, ganz egal, was sie nun sagten! Er war längst überzeugt von seinen eigenen, wirren Ideen und nichts würde ihn davon abbringen. Catalina schob Pedro zur Seite und trat vor Windolf.

„Señor!“ Ihre Stimme klang ruhig, obwohl sie innerlich tausend Tode starb.

Windolf musterte sie interessiert, aber bevor sie noch ein weiteres Wort sagen konnte, stieß er sie grob beiseite und presste den Lauf der Pistole auf Pedros Stirn.

„Ihr braucht mir nichts zu erzählen, ich weiß doch schon alles.“ Er grinste listig. „Ihr habt früher auf Fuerteventura gelebt, Ziegen gehütet und euch über die Touristen aufgeregt.“

Windolf drehte die Waffe auf Pedros Schläfe, als wolle er damit ein Loch bohren. „Wir waren vor Jahren mal Nachbarn, stimmt's?" Er lächelte.

„Aber nein! Señor! Wir waren noch niemals auf irgendeiner Insel!", rief Pedro. Er stand gegen die Wand gepresst und wagte kaum zu atmen.

„Das stimmt! Glauben Sie uns!" Catalina zerrte an Windolfs Ärmel. „Wir haben beide in der Nähe von Madrid gelebt. Leon, er stammt aus Fuerte!"

Catalina wusste, dass sie nun ein Todesurteil über Leon gesprochen hatte, sie begriff nicht, weshalb, aber es war so.

Windolf gab Pedro frei und trat einen Schritt zurück. Er rieb sich mit dem Pistolenlauf über die Schläfe und überlegte.

Ja, doch, er glaubte ihnen. Diese Dummköpfe hätten nicht den Mumm, sich mit ihm anzulegen. Selbst wenn jemand ihnen helfen würde.

Catalina stürzte zu ihrem Mann und klammerte sich an ihn.

Entsetzt und schuldbewusst sah sie Leon hinter Windolfs Rücken in der Tür stehen.

Er hat alles mit angehört!

Ihre Blicke trafen sich, und Leon nickte ihr beruhigend zu. Aber das änderte nichts an ihren Gefühlen. Catalina schämte sich zu Tode, trotzdem würde sie es wieder tun. Der Wahnsinnige hätte Pedro umgebracht und somit auch sie.

Windolf hatte einen Entschluss gefasst. Er trat neben die Tür, die zum Hotelgarten führte, und öffnete den kleinen Metallschrank, der daneben an der Wand hing. Es war die Alarmanlage und die zentrale Schließvorrichtung für das Hotel.

Dann riss er die Tür auf. Der Wind schoss wie eine Hand in die Küche und verstreute kleine Fetzen aus Schnee.

„Raus mit euch!“, sagte Windolf.

Sie blickten ungläubig nach draußen. Es war dunkel und eine eisige Kälte flutete in den Raum.

„Bitte, Señor, bitte!“, flüsterte Pedro. „Das können Sie nicht tun! Wir werden erfrieren!“

„Und ob ich das kann“, zischte Windolf. „Ich habe ein paar Dinge zu erledigen, die euch nichts angehen. Also geht mir aus dem Weg!“

Catalina begann zu weinen. „Da draußen sterben wir!“

Windolf zuckte mit den Achseln. Er hob die Pistole und deutete damit auf die Tür.

„Ihr könnt wählen, entweder oder.“

Pedro packte seine Daunenjacke, die er zuvor achtlos auf den Stuhl geworfen hatte.

„Bitte, ich flehe Sie an, lassen Sie uns noch wenigstens eine Jacke für meine Frau holen!“

Windolf verzog verärgert das Gesicht.

Schon wieder ein Gejammer und Geheul! Es machte ihn wahnsinnig. Da war er einmal großzügig und anstatt, dass diese Idioten Dankbarkeit zeigten, stellten sie noch mehr Forderungen. Er hatte es satt!

Windolf stürzte sich auf Catalina, packte ihren Arm, und warf sie hinaus in den Schnee.

„Nein!“

Pedro wollte dazwischen gehen, aber als Windolf die Waffe erneut auf ihn richtete, gab er auf und flüchtete hinaus. Er half Catalina aufzustehen und dann flog hinter ihnen die Tür zu. Ungläubig standen sie davor, während der Wind an ihren Haaren zerrte. Ein metallisches Klicken besiegelte ihr Schicksal.

Windolf hatte mit der Zentralverriegelung die Türen verschlossen. Alle. Und außer ihm kannte niemand die Zahlenkombination.

Dieses Haus konnte keiner mehr betreten – oder verlassen.

Zufrieden drehte Windolf sich um. Den Schatten, der blitzschnell im Flur verschwand, bemerkte er nicht. Er legte die Pistole auf den Tisch und sah sich in der Küche um.

Er hatte noch jede Menge zu tun, bis er endlich wieder in Ruhe sein gewohntes Leben führen konnte.

Er würde jetzt aufräumen, ein für alle Mal!

Aber das eilte nicht. Niemand konnte hier weg, wenn er es nicht zuließ. Also konnte er sich Zeit lassen und endlich etwas essen. Schließlich war das Abendessen ausgefallen und er musste bei Kräften bleiben.

Mal sehen, was die gute Catalina Schönes vorbereitet hatte.

Eddie hob den Kopf. War das ein Schuss gewesen?

Er kniete in seinem Blut, die Arme hingen über seinem Kopf in den Eisenmanschetten und von seinem linken Ellenbogen tropfte es stetig. Eddie war sehr müde. Und er fror. Er konnte sich nicht erinnern, dass er jemals so erbärmlich gefroren hatte.

Sein Blick trübte sich und er ließ den Kopf wieder hängen. Er war sich nicht sicher, ob er das Geräusch tatsächlich gehört hatte, oder ob es nur das Echo einer Erinnerung gewesen war, das durch seinen vernebelten Verstand hallte.

Nachdem Eddie begriffen hatte, dass niemand zu Hilfe eilen würde, war er ganz ruhig geworden. Das erstaunte ihn. Er hatte vielen Menschen beim Sterben zugesehen und das war meistens alles andere als ruhig vonstattengegangen. Eddie hatte das immer gut verstanden.

Wer will schon sterben! Selbst wenn das Leben eine einzige Katastrophe war und die Zukunft nichts anderes bot, als weiter den gleichen Mist zu schaufeln, sterben wollte trotzdem Keiner. Egal ob alt oder jung.

Eddie schniefte. Weinte er etwa? Nein, ganz bestimmt nicht. Er würde nicht flennen, er nicht! Und er hatte nicht einmal Angst.

Das einzige, was ihn jetzt wirklich fertigmachte war, dass Boris, dieses verrückte Schwein, wieder ungestraft davonkam. Der Mistkerl musste einen Pakt mit dem Teufel geschlossen haben, anders war das nicht mehr zu erklären.

Eddies Herz pochte heftig. War es der Blutverlust oder die Wut, die ihn fast rasend machte? In seinem Zustand sollte er sich besser nicht mehr so aufregen! Als er das dachte, musste er laut lachen.

„Scheiße aber auch!“, rief er. Dann verlor er kurz das Bewusstsein.

Als er mit trübem Blick wieder zu sich kam, hatte er immer noch ein Bild vor Augen.

Boris, der einen kleinen Jungen an den Beinen packte und wie ein Spielzeug an die Wand warf.

Eddie fröstelte. Er hatte nie in seinem Leben einem Kind auch nur ein Haar gekrümmt. Das hätte er nicht gekonnt. Und trotz des Nebels aus Alkohol und Drogen hatte ihn damals das Grauen gepackt, als Boris das Kind fallen ließ. Als das Blut aus den blonden Haaren wie Teer über das Gesicht des Jungen floss.

Aber es war gar keine Zeit geblieben, einen klaren Gedanken zu fassen. Während er noch versucht hatte zu begreifen, was eben geschehen war, begannen sich die Ereignisse zu überschlagen.

Valeries Schreie, als sie den kleinen Körper aufhob und an ihre Brust presste. Eine Puppe, leblos. Boris, der auf sie einschlug und sie an ihrem weizenblonden Zopf nach draußen zerrte.

Eddie war ihnen hinterher getorkelt und die Geräusche, die aus seiner Kehle gestiegen waren, er wusste nicht mehr, ob er gelacht oder geweint hatte.

Eddie schüttelte heftig den Kopf, er wollte nicht mehr daran denken. Die ruckartige Bewegung ließ sein Blickfeld noch mehr verschwimmen und als sich die Tür öffnete, konnte er die Person nicht erkennen.

Hilfe? Hatte ihn doch jemand vermisst? Gab es tatsächlich Rettung für ihn? Er zerrte an den Ketten, die leise klirrten.

Die Gestalt rührte sich nicht. Eddie kniff die Augen zusammen. War das Boris? War er zurückgekommen, um sich zu vergewissern, ob sein alter Freund endlich verreckt war?

Eddie spürte, wie der letzte Rest Leben an seinem Ellenbogen entlang zu Boden tropfte. Es war nicht Windolf, aber es spielte nun keine Rolle mehr. Es war sowieso zu spät.

Sterbend sah er zu dem Schatten, der langsam näherkam. Als er sich zu ihm beugte und leise sprach, nickte Eddie. Nun war er zufrieden, denn alle würden bezahlen.

Alle.

Auch Boris.

Kirstin hatte vollständig angezogen auf dem Bett gelegen, sie trug sogar ihre Winterstiefel, als sie den Schuss hörte.

Dieter! Kirstin knetete verängstigt die Hände. Was sollte sie nur tun?

Neben ihr lag Sarah und schlief. Auf der Stirn des Kindes hatten sich kleine Schweißperlen gebildet, es war viel zu warm angezogen. Aber Kirstin wollte bereit sein. Bereit, bei der ersten Möglichkeit mit Sarah das Hotel zu verlassen. Eine kleine Tasche mit dem Nötigsten stand neben dem Bett.

Und nun diese Schreie und zuletzt der Schuss! Dann blieb alles still.

Dieter, wenn es doch Dieter gewesen ist? Wenn er vielleicht verletzt und hilflos da unten liegt?

Aber sie konnte Sarah doch nicht alleine lassen!

Schließlich hielt Kirstin es nicht mehr aus und hastete aus dem Zimmer. Sie musste es wissen, sie musste Gewissheit haben!

Für die Tür gab es keinen Schlüssel, Kirstin rüttelte zweimal an der Klinke, um sich zu vergewissern, dass das Schloss wirklich eingeschnappt war. Die kleine Plastikkarte, die es wieder öffnen würde, klebte in ihrer schweißnassen Hand. Kirstin schlich leise durch den Flur. Der dicke Teppich verschluckte jedes Geräusch.

Sie bückte sich und spähte durch das Treppengeländer hinunter. Von ihrem Platz aus konnte sie in den Salon sehen.

Ihre Beine knickten unter ihr weg, als sie Malte entdeckte.

Der ständig vor sich hin kichernde Malte lag wie ein zerbrochener Zweig auf dem Teppich, die Augen geschlossen. Sie zweifelte keinen Moment daran, dass er tot war. Sein Oberkörper lag in einer kreisförmigen Blutlache.

Kirstin unterdrückte den Schrei, der in ihrer Kehle aufstieg. Boris! Bestimmt war er noch da. Sie musste still sein, ganz still.

Sie konnte nur einen Teil des Salons überblicken. Wo steckte er? Saß er an der Bar und starrte mit diesem Blick, den sie so fürchtete, ins Leere? Stand er neben der Tür und beobachtete sie schon längst?

Panisch wollte sich Kirstin aufrichten, aber sie schaffte es nicht. Sie hatte das Gefühl, dass ihre Beine ihr nicht gehorchten, dass sie einfach umkippen würde. Mit bebenden Händen griff sie nach dem Treppengeländer.

Die Schlüsselkarte glitt ihr aus der Hand.

Nein!

Für den Bruchteil einer Sekunde hatte Kirstin das Gefühl ins Leere zu greifen, aber dann schlossen sich ihre feuchten Finger um die Karte.

Ihr Herzschlag verlangsamte sich. Aber genau in dem Augenblick, in dem sie sich endlich wieder in der Gewalt hatte und aufstehen wollte, hörte sie unten an der Treppe ein Geräusch.

Er war da unten!

Ihr Herz raste. Kirstin konnte Boris förmlich vor sich sehen, wie er die Treppe hinaufstieg. Er würde sie, ohne sich anzustrengen, im Vorbeigehen töten und sich dann Sarah holen.

Das Bild ihrer Tochter in seinen Armen, schoss Adrenalin durch ihren Körper wie heißes Wasser.

Kirstin sprang mit geballten Fäusten auf die Füße. Sie wollte ihm einen Tritt verpassen, damit er die Treppe hinunterstürzte, und wenn das nicht gelingen sollte, dann würde sie sich auf ihn werfen und …

Kirstin blickte auf die leeren Stufen. Er war gar nicht da!

Vorsichtig machte sie zwei Schritte nach unten. Natalia lag auf dem Bauch vor den Stufen.

Ist sie tot?

Die langen Haare lagen zerzaust über ihrem nackten Rücken.

Kirstin blieb unschlüssig stehen. Konnte sie es wagen hinunter zu gehen und nach ihr zu sehen? Vielleicht war sie nur verletzt? Kirstin mochte die junge Frau und sie wollte ihr wirklich helfen. Aber jeder Schritt zu Natalia entfernte sie weiter von Sarah!

Natalia stöhnte laut. Sie lebt!

Ich muss jetzt da runter. Ich muss Natalia helfen! Kirstin hatte schon einmal einfach nichts getan.

Und das war der Grund, weshalb sie überhaupt hier war!

Ein leises Geräusch. Hastig kauerte sie sich zusammen.

Zu spät. Ich bin wieder zu spät!

Doch dann erkannte sie Leon. Hinkend eilte er zu Natalia und kniete sich umständlich neben sie. Kirstin hörte ihn flüstern.

„Natalia." Vorsichtig drehte Leon ihren zerschundenen Körper auf den Rücken und die junge Frau öffnete die Augen. Ihr Gesicht war schmerzverzerrt.

„Können Sie aufstehen?" Er schlang seine Arme um ihre Taille und versuchte, Natalia aufzurichten.

Natalia keuchte laut, alle Farbe wich aus ihrem Gesicht.

„Es tut so weh", stöhnte sie.

„Schhhhh, leise", flüsterte Leon. In seiner Stimme lag tiefes Mitgefühl.

Natalia presste die Lippen zusammen und klammerte sich an seine Schultern. Schwankend richteten sie sich auf.

Kirstin erhob sich zögernd. Die beiden zuckten zusammen, als sie oben an der Treppe die Bewegung wahrnahmen.

„Braucht ihr Hilfe?“ Kirstin formte die Worte lautlos mit dem Mund.

Leon winkte ab und stieg mit Natalia langsam die Stufen hoch.

Ein seltsames Paar, ging es Kirstin durch den Kopf. Zwei Verwundete, die sich in den Schützengraben zurückziehen. Leon, der ohnehin kaum gehen konnte, und Natalia, die sich krümmte vor Schmerzen und nach Luft rang.

Keuchend erreichten die beiden den Treppenabsatz.

„Helfen Sie mir bitte“, sagte Natalia. Auf ihrer nackten Haut perlte der Schweiß. „Ich muss mir irgendetwas Warmes anziehen und dann müssen wir alle hier sofort raus!“

Sie presste die Arme auf ihren Bauch und krümmte sich.

Leon und Kirstin sahen sich an. Sie hatten denselben Gedanken. Es war völlig unmöglich, sich mit Natalia in diesem Zustand durch den Schnee zu kämpfen.

„Er hat alle Türen blockiert“, sagte Leon.

„Dann, dann flüchten wir durch ein Fenster!“ Natalia richtete sich panisch auf, aber das jagte einen gleißenden Schmerz in ihre Rippen und sie krümmte sich wimmernd.

„Wir müssen uns irgendwo bis morgen früh verbarrikadieren“, sagte Leon.

„Nein! Wir können ihn nicht aufhalten!“ Natalias Blick flog gehetzt zwischen ihnen hin und her. „Verstehen Sie denn nicht? Der Mann hat den Verstand verloren! Er hat diesen Malte umgebracht und seine Freundin, und er hat, er hat …“ Natalia zögerte, aber dann senkte sie den Kopf und flüsterte: „Er hat ihren Mann erschlagen. Ich habe ihn gesehen, draußen im Schnee.“

Leon sah sie fassungslos an.

Kirstin rührte sich nicht. Sie hatte das Gefühl in einem Vakuum zu schweben. Eigentlich hatte sie es gewusst. Sie war sich sicher gewesen, dass Dieter tot war, seit sie mit Sarah in das leere Zimmer zurückgekehrt war, aber sie hatte den Gedanken nicht an die Oberfläche gelassen. Eine unfassbare Trauer überrollte Kirstin und zwang sie in die Knie. Tränen sammelte sich in ihren Augen und sie wollte nur noch schreien. Schreien, bis ihre Stimmbänder versagten und ihr Verstand sich ins Nichts flüchtete.

Unsere Tochter! Es war Dieters Stimme, die in ihrem Kopf hallte.

Mit einem Ruck richtete Kirstin sich auf und drehte sich um.

Leon packte sie am Arm. „Wo wollen Sie denn hin?“

„Ich muss zu meinem Kind.“ Ihre Stimme klang ruhig und gefasst.

„Aber natürlich, sicher“, sagte Leon. „Wir holen ihr Baby und dann gehen wir gemeinsam zu Julia. Sie ist oben alleine in ihrem Zimmer und hat noch keine Ahnung was passiert ist. Sie beide bleiben dann bei Julia. Ich muss wieder nach unten.“ Sein Gesicht verzerrte sich vor Zorn. „Er hat Catalina und Pedro ausgesperrt, sie werden da draußen erfrieren. Ich muss einen Weg finden, ihnen zu helfen!“

„Nein.“ Kirstin sagte es ganz ruhig.

„Nein? Was haben Sie denn vor?“ Natalia war entgeistert. Was konnte sie denn schon gegen diesen Wahnsinnigen ausrichten? Windolf hatte eine Pistole und Natalia glaubte nicht, dass die Frau auch nur den Hauch einer Chance hatte.

Kirstin schüttelte Leons Hand ab.

„Ich gehe zu Sarah. Ich werde mich mit ihr einschließen und warten, bis es hell wird. Ich werde nirgendwo mit meinem Baby mit Ihnen hingehen. Machen Sie was Sie wollen. Vielleicht lenkt ihn das sogar von uns ab.“

Kirstins Entschluss stand fest. Es spielte keine Rolle mehr, was mit den anderen passierte. Sie musste ihre Tochter beschützen. Dieter hätte genauso gehandelt. Und diese Leute waren keine Hilfe, sie konnten sich ja nicht einmal selbst helfen und würden sie vielleicht sogar zwingen Dinge zu tun, die Sarah in Gefahr brachten. Kirstin stürmte den Korridor entlang und verschwand in ihrem Zimmer.

Natalia und Leon blickten ihr ratlos nach.

„Kommen Sie", sagte Leon und umfasste vorsichtig Natalias Taille. „Nur noch ein paar Stufen und dann sind wir da. Sie können etwas von Julia anziehen, Sie haben in etwa dieselbe Größe."

Trotz der Schmerzen, die bei jedem Schritt in ihrem Körper wüteten, musste Natalia lächeln. Der schüchterne Leon hatte einen sicheren Blick was Frauen betraf.

Die Stufen hinauf ins Dachgeschoss schienen endlos. Natalia hatte das Gefühl, in Flammen zu stehen. Jede Bewegung quetschte ihre Rippen und jeder Atemzug war eine Qual. Sie erinnerte sich an die Schläge, die ihr ihre Mutter verpasst hatte. Doch bis heute hatte Natalia nicht gewusst, was wirklicher Schmerz war! Er vernebelte das Gehirn, schob sich vor jeden Gedanken und füllte das ganze Universum. Es gab sonst nichts mehr.

Außer der Angst.

Leon versuchte sie vorsichtig zu stützen, aber seine ruckartigen Bewegungen machten alles nur noch schlimmer. Natalia weinte, als sie schließlich endlich vor Julias Zimmertür standen. Leon klopfte leise.

„Julia?“

Sie lauschten. Im Zimmer war kein Laut zu hören.

Leon klopfte lauter und in seinen Augen spiegelte sich Furcht.

Natalia dachte, dass die junge Frau für Leon wahrscheinlich mehr war, als nur eine Arbeitskollegin.

Angespannt drückte er die Klinke hinunter, die Tür war unverschlossen, und sie betraten den Raum.

„Julia?“

Leon öffnete die Tür des kleinen Badezimmers. Natalia blieb, die Hände auf die Nieren gepresst, schwankend stehen und sah sich um.

Das Zimmer war klein, aber durch die Dachschräge wirkte es beinahe gemütlich, trotz der spärlichen Einrichtung.

Natalia hatte etwas ganz anderes erwartet bei einer so jungen Frau. Das Zimmer war penibel aufgeräumt, es lagen keinerlei persönliche Gegenstände herum, es wirkte fast unbewohnt.

Leon kam aus dem Badezimmer und streckte ihr bestürzt die Faust entgegen.

Lange starrte Natalia auf die rötliche Masse, die zwischen seinen Fingern hervorquoll, bis sie endlich begriff, was es war.

Es waren Haare. Seidig und dunkelrot. Lange, dicke Strähnen, die sie an Julia so bewundert hatte.

„Was, was …?“ Natalia war vollkommen verwirrt.

„Das sind Julias Haare.“ Leon stöhnte. „Und im Waschbecken ist Blut!“ Er ließ sich auf das Bett fallen und zerknitterte die glatt gestrichene Decke.

Natalias Magen verkrampfte sich. Windolf liebte es, seine Hände in den Haaren einer Frau zu vergraben, um dann daran zu zerren!

Vor ihre Augen schob sich Windolfs Bild, wie er im Badezimmer über Julia herfiel und ihr Gesicht auf den Beckenrand knallte.

Übelkeit erfasste sie.

„Wir sind zu spät gekommen.“

Trotz der eisigen Kälte, die sie in die Haut biss wie ein wütender Hund, verharrten Pedro und Catalina lange vor der verschlossenen Tür. Sie wollten es einfach nicht glauben.

Das musste ein Scherz sein, ein wirklich schlechter Scherz!

Sie warteten darauf, dass jemand lachend die Tür öffnete.

Aber es war kein Scherz, in den Augen dieses Irren vielleicht, aber sie standen hier, mit den Zähnen klappernd, während der Sturm ihnen ein schnelles Ende versprach.

„Komm mit“, sagte Pedro.

Er half seiner Frau in seine Steppjacke. Der Wind blies jedes Gefühl aus seinen Fingern, während Catalina sich anziehen ließ wie ein kleines Kind, und immer noch ungläubig auf die verschlossene Tür starrte.

Niemand würde sie öffnen, niemand. Denn Windolf lauerte dahinter und würde jeden umbringen, der es versuchte. Wie viele lebten überhaupt noch?

Während ihm die Schneekristalle ins Gesicht peitschten, hatte Pedro das Gefühl, dass sie die letzten lebenden Menschen in einem bizarren Universum waren, das heute Nachmittag noch nichts anderes gewesen war, als ein schneebedeckter Weiler mit einem Luxushotel.

„Komm.“ Er zog Catalina durch den schmalen Pfad zwischen den Schneewänden.

„Wohin gehen wir?“, fragte sie.

„Zum Schuppen.“ Sein dunkler Pullover war schon mit festgefrorenem Schnee bedeckt. Auf seinem Oberkörper wuchs eine Rüstung aus Eis.

Catalina folgte ihm mit unsicheren Schritten und er musste sie stützen, damit sie nicht ausglitt. Sie trug Hausschuhe.

Schließlich standen sie durchgefroren vor der Holzhütte, die aussah wie eine kitschige Adventsdekoration.

Zögernd fasste Pedro nach der Klinke. Er wusste, was sie hinter der Tür erwarten, aber nicht, wie Catalina darauf reagieren würde.

Sie hatten keine Wahl. Er riss die Tür auf und tastete nach dem Lichtschalter. Gott, bitte, dachte er, bitte, mach, dass es noch Strom gibt!

Er wollte nicht im Dunkeln sitzen, mit Catalina und der unförmigen Plastikrolle, in der Carsten Sommers Leiche zu Stein gefroren war.

Das Gebet wurde erhört und die kleine Glühbirne spendete ein spärliches Licht. Catalina war noch nie hier gewesen und ihr Blick streifte über das Durcheinander.

Dann entdeckte sie Carsten.

Sie hatten ihn hierher geschleift und dann nicht gewusst, was sie mit dem Toten machen sollten. Sie wollten einfach nur so schnell wie möglich wieder weg. Also hatten sie ihn schließlich in einen der alten Gartenstühle gesetzt.

Und da saß Carsten nun. Eingewickelt mit grünem Plastik, eine monströse Raupe. Das Werk eines Künstlers, der den Verstand verloren hatte.

Pedro hatte erwartet, dass Catalina schreien würde, dass sie sich weigern würde, hier zu bleiben, aber zu seinem Erstaunen blieb sie ruhig. Als er ihre Hand losließ und die Tür hinter sich zuzog, zwängte Catalina sich an der Leiche vorbei und zerrte, ohne sie eines Blickes zu würdigen, zwei staubige Stühle hervor.

Dann setzte sie sich hin und faltete die Hände im Schoss. Das Bild brannte sich für alle Zeiten in Pedros Gehirn. Catalina neben dem Toten, aufrecht und ruhig dasitzend, als warte sie auf den Bus. Er glaubte, den Verstand zu verlieren.

Wenn ich mich jetzt nicht zusammennehme, drehe ich endgültig durch! Wir werden das hier überstehen, irgendwie. Pedro sah sich um.

Die Wände aus Holzbrettern waren undicht, sie hielten die Kälte nicht ab. Es war später Abend und in der Nacht würde die Temperatur noch mehr fallen.

Wir werden erfrieren, dachte er, man wird uns steif gefroren, in Plastikstühlen hockend, neben diesem Mann finden. Das Kunstwerk vollendet.

„Können wir ein Feuer machen?", fragte Catalina.

Es gab genug Brennbares im Raum. Ganze Stapel von Kisten, alte Bretter, aber, und das war das Problem, nichts mit dem sie es hätten entzünden können. Pedro sah auf die Leiche. Er wusste, Carsten hatte geraucht.

Rauchen ist tödlich, dachte Pedro, und er hätte beinahe hysterisch losgelacht. Vielleicht hat er ja noch ein Feuerzeug in seiner Hosentasche?

Pedro wühlte in den Werkzeugkisten und fand eine große Gartenschere. Er hielt sie in die Luft. Sie war rostig, aber das war egal.

„Dreh dich um“, sagte er.

Malte röchelte. Rötliche Schaumbläschen blubberten aus seiner Nase. Er spürte keinen Schmerz, aber eine abgrundtiefe Trauer, die sich anfühlte wie kaltes Blei in der Brust. Birgit. Er würde bald bei ihr sein.

Malte war nicht gläubig, aber nun hoffte er, dass es vielleicht doch etwas gab.

Oder irgendwen. Irgendeine Macht, die ihm erlauben würde, nach diesem ziemlich versauten Leben, alles besser zu machen. Zusammen mit Birgit. Malte überlegte, an welcher Kreuzung sie falsch abgebogen waren. Schließlich wollte er den Fehler nicht zweimal machen.

Am besten wäre es, als Baby neu zu starten.

Er begann wieder zu kichern. Nun quollen rote Schaumbläschen auch aus seinen Mundwinkeln.

„Schön, dass du immer noch lachen kannst“, flüsterte eine Stimme über seinem Kopf.

Malte blinzelte.

Nein, das war nicht Boris. Der Teufel soll ihn holen!

„Ja, bin immer noch der Alte … Malte.“ Seine Stimme war ein kaum verständliches Gurgeln.

Die Gestalt kniete sich neben ihn und ein kummervolles Gesicht, das ihm seltsam vertraut vorkam, blickte auf ihn herunter.

„Ich habe eigentlich gedacht, dass ich es bin, der dich töten würde.“

Da musst du dich hintenanstellen, dachte Malte und nun lachte er laut.

Dann schloss er die Augen und machte sich auf den Weg.

Das, was von Boris Windolf noch übrig war, saß am Tisch in der Küche und aß. Das namenlose Etwas, das ständig in seinem Gehirn lauerte und ihn von Zeit zu Zeit überfiel wie ein tollwütiger Dämon, hatte seinen Verstand weggefegt.

Windolf konnte nicht mehr denken. Er hatte Hunger, sein Blick war getrübt.

Er brauchte Nahrung, er musste das gierige Wesen in seinem Innern füttern. Die Löcher in seinem Körper stopfen, sonst würde er weggeweht wie ein Stück Papier.

Er hatte die Kühlschränke aufgerissen und in den Schubladen gewühlt. Vor ihm türmte sich ein wildes Durcheinander aus Lebensmitteln und Flaschen.

Windolf aß. Aber es würde nicht reichen. Es würde niemals reichen. Alles Essen konnte den Dämon nicht daran hindern, sich zu nehmen, was er wirklich wollte. Boris wusste das. Und warum kämpfte er dagegen an? Es hatte doch immer Spaß gemacht.

Er nahm den Geschmack von Zucker auf seiner Zunge wahr. Verblüfft blickte er auf die Brotscheibe in der Hand.

Tatsächlich, eine dicke Scheibe Weißbrot mit Butter, auf der Zucker glitzerte, wie der Schnee draußen. Das hatte seine Großmutter so geliebt. Diese alte Hexe!

Windolf hatte die Frau gehasst und sich vor ihr geekelt. Wie sie dagelegen hatte in ihrem zerwühlten Bett und nach seiner Mutter schrie. Und nach ihm, denn seine Mutter war meistens nicht da.

Sie hatten damals zu dritt in einer der Sozialwohnungen am Rand der Stadt gehaust. Zwei Zimmer. Seine Großmutter im winzigen Schlafzimmer. Seine Mutter schlief auf dem Sofa, und er, mit seinen zwölf Jahren, auf einer Matratze im Flur. Jeden Morgen rollte er sie zusammen und stellte sie in die Ecke. Und dabei verfluchte er das alte, nichtsnutzige Weib, das ihnen den Platz und die Luft zum Atmen nahm.

Sein Vater tauchte von Zeit zu Zeit auf, trank ein Bier und blickte sich hilflos um. Boris saß ihm gegenüber und sie wussten nicht, was sie reden sollten.

Jedes Mal, wenn sein Vater ging, murmelte er: „Mach mir keine Schande Junge“, und manchmal legte er ein paar Geldscheine auf den Tisch.

Boris konnte gar nicht glauben, dass dieser Mann wirklich sein Vater war. Es hatte nie jemand ausgesprochen, aber er hatte schon sehr früh begriffen, dass er seine Existenz einem „Unfall“ verdankte. Im Gegensatz zu den anderen Männern, die seine Mutter anschleppte, war sein Vater nicht einfach abgetaucht, obwohl er mit dem seltsamen, kleinen Jungen, der niemals irgendeine Gefühlsregung zeigte, vollkommen überfordert war. Er versuchte, sich um seinen Sohn zu kümmern, so gut er konnte. Aber mit den Jahren wurde ihm das Wesen seines Kindes immer unheimlicher. Es gelang ihm nicht, irgendeine Beziehung zu seinem Sohn aufzubauen.

Boris war sein Vater egal. Abgesehen vom Geld, hätte er fortbleiben können. Er begriff nicht, was der Mann eigentlich von ihm wollte.

Boris fühlte sich von ihm gestört, abgelenkt von seinen Gedanken und Fantasien. Faszinierende

Gedanken über die Menschen. Schon als kleiner Junge hatte er herausgefunden, dass man sie manipulieren konnte. Man konnte sie dazu bringen, Dinge zu tun, die ihm Spaß machten. Wenn er die schäbige Wohnung verließ, war er jemand. Die Kinder draußen begriffen instinktiv, wer er war. Hin und her gerissen zwischen Faszination und Furcht, folgten sie ihm. Die Erwachsenen ignorierten oder beobachteten ihn misstrauisch. Das würde sich ändern. Er würde es allen zeigen!

Doch dann erlitt seine Großmutter einen Schlaganfall und konnte nicht mehr alleine leben. Und seine Mutter schleppte das grässliche Weib, ohne ihn zu fragen, in die Wohnung.

Dabei war doch schon kaum Platz für sie beide! Boris schäumte vor Wut. Denn nun konnte er sich nicht mehr konzentrieren. Er konnte einfach nicht denken, wenn dauernd jemand schrie und jammerte!

Es machte ihn wahnsinnig. Er hatte das Gefühl, sich zu verlieren, sich aufzulösen. In ein Nichts, in einem bedeutungslosen Brei aus Leibern.

Es war an einem Samstag im Oktober, als Boris entdeckte, wie viel Macht er besaß.

Es war noch früh am Morgen. Seine Mutter saß ihm gegenüber in der Küche. Mit beiden Händen hielt sie die Tasse mit dem heißen Pulverkaffee. Sie beobachtete ihn, wie er ein Stück Brot mit Butter bestrich und schließlich eine dicke Schicht Zucker darüber streute.

„Ist das für Oma?“, fragte sie.

„Nein.“ Er schlug seine Zähne in das Brot und genoss das knirschende Geräusch, das der Zucker in seinem Mund machte.

Sie sah ihn bekümmert an. Ihr ganzes Gesicht schien nach unten zu hängen. Seine Mutter war noch jung, aber sie wirkte verbraucht und müde. Er konnte sehen, wie es hinter ihrer Stirn arbeitete.

„Boris, hör zu“, sagte sie. Ihre Stimme klang verzweifelt.

„Ich weiß, dass es sehr schwer für dich ist, aber ich brauche deine Hilfe. Ohne dich geht es nicht!“

Er antwortete nicht, sondern kaute weiter.

„Ich kann es doch nicht ändern. Was soll ich denn machen? Sie ist meine Mutter und du weißt ganz genau, dass wir kein Geld haben für ein Heim.“

„Es gibt Heime, da müssen wir nichts bezahlen!“, grollte er.

„Ja ich weiß. Aber glaub mir, ich habe mal in so einem Heim geputzt. Du kannst dir nicht vorstellen, wie die dort leben. Nein.“ Sie schüttelte energisch den Kopf. „Sie ist doch meine Mutter!“

Boris schwieg. Er wusste, dass sie ihr ganzes Leben lang keine besonders gute Beziehung zu ihrer Mutter gehabt hatte. Eigentlich gar keine, bis zu dem Moment, als man sie mitten in der Nacht ins

Krankenhaus gerufen hatte. Aber sie fühlte sich trotzdem verpflichtet. Seiner Mutter war das zänkische alte Monster, das ihnen hier das Leben zu Hölle machte, wichtiger als ihr einziger Sohn!

Er fühlte, wie heißer Zorn in seinem Bauch zu brodeln begann.

„Kümmerst du dich heute um Oma?“ Es war eigentlich keine Frage.

Er stopfte das Brot mit großen Bissen in seinen Mund und schluckte heftig, um nicht an der klebrigen Masse zu ersticken.

„Boris, bitte“, sie griff nach seiner Hand. „Du weißt, ich muss arbeiten gehen, was soll ich denn tun?“

Sie musste arbeiten. Weiß der Teufel wo und was! Putzen und Regale einräumen angeblich. Lernte sie da all die Männer kennen?

Die Wut in seinem Bauch verkochte das Brot zu einem Brei, der schwer an seine Magenwand drückte.

„Du hast sie hergeholt!“, schrie er und kleine Teigbröckchen flogen aus seinem Mund. „Du hast sie hergeholt, also kümmere du dich doch um sie!“

Sie wurde blass und ließ seine Hand los. Das brachte ihn wieder zu sich. Er konnte ihr nicht wehtun. Ihr nicht!

„Schon okay, geh“, knurrte er. Er bestrich ein weiteres Stück Brot mit Butter. „Das ist für Oma.“

Mit einem erleichterten Seufzen stand sie auf und schlüpfte in ihren Mantel. Sie winkte ihm lächelnd zu, als sie ging.

„Danke, mein Großer."

Die Tür zum kleinen Schlafzimmer hatte sie aufgelassen. Es war still.

Boris schob das Brot in den Mund. Sie schlief noch, die Hexe, also brauchte sie auch nichts zu essen. Er hatte Hunger und der Duft des Zuckers übertünchte den Gestank, der seit ihrer Ankunft in der ganzen Wohnung hing. Es war ein widerlicher Geruch, der sich überall festsetzte und seine Mutter in rasender Geschwindigkeit altern ließ. Er selbst hatte das Gefühl, sich in einen Greis in Kindergestalt zu verwandeln.

Seine Mutter tat, was sie konnte. Schon im Morgengrauen war sie aufgestanden und hatte die alte Frau gewaschen und umgezogen. Und gewickelt!

Seine Mutter war barfuß mit der Waschschüssel und den stinkenden Windeln durch den Flur gelaufen und vorsichtig über ihn hinweg gestiegen, um ihn nicht zu wecken. Er hielt die Augen geschlossen und ließ sie in dem Glauben er schlafe.

Er schlief schon lange nicht mehr. Er konnte sich überhaupt nicht mehr erinnern, wann er das letzte Mal tief und gut geschlafen hatte.

Wie konnte er schlafen, wenn er die Kontrolle über sein Leben verloren hatte, weil seine Mutter einfach nicht auf ihn hören wollte! Sie war dumm. Sie begriff nicht, dass es hier um sie beide ging. Um ihre Zukunft! Und die sah schrecklich aus. Denn Oma war ja noch gar nicht alt. Sie hatte einen Schlaganfall gehabt, aber sie konnte trotzdem noch viele Jahre leben!

Jahre, die sich vor ihm auftürmten wie die Abfallsäcke in den vollgestopften Containern hinter dem Haus.

Und das, nach Fäulnis riechende Weib, würde rufen, quengeln und ständig nach irgendetwas verlangen, und er konnte nicht mehr denken und er würde sich langsam in etwas verwandeln, das man auch gleich mit den Windeln entsorgen konnte.

Hunger! Er hatte immer noch Hunger. Das Brot war fast alle und bald würde sie aufwachen und dann wollte sie Frühstück.

Der Junge zerquetschte den Rest der Brotscheibe in seiner Faust. Die Krümel stachen in seine Handfläche, und er ließ sie fallen.

Langsam stand er auf und ging in das Schlafzimmer. Stinkende Luft schlug ihm entgegen, als er vor ihrem Bett stand. Wahrscheinlich hatte sie sich schon wieder eingesaut. So würde sie den ganzen Tag liegen, bis seine Mutter kam. Denn das hatte sie nun doch noch nie von ihm verlangt. Dass er Oma sauber machte.

Er versuchte flach zu atmen und beugte sich über sie. Sie hatte die Augen geschlossen, ihr Atem ging schnell und leise pfeifend. Seine Mutter hatte sie gekämmt. Sie hatten fast die gleiche Haarfarbe, nur dass Omas helles Blond von grauen Strähnen durchzogen war; es wirkte verwaschen. Es gab keinen Zweifel, das war die Mutter seiner Mutter, und wenn sie die Augen öffnete, blickte er in die seinen ...

Aber nein, auf keinen Fall! Denn seine waren hell und wach.

Oma schmatzte im Schlaf. Wahrscheinlich träumte sie von ihrem Frühstück. Das er ihr nicht geben würde.

Wenn sie doch nur endlich fort wäre. Sie und dieser Gestank!

Er zuckte kurz zurück, als sie mit einem lauten Schnarcher den Mund aufriss. Ihre Zähne waren gelb, ein kleiner Speichelfaden floss aus einem Mundwinkel.

Sie war so hässlich. Wie der tote Vogel, der mit aufgesperrtem Schnabel gestern auf dem Schulhof gelegen hatte.

Einer der Jungen hatte ihn an den Füßen gepackt und war, ihn über seinem Kopf schwingend, hinter den Mädchen hergerannt, die schreiend auseinanderstoben.

Boris drehte sich um und ging zurück in die Küche. Sorgfältig klaubte er die Brotreste vom Tisch. Es war mehr übriggeblieben, als er gedacht hatte. Er trug sie in seiner Hand zu seiner Großmutter.

Sie lag noch genauso da, nur ihr Schnarchen war noch lauter geworden.

„Hast du Hunger Oma?“, flüsterte er.

Er hielt seine Hand über ihren aufgerissenen Mund und ließ ein paar Krümel hineinrieseln.

Das Schnarchen stoppte abrupt und verwandelte sich in ein kleines Räuspern.

Schnell ließ er noch mehr Brotstückchen in den Mund fallen. Mit einem Schnappen schloss er sich und gleichzeitig klappten die welken Augenlider nach oben.

Für den Bruchteil einer Sekunde starrte sie ihn völlig verwirrt an. Dann bäumte sich ihr Körper auf. Sie hustete und würgte und versuchte sich aufzurichten.

„Guten Appetit Oma“, sagte er.

Er drückte sie an den Schultern zurück in das Kissen. Es ging ganz leicht, sie hatte nicht viel Kraft. Und als sie wieder mit weit aufgerissenem Mund nach Luft rang, stopfte er ihr den ganzen Rest zwischen die Zähne.

Sie sah ihn an. Ihre Augen waren plötzlich ganz klar und er konnte sehen, dass sie begriffen hatte, was er tat.

Eine ungeheure Freude durchflutete ihn, als er erkannte, dass sie ihm völlig ausgeliefert war. Er hatte das Gefühl zu wachsen, dass diese Macht ihn zu einer Größe anschwellen ließ, die das ganze Universum ausfüllte. Alles, was er bis jetzt getan und erlebt hatte, war nichts, war völlig unbedeutend gewesen. Er war unbedeutend gewesen!

Aber nun röchelte und würgte sie mit rot angelaufenem Gesicht. Gleich würde sie sich übergeben.

Nein! Sie würde alles zerstören!

Boris zog das Kissen unter ihrem Kopf hervor und legte es auf ihr Gesicht. Sie strampelte mit ihren Beinen. Ihre dünnen Finger versuchten es wegzuzerren, aber nicht sehr lange. Er musste sich nicht anstrengen, er musste nur dastehen und das Kissen festhalten.

Dann fielen ihre Arme schlaff zur Seite. Er wartete ziemlich lange, bis er das Kissen vorsichtig hob und darunter schaute. Bereit, es wieder auf das Gesicht der Hexe zu legen.

Doch sie war tot. Mit glasigen Augen starrte sie zur Decke, den Ausdruck völliger Fassungslosigkeit für immer darin eingebrannt. An ihren Lippen klebten Brotkrümel.

Angewidert hob er ihren Kopf und schob das Kissen darunter. Dann trat er einen Schritt zurück und lauschte. Nun war sie still, endlich hielt sie den Mund. Und er konnte wieder denken. Doch das wunderbare Gefühl, das er verspürt hatte, verflüchtigte sich und an dessen Stelle trat Unruhe. Nein, das war Angst.

Man würde herausfinden, was er getan hatte! Man würde ihn in ein Heim stecken, so wie Rainer, der einfach seine Fäuste nicht bei sich behalten konnte und sich erwischen ließ, der Idiot!

Aber er, er war kein Idiot.

Er war erst zwölf Jahre alt, aber er war klüger als sie alle. Lange blieb er reglos stehen und starrte in das Gesicht seiner Großmutter.

Dann holte er in der Küche einen kleinen Teller, beschmierte ihn mit etwas Butter und Zucker. Einen Moment wurde er von Panik erfasst, doch schließlich fand er noch genügend Krümel, die er auf dem Teller verstreute.

Dann stellte er ihn auf den Nachttisch. Er begutachtete sein Werk. Nein, es stimmte nicht.

Er nahm den Teller und legte ihn zwischen die schlaffen Finger seiner Großmutter. Nun war es perfekt.

Sie hatte das Brot gegessen, das er ihr gebracht hatte. Und gierig, wie sie war, hatte sie sich an den letzten Bissen verschluckt.

Unglücklicherweise war niemand zu Hause gewesen, als das passierte, und so war sie erstickt. Weil niemand da war, der ihr hätte auf den Rücken klopfen können.

Furchtbar. Er drehte sich um und griff nach seiner Jacke.

Boris verbrachte einen selten schönen Tag mit seinen Freunden. Etwas ganz Außergewöhnliches ging von ihm aus, und sie behandelten ihn wie einen König.

Es lief genauso, wie er es sich ausgemalt hatte. Ein schrecklicher Unfall. Aber nichts Ungewöhnliches bei einer alten Frau in dem Zustand. Es kümmerte niemanden, ein Posten weniger auf der Liste der Sozialhilfeempfänger. Seine Mutter machte ihm keine Vorwürfe, dass er Oma einfach allein in der Wohnung gelassen hatte. Er hatte das Gefühl, dass seine Mutter insgeheim erleichtert war, befreit von der Last, die ihre letzten Reserven aufgefressen hatte.

Boris fühlte sich stark, unbesiegbar. Ja, es gab Wege, das Leben besser zu machen, man musste nur genügend Mut aufbringen. Und das konnte er. Und nachdem er nun endlich wieder denken konnte, schmiedete er Pläne und nahm sich, was er wollte.

Natürlich gab es jede Menge Dummköpfe, die das große Ganze nicht erkennen konnten und sich ihm in den Weg stellten. Das machte ihn wütend. Entsetzlich wütend!

Aber er hatte sich unter Kontrolle, vier Jahre lang.

Dann verliebte er sich. Mitten im letzten Schuljahr tauchte ein Mädchen auf und fläzte sich mit einem angewiderten Gesichtsausdruck vor ihn auf den letzten freien Platz im Klassenzimmer.

Er starrte auf ihren Nacken.

Seine neue Mitschülerin war ein Punk. Er kannte solche Typen und er hatte rein gar nichts mit ihnen am Hut. Er fand sie lächerlich, er fand ihre Aufmachung und ihre großen, klobigen Schuhe zum Kotzen. Er verstand nicht, was sie eigentlich wollten.

Aber sie!

Unter der dicken Schminke erkannte er eine außergewöhnliche Schönheit. Ihre Haut war zart, so zart. Eine Schande, sie mit all den Metalldingern zu durchlöchern!

Durch ihre Ohren hatte sie fünf oder sechs Metallstecker gebohrt. Wenn die Sonne schien, leuchteten ihre Ohrmuscheln rosa und er musste sich mit Gewalt zurückhalten, um nicht von hinten über sie herzufallen und den Mist aus ihrer Haut zu reißen. Die eine Seite ihres Schädels hatte sie kahlrasiert. Er war sich sicher, dass sich die

Stoppeln, die aus ihrer Kopfhaut sprossen, seidenweich anfühlten.

Er sprach sie an.

Im Flur der Schule standen sie sich gegenüber, er mit seiner hellen Haut, seinen weißblonden Haaren und wasserblauen Augen. Und sie, eine schwarze Rose. Alles an ihr war schwarz. Die Haare, die Augen und die Kleider. Nur ihre Haut war genauso blass wie seine.

Zuerst blickte sie ihn nur spöttisch an, dann war sie verärgert. Als wäre er eine lästige Spinne in der Ecke ihres Zimmers. In ihrer Welt war er ein unerwünschter Eindringling.

Verlegen zog er sich zurück, aber er konnte ihre Zurückweisung nicht akzeptieren. War sie dumm?

Nein, sie hatte einfach noch keine Ahnung, wer er war. Er würde es ihr zeigen.

Er beobachtete und verfolgte sie.

Überrascht stellte er fest, dass sie gar nicht weit von ihm wohnte. In einem genauso tristen Hochhaus wie er selbst. Sie war die Älteste von fünf Kindern. Wenn sie nach der Schule nach Hause kam, der lange schwarze Mantel um ihre Beine flatternd, hängten sich zwei rotznäsige Kleinkinder daran und brachten sie fast zu Fall.

Aber sie lachte fröhlich. Unbeobachtet streifte sie ihr Punkgehabe ab wie ein altes Kleid und verwandelte sich in ein lachendes, fürsorgliches Mädchen, das seine Geschwister bemutterte.

Er war hingerissen. Er stellte sich vor, wie sie ihn genauso an der Hand nehmen, ihm über den Kopf streichen und zum Lachen bringen würde.

Er schlief nicht mehr.

Obwohl er sich nun auf dem Sofa ausbreiten konnte, weil seine Mutter in das leergewordene Schlafzimmer gezogen war, obwohl es nun so still war in der Wohnung, konnte er nicht mehr schlafen.

Das Bild des Mädchens tanzte vor seinen Augen, sobald er sie schloss. Aber jedes Mal verwandelte sich das lächelnde Gesicht in eine angewiderte Grimasse.

Er spürte einen schmerzhaften Stich, dann wurde er wütend.

Er hatte kein zweites Mal versucht mit ihr zu reden, nein, diese eine Demütigung hatte ihm genügt.

Niemand, wirklich niemand hatte das Recht, ihn zu demütigen!

Denn inzwischen hatte er sich Respekt verschafft. Außer den dämlichen Lehrern und naja, seine Mutter, wagte niemand, sich mit ihm anzulegen. Aber jetzt wusste er zum ersten Mal seit Jahren nicht mehr, was er tun sollte.

Denn er konnte wieder nicht schlafen.

Boris schaffte es nicht, das Mädchen zu ignorieren, wie auch, sie saß ja fast jeden Tag direkt vor ihm. Er kannte jedes einzelne Haar in ihrem Nacken und hätte genau sagen können, wie viel es gewachsen war.

Seit Neuestem führte er sogar Selbstgespräche, in denen er sich selbst beschimpfte und sich einen Trottel nannte. Und sein Zorn auf sie wuchs mit jedem Tag.

Sie hatte Macht über ihn! Sie bestimmte sein Leben.

Genau wie die alte Hexe damals.

Dann bekam er Hunger. Boris aß die ganze Zeit, egal was ihm in die Hände fiel. Aber sein Hunger war nicht zu stillen.

„Jetzt weiß ich, warum du so in die Höhe geschossen bist“, sagte seine Mutter lächelnd. „Andere würden bei solchen Mengen dick werden.“

Sie schaufelte eine weitere Portion auf seinen Teller, die er gierig verschlang. Aber es half nichts.

Doch plötzlich, als er dem Mädchen wieder einmal nachschlich und jede ihrer Bewegungen seinen Hunger vergrößerte, wusste er, was er tun musste.

Er musste ihr einfach nur zeigen, wer er wirklich war, dann würde sie ihn lieben. Sie hatte bis jetzt ja keine Möglichkeit gehabt, ihn richtig kennenzulernen. Sie konnte wegen ihrer dämlichen

Punkfreunde nicht klarsehen. Das war, als wäre sie in einer Sekte. Gehirnwäsche und Psychoterror.

Aber wie? Wie konnte er es anstellen, dass er mit ihr allein war, damit sie sich wirklich nur auf ihn konzentrierte?

Dann entdeckte Boris den leerstehenden Schuppen hinter dem Bahnhof. Und er wusste, dass sie von Zeit zu Zeit kiffte. Das tat er auch und er musste nie etwas dafür bezahlen. Inzwischen hatte Boris seine Leute, die ihn mit allem versorgten, was er wollte. Er war jemand geworden, der Eindruck hinterließ und den man besser bei Laune hielt.

In der letzten Schulstunde streckte er seine Hand aus und ließ ein kleines Papierbriefchen, gefüllt mit zerkrümelten, braunen Blättern, über ihre Schulter in ihren Schoss fallen.

Unwirsch drehte sie sich zu ihm um und blickte ihn genervt an.

„Kleines Geschenk“, flüsterte er.

Zögernd nahm sie das Briefchen und faltete es auseinander. Ihre schwarzen Brauen schossen überrascht in die Höhe.

Verwundert blickte sie ihn an. IhreAugen, groß und dunkel wie ein See in der Nacht. Und genauso geheimnisvoll.

„Willst du mehr?“, fragte er sie.

Sie war unschlüssig, aber dann nickte sie. Wahrscheinlich dachte sie an ihre Freunde, an diese beschissenen schwarzen Krähen und wie sie sich auf seinen Stoff stürzen würden.

Falls sie dann überhaupt noch etwas mit denen zu tun haben wollte.

Am Ende der Stunde flüsterte er ihr den Ort und die Zeit ins Ohr. Niemand bemerkte es, alle, auch die Lehrerin, hatten nur eines im Kopf. Hinauszustürzen in die Freiheit.

Boris hatte alles sorgfältig vorbereitet. Eine Decke, zwei Kissen, die er auf die umgestülpten Holzkisten legte, echten Champagner, geklaut, na und?, kleine Kuchen und natürlich Kerzen.

Kerzen gehörten einfach dazu. Er sah sich in der Holzbaracke um.

Schön, wirklich schön. Außer, dass die Eisenbahn so nah vorbeidonnerte. Er hätte daran denken und für etwas Musik sorgen müssen. Aber später könnten sie dann immer noch zusammen Musik hören.

Boris freute sich darauf. Es kam ihm gar nicht in den Sinn, dass es vielleicht kein später für sie beide geben könnte. Dass sie nicht von ihm bezaubert sein könnte und nicht für immer bei ihm bleiben wollte.

Sie kam viel zu spät. Er dachte schon, sie würde gar nicht kommen, da entdeckte er ihre schmale Gestalt in dem langen, dunklen Mantel. In ihren großen, klobigen Stiefeln stapfte sie über den Schotter zwischen den Schienen.

„Hallo“, sagte er etwas schüchtern. Endlich war sie da. Endlich stand sie vor ihm und sie waren allein.

„Wie viel hast du und wie viel willst du dafür?“, fragte sie. Nervös blickte sie sich um.

Die Enttäuschung war wie ein Schwall kaltes Wasser. Keine Begrüßung, kein Lächeln!

„Komm erst mal rein“, sagte er und hielt ihr die Tür auf.

Sie sah sich noch einmal um, dann betrat sie zögernd den Schuppen.

Weit und breit kein Mensch, also schloss er beruhigt die Tür.

Verblüfft blickte sie sich um.

„Was soll das denn?“, fragte sie, als sie die Kerzen und den Kuchen sah.

„Kleiner Imbiss.“ Er lächelte sie an und bemerkte verlegen, dass er zu schwitzen begann.

Hastig griff er nach der Champagnerflasche.

„Spinnst du?“, fauchte sie verärgert und er fühlte sich wie ein Volltrottel.

Dann blickte sie ihm in die Augen, und er sah, dass sich Angst wie ein feiner Schleier ausbreitete.

Boris fühlte sich sofort besser. Energisch riss er den Korken aus der Flasche und die kühle Flüssigkeit schäumte über seine Hand.

Das Mädchen trat einen Schritt zurück.

„Hör mal“, sagte sie beschwichtigend. „Ich weiß nicht, was du dir dabei gedacht hast. Aber … aber …“ Sie suchte nach Worten und wich seinem Blick aus. „Ich habe keinerlei Interesse, also gib mir das Zeug und dann geh ich.“

Sie machte einen weiteren Schritt Richtung Tür.

„Nein“, sagte Boris. Im gleichen Moment donnerte ein Zug vorbei und das Mädchen zuckte zusammen. Sie schwiegen, bis es endlich wieder still war.

Sie schob ihre Hände in die Manteltaschen und blickte ihn herausfordernd an.

„Nein? Was soll das heißen, nein. Gibst du mir jetzt den Stoff oder nicht? So oder so, ich hau jetzt ab!“

„Nein“, sagte er noch einmal und schlug ihr die Flasche über den Kopf.

Das Mädchen sah ihn ungläubig an, während sich der Champagner mit ihrem Blut vermischte und über ihr Gesicht lief.

Er fing sie mit beiden Händen auf, als sie stürzte. Er wollte nicht, dass sie sich wehtat.

Sanft ließ er sie auf die ausgebreitete Decke am Boden gleiten. Boris blickte auf sie herab. Sie blinzelte nicht, als ihr die hellrosa Flüssigkeit in die Augen floss.

Er kniete sich neben sie und wischte ihr mit einem Taschentuch das Gesicht sauber.

„Besser, nicht wahr?“, sagte er. Ihr Blick blieb unverändert in die Ferne gerichtet.

Boris griff nach der Champagnerflasche, die neben ihnen lag, und schüttelte sie leicht. Die Flasche war immer noch halb voll. Er trank einen großen Schluck daraus.

Herrlich, das Zeug schmeckte fantastisch! Selber schuld, wenn sie das verpasste.

Er legte sich neben sie und betrachtete sie mit aufgestütztem Ellenbogen. Sie war so schön! Er strich mit seinen Fingern über die kahlrasierte Seite ihres Schädels.

Er hatte es gewusst. Der dunkle Flaum war genauso zart, wie er es sich vorgestellt hatte. Er konnte gar nicht genug davon bekommen. Er beugte den Kopf und strich mit der Zunge darüber.

Da berührte er ihr Ohr. Kaltes Metall.

Zornig zog Boris die Brauen zusammen. Wie er diese Dinger hasste! Er stellte die Flasche zur Seite und setzte sich neben ihren Kopf. Behutsam entfernte er die Ohrstecker, Stück für Stück, und schließlich auch noch die in ihren Augenbrauen.

„Du solltest dich sehen, wie du jetzt aussiehst!“, rief er überwältigt.

Sie war das Schönste, was er je gesehen hatte.

Ob sie wohl noch so einen Nagel in der Zunge stecken hatte? Boris hatte nie etwas gesehen, aber man konnte es nicht wissen. Wenn etwas als IN galt, machten die Mädchen die verrücktesten Sachen.

„Küss mich“, sagte Boris. Er hatte keine Antwort erwartet, also beugte er sich über sie und zwängte seine Zunge zwischen ihre Lippen.

Nichts.

„Gutes Mädchen.“

Sie blickte weiter in die Ferne, aber nun stand ihr Mund ein wenig offen. Er redete weiter mit ihr, aber sie antwortete nicht. Sie konnte ihn wohl nicht verstehen bei dem Lärm, den die Züge machten, die in immer kürzeren Abständen draußen durch die Nacht donnerten.

Sie verbrachten einen schönen Abend, aber schließlich war die Flasche geleert und die Kerzen heruntergebrannt. Boris begann sich zu langweilen und verstand gar nicht mehr, was ihn an dem Mädchen so fasziniert hatte.

Enttäuscht zog er sie wieder an. Sie liebte ihn nicht, das hatte sie ihm nun deutlich gezeigt. Er zerrte ihre Hand durch den Ärmel des schwarzen Mantels.

„Was findest du bloß an dieser Aufmachung?“, brüllte er.

Ihr Arm fiel schlaff herunter und ihr Oberkörper, den er in eine aufrechte Position gerichtet hatte, kippte vornüber.

Das Mädchen lag da wie ein zusammengeklapptes Taschenmesser, während er vor Wut kochte.

Eine Schlampe, eine oberflächliche Schlampe, und sie hatte ihn nicht verdient! Zur Hölle mit ihr, aber zu ihren Scheißfreunden würde er sie nicht mehr gehen lassen!

Boris öffnete die Tür und spähte hinaus. Es war dunkel. Ein feiner Sprühregen fiel vom Himmel.

Niemand da.

„Zeit zu gehen", sagte er.

Natürlich rührte sich die Schlampe nicht, also ging er zu ihr, umfasste ihre Taille, und schleppte sie rückwärtsgehend aus der Tür. Boris machte sich nicht die geringsten Sorgen, dass jemand sie sehen könnte.

Mit einem lauten Stöhnen ließ er sie neben den Schienen fallen. Eine Drecksarbeit, die sie ihm da zumutete!

Er drapierte ihren Körper, bis die Schiene schnurgerade unter ihrem Rücken zum Kopf verlief. Mit den seitlich ausgestreckten Armen und Beinen hielt sie die Balance.

„Alles ok?“ Er musterte ihr blasses Gesicht. Die Regentropfen auf ihren Wangen sahen aus wie Tränen.

„Ja, heul nur“, sagte er vorwurfsvoll. „Aber du hast deine Chance gehabt.“

In der Ferne hörte er den Zug. Boris drehte sich um und stieg über die Steine und das Unkraut ein Stück zur Seite.

Die Scheinwerfer richteten sich wie ein Spot auf sie.

Kurz bevor die Lok den Körper überrollte, zerriss ein gellender Pfiff fast sein Trommelfell.

Es klang wie ein Schrei.

Als man das Mädchen endlich identifiziert hatte, gab es einen Riesenwirbel an der Schule. Aber kein Mensch verdächtigte Boris. Wieso auch. Wahrscheinlich war sie unglücklich verliebt gewesen und hatte sich umgebracht. In dem Alter kam das öfter vor. Diese jungen Dinger waren psychisch einfach noch labil.

Boris fühlte sich unbesiegbar. Er hatte die letzte Mauer niedergerissen. Von nun an gab es keine Grenzen mehr. Und auch kein Zurück.

Aber jetzt? Boris sah sich blinzelnd in der chromglänzenden Küche um. Wie um alles in der Welt hatte das passieren können! Wieso hockte er hier, in seinem eigenen Hotel, und ließ sich von Schmeißfliegen auf der Nase herumtanzen?

Mit einem Wutschrei fegte er das Chaos vom Tisch. Sie zwangen ihn Dinge zu tun, die ihn in Schwierigkeiten bringen konnten. Wie sollte er den in Handschellen hängenden Eddie im Keller erklären? Und Malte, den gackernden Idioten mit dem Loch in der Brust?

Irgendjemand hatte wieder Macht über sein Leben bekommen und das war noch nicht einmal das Schlimmste. Boris hatte nicht die geringste Ahnung, wer dahintersteckte! Er wusste nicht, wer es fertiggebracht hatte, ihn so zu übertölpeln.

Sein Gesicht verzog sich zu einem schiefen Grinsen. Es spielte eigentlich keine Rolle. Er würde sich einfach jeden schnappen und am Schluss das Hotel in Flammen aufgehen lassen.

Wie den Schuppen damals.

Eigentlich schade drum, aber was sein muss, muss sein.

Leon hatte Natalia beim Umziehen geholfen. Keine einfache Sache, denn sie konnte sich kaum bewegen. Die Schmerzen lauerten in jeder Faser ihres Körpers, und als sie die Arme hob, um den dicken Pullover über den Kopf zu ziehen, war das wie ein Startschuss. Ein Startschuss, um über sie herzufallen und sie endgültig in die Knie zu zwingen. So sehr Natalia sich auch zusammenriss, es gelang ihr nicht, die Schmerzensschreie zu unterdrücken. Sie schienen selbstständig aus ihrer Kehle zu hüpfen.

Leon tat sein Bestes. Er war noch nicht oft dazu gekommen, einer Frau beim Anziehen zu helfen und auch auf große Erfahrungen beim Ausziehen konnte er nicht zurückgreifen.

Schließlich hatten sie es geschafft. Natalia trug eine Jeans aus Julias Kleiderschrank, die mithilfe eines straff gezogenen Gürtels auf ihrer schmalen Taille blieb. Der Pullover war schlicht und billig, aber für Natalia ein Traum. Die Wolle wärmte ihren geschundenen Körper.

Das Abendkleid hatte Natalia achtlos auf den Boden geworfen. Sie würde es nie wieder tragen. Sie würde in ihrem ganzen Leben kein solches Kleid mehr tragen!

Es war nicht nur der rote Stoff, den sie zurückließ, es war der Teil ihres Lebens, der nun endgültig vorbei war.

Tut mir leid Mama, dachte sie.

Leon tauchte mit einem Wasserglas aus dem Badezimmer auf.

„Nehmen Sie das“, sagte er und hielt es ihr hin.

Natalia trank begierig.

„In Ordnung, kann ich Sie jetzt allein lassen?“

„Was?“ Natalia war entsetzt. „Was haben Sie vor?“

In ihrem Geist sah sie, wie Leon die Tür öffnete und direkt in Windolfs Arme lief. Dann würde er das Zimmer betreten und beenden, was er fast erfolgreich bei ihr begonnen hatte.

„Ich muss wieder hinunter, verstehen Sie?“ Leon sah sie an und Natalia dachte erneut, was für ein attraktiver junger Mann er doch eigentlich war.

„Ich muss einen Weg finden, um Catalina und Pedro zu helfen, sie sind schon viel zu lange da draußen. Und Julia, ich muss wissen, was mit ihr passiert ist! Vielleicht hat sie ja den Schuss gehört und sich irgendwo versteckt.“ Er ballte nervös die Fäuste.

Natürlich musste er etwas unternehmen. Irgendwas. Jeder würde das tun, und wenn es diese höllischen Schmerzen nicht gäbe, wäre sie mit ihm gegangen. Natalia wusste, dass sie sich selbst belog, denn die Angst war stärker.

„Bitte, seien Sie vorsichtig“, sagte sie.

Leon nickte und dann drehte er sich um und humpelte aus dem Zimmer.

Natalia verriegelte die Tür und fragte sich, ob sie ihn noch einmal wiedersehen würde.

Pedro versuchte, mit der Gartenschere die Plastikplane aufzuschneiden, die er vor ein paar

Stunden noch so mühevoll um Carstens Körper gewickelt hatte. Seine klammen Finger wollten ihm nicht gehorchen, er rutschte immer wieder von der Stelle, wo er Carstens Hosentasche vermutete.

Zuerst hatte Pedro gedacht, dass er das nie im Leben fertigbringen würde. Mit einer rostigen Gartenschere an einer Leiche zu schnippeln!

Aber die Kälte bohrte sich in sein Knochenmark. Es würde nicht mehr lange dauern und er würde sich gar nicht mehr rühren können.

Endlich hatte er mit der stumpfen Spitze die Hülle durchbohrt. Er war sogar ein Stück tiefer gelangt. Es klang, als hätte er auf Holz geschabt. Das war gefrorenes Fleisch, und eine Sekunde wurde ihm so übel, dass er fast aufgegeben hätte.

Pedro der Fleischer! Er würde jetzt jeden Moment überschnappen.

Catalina hatte sich nicht, wie er es verlangt hatte, umgedreht, sie beobachtete seine Bemühungen mit aufgerissenen Augen.

„Que horror!“, brach es aus ihm hervor. „Que horror!“

Catalina stand auf und legte ihm eine Hand auf den vereisten Pullover. Sie sagte kein Wort, aber es reichte, um ihn wieder zu sich zu bringen.

Schweigend zerrte und schnitt er weiter an dem zähen Plastik herum, bis er mit seiner Hand in die Hosentaschen greifen konnte.

Er zog ein halb verkohltes Taschentuch hervor. Einen verschrumpelten Klumpen, aus dem noch etwas rieselte, das einmal Tabak gewesen war, aber kein Feuerzeug, nichts.

Pedro ließ die Schere fallen. Tränen der Enttäuschung tropften aus seinen Augen.

Catalina seufzte resigniert. Ihr Gesicht verschwand für einen Augenblick hinter einem kleinen Atemwölkchen. Da packte ihn eine unbändige Wut. Pedro konnte sich nicht erinnern, wann er das letzte Mal so wütend gewesen war.

Wer war er denn eigentlich? Dieser Verrückte behandelte sie wie Ungeziefer! Sie würden hier sterben. Seine Catalina würde hier sterben!

„Was haben wir getan, dass Gott uns so straft?“, fragte sie.

Das gab ihm den Rest.

„Nichts, wir haben nichts getan, und ich werde dafür sorgen, dass Gottes Strafe an die richtige Adresse gelangt!“

Er schob seine Frau zur Seite und begann wild in den Kisten zu wühlen.

Wo war sie? Er hatte sie doch vorhin noch gesehen? Da!

Pedro zerrte eine Axt hervor. Sie war nicht besonders groß, aber sie fühlte sich gut an in seiner Hand. Das richtige Werkzeug für seinen Zorn.

„Mein Gott, was hast du denn vor?“, stammelte Catalina. Sie sah ihn ungläubig an. Das muss ein Traum sein! Ganz sicher ist das alles ein Traum und ich wache jeden Moment auf!

„Ich gehe jetzt zurück zum Haus. Ich schlage irgendein Fenster ein, und sollte dieser, dieser … Teufel es wagen, sich mir in den Weg zu stellen ...!“ Er hob vielsagend die Axt.

Es war ein geradezu groteskes Bild. Dieser Mann, das konnte unmöglich ihr Pedro sein.

„Bist du nun auch verrückt geworden?“, schrie sie ihn an. „Was glaubst du denn, was du mit deinem Beil gegen eine Pistole ausrichten kannst? Du hast völlig den Verstand verloren. Bleib hier, und in ein paar Stunden …“

Pedro sah sie an und Catalina verstummte. In ein paar Stunden war es womöglich zu spät. Sie blickte auf ihre Hausschuhe. Ihre kalten Zehen schmerzten.

Catalina schluckte schwer und wollte die Jacke ausziehen und ihm zurückgeben.

Pedro hielt ihre Hände fest.

„Ich brauche sie nicht. Schneller als der verdammte Wind da draußen bin ich im Haus und komme mit warmen Sachen zurück. Dann machen wir ein Feuer und können die paar Stunden hierbleiben, bis es hell wird und Hilfe kommt.“

„Versprich mir, egal was im Haus los ist, kümmere dich nicht darum! Misch dich auf keinen

Fall ein! Komm einfach so schnell du kannst wieder zu mir!“

Genau das hatte er vor. „Si amor mio“, sagte er und schlüpfte aus der Tür.

Pedro hatte es im Schuppen schon gehört und so hielt sich seine Enttäuschung in Grenzen. Der Sturm hatte noch nicht nachgelassen.

Tief gebeugt kämpfte er sich auf dem schmalen Pfad gegen den heulenden Wind. Ihre Spuren waren schon wieder unter einer dicken Schicht Schnee verschwunden. Als er sich dem Garten näherte, musste er über mehrere Äste klettern, die unter der Last gebrochen waren und nun quer über dem Weg lagen.

Sein Fuß verfing sich in einer Astgabel und er landete bäuchlings auf gefrorenen Tannennadeln. Sie stachen durch die Wolle seines Pullovers.

„Denkst du, das hält mich auf!“, schrie er in den Himmel, als er sich aufrappelte.

Wutschnaubend rannte er weiter, die kleine Axt fest umklammert. Schließlich stand er keuchend an die Hausmauer gelehnt. Trotz der Kälte schwitzte er.

Die hell erleuchteten Fenster wirkten einladend und tröstlich und wieder schossen dieselben Gedanken durch seinen Kopf. Dass das alles einfach nicht wahr sein konnte!

Doch es half alles nichts, er gab sich einen Ruck und stapfte zum Küchenfenster. Vorsichtig schob er den Schnee vom Sims und legte ein kleines Guckloch frei.

Die Küche war ein einziges Chaos. Alle Schränke waren offen, der Inhalt auf dem Boden verstreut und in den weit aufgerissenen Kühlschränken blinkten die Lichter mahnend, die Türen zu schließen.

Fast hätte er ihn nicht gesehen.

Windolf saß aufrecht und bewegungslos hinter einem Berg von Lebensmitteln am Tisch.

Pedro zuckte zusammen und duckte sich hastig. Hatte Windolf ihn bemerkt? Würde jetzt die Tür auffliegen und er tot in den Schnee stürzen, noch bevor er den Schuss überhaupt hören konnte? Pedro wartete mit angehaltenem Atem.

Als sich nichts rührte, spähte er von Neuem durch die Scheibe. Windolf hatte sich nicht bewegt. Wie eine Schaufensterpuppe saß er am Tisch.

War er etwa tot? Pedros Hoffnung verflog, als sich die leeren Augen zu einem kurzen Blinzeln schlossen.

Pedro kniete sich in den Schnee.

Das wäre auch zu schön gewesen, dachte er voller Bedauern.

Er hatte noch nie jemandem den Tod gewünscht, aber nun konnte er sich kein größeres Glück vorstellen. Doch heute hatte er anscheinend kein Glück. Er blickte auf die kleine Axt und überlegte fieberhaft. Es gab drei Eingänge, aber keinen konnte er mit dem lächerlichen Ding aufbrechen. Die oberen Fenster konnte er nicht erreichen, sollten ihm nicht unverhofft Flügel wachsen. Und hier unten waren alle vergittert. Falls er versuchte, sich bemerkbar zu machen, damit irgendjemand ihm half, würde er den Teufel aufscheuchen und so noch andere in Gefahr bringen.

Also hätte er genauso gut bei Catalina bleiben können!

Pedro bemerkte, dass seine Zähne heftig aufeinanderschlugen. Seine Wut wich einer tiefen Verzweiflung. Das konnte einfach nicht wahr sein, das war doch völlig unmöglich, dass sie jetzt hier und heute …

Er schlug sich mit der Hand auf die Stirn.

Sere burro!, dachte er. Trottel!

Pedro stolperte durch den Schnee um die Hausecke. Beinah hätte er laut gelacht vor Erleichterung. Neben dem Technikraum im Keller gab es eine schmale Kammer, in der, noch eingepackt in Styropor, eine Toilette und ein Waschbecken lagen. Die Handwerker waren nicht mehr fertig geworden und hatten alles gelassen, wie es war.

Auch das Fenster! Das schmale Fenster war auch noch nicht ersetzt worden. Sein Rahmen aus Holz war morsch und es gab kein Gitter.

Wild mit den Armen rudernd stapfte er durch den Schnee, der ihm bis an die Hüfte reichte, als ihm ein seltsames Gebilde den Weg versperrte. Ein weißer Buckel erhob sich neben der Hausmauer. Es sah aus wie ein sprungbereites Tier.

Aber nichts bewegte sich. Vorsichtig schob er mit der Hand den Schnee vom Rücken dieses Dings. Rotes Kunstleder leuchtete wie Blut. Pedro wusste sofort, was es war, und er grub und wühlte, bis er den Motorschlitten freigelegt hatte. Er schwitzte und fror gleichzeitig, seine eiskalten Finger schmerzten, aber er lachte.

Mit diesem Schlitten konnten sie hier weg!

Schnaufend hielt Pedro inne. Natürlich steckte kein Zündschlüssel.

Er hatte kein Glück! Er hatte einfach kein Glück!

Er starrte lange auf das Fahrzeug. Sicher konnte man die Zündung kurzschließen, genauso wie bei Autos. Ganz bestimmt konnte man das, nur nicht, wenn man Pedro hieß. Er hatte nicht die geringste Ahnung von solchen Sachen. Aber vielleicht Leon? Er musste jetzt erst einmal ins Haus, vielleicht lag der Schlüssel ja im Büro? Ganz bestimmt sogar.

Pedro stapfte um die Ecke, und da war es, das kleine Fenster, aus völlig morschem Holz.

Kirstin saß mit dem Rücken an ihre Zimmertür gelehnt auf dem Boden. Sie erkannte Leons Schritte, als er die Treppe vom Dachgeschoss herunterkam. Den einen Fuß setzte er leicht auf, aber sein verkrüppeltes Bein fiel auf die Stufen wie ein Stein. Sie konnte ihn förmlich vor sich sehen, wie er darum rang, nicht das Gleichgewicht zu verlieren.

Kirstin dachte kurz darüber nach, was wohl der Grund für seine Behinderung war. Sarah begann leise zu quengeln und Kirstin eilte zu ihr.

Das kleine Mädchen lag auf dem Bett und sah sie mit großen Augen an.

„Schschhhh, meine Süße“, flüsterte Kirstin und fuhr zärtlich durch die weichen Haare des Babys.

Sarah verstummte und schloss ergeben die Augen. Es war natürlich unmöglich, aber Kirstin hatte das Gefühl, als wüsste das Kind alles. Als könne es Gedanken lesen und warte nun mit seiner Mutter auf sein Schicksal.

Was für ein Unsinn!, schalt sie sich.

Kirstin fühlte sich leer und ausgebrannt. Sie hatte die anderen im Treppenhaus stehen lassen, sie wollte mit niemandem mehr etwas zu tun haben, nur noch weg mit ihrer Tochter.

Am liebsten wäre sie aus ihrer Haut geschlüpft in ein anderes Leben. Ein Leben ohne all die Bilder in ihrem Kopf.

Kirstin stöhnte leise und presste die Hände auf die Augen. Aber es nützte nichts. Nie würde sie dieses Kind vergessen, das sich schreiend am Kleid seiner Mutter festgeklammert und versucht hatte, sie aus den Flammen zu zerren.

Und Boris hatte getobt und immer wieder zugeschlagen! Und nun waren sie hier gefangen und er stand vielleicht schon vor der Tür.

Weil sie wahrscheinlich die Letzte war, die davon erzählen konnte.

Kirstin ließ die Hände sinken und lauschte. Es war still, aber das beruhigte sie nicht. Mit bebenden Händen nahm sie ihr Handy, aber immer noch waren auf dem Display nur vier kleine Punkte zu sehen.

Kein Empfang, natürlich, es gab keine Wunder.

Eine heiße Wut stieg in Kirstin auf. In diesem Moment hasste sie ihren Mann. Dieter hatte darauf bestanden, dass sie hierherkamen! Kirstin hatte das nie gewollt. Aber schließlich hatte sie nachgegeben, gedacht, dass er recht hätte.

Dass es besser war, herauszufinden, was Boris von ihnen wollte, und vor allem besser, sich mit ihm an einem öffentlichen Ort zu treffen. Die Vorstellung, dass Boris plötzlich in ihrem Haus auftauchen könnte, hatte Kirstin in Panik versetzt. Wenn sie gewusst hätte, dass das Hotel so abgelegen lag ... Und dann der Sturm! Als hätte Boris Verbündete in der Hölle.

Seit sie ihn kannte, glaubte Kirstin an das Böse. Das absolut Böse, das die Gestalt eines Menschen angenommen hatte.

Jemand klopfte leise an die Tür. Das Handy glitt ihr aus der Hand. Mit weichen Knien stand sie auf. Sarah schlief.

Wieder ein zaghaftes Pochen. Langsam und mit angehaltenem Atem ging sie zur Tür und presste ihr Ohr auf das Holz.

Jemand flüsterte. Kirstin hatte Mühe etwas zu verstehen, aber das war nicht Boris.

Sie runzelte die Stirn und lauschte. Die Stimme redete nun etwas lauter und jetzt konnte Kirstin die Worte verstehen. Überrascht riss sie die Augen auf.

Sie war unschlüssig. War das wirklich möglich? Schließlich fasste sich Kirstin ein Herz und öffnete die Tür.

Das Kind lauschte angestrengt mit geschlossenen Augen. Es hatte etwas gehört. Das war nicht in seinem Kopf, der jetzt bei jedem schweren Atemzug hämmerte, als würde er zerplatzen. Nein, da war wirklich etwas!

Draußen, außerhalb der Kiste, konnte es etwas hören.

Rieselnde Geräusche, ein Kullern von Steinen. Das Kind hielt den Atem an. Da war noch etwas. Füße! Viele kleine Füße, die trappelten und noch mehr Steine in Bewegung setzten.

Durch die Ritzen im Holz fiel Erde auf sein Gesicht. Es blinzelte und rieb sich die wunden Augen.

Das Kind stieß einen erschrockenen Schrei aus, als die Füße plötzlich direkt über seinen Kopf hinweg trampelten. Das Geräusch, das sie dabei erzeugten, hallte ohrenbetäubend und noch mehr Erde und Kiesel fielen auf seine Brust.

Und dann gab es plötzlich Licht.

Helle Strahlen fielen durch einen Spalt, in denen Staubkörner tanzten. Das Kind kniff geblendet die Augen zusammen. Jemand war da!

Aber noch bevor es den Gedanken richtig verarbeitet hatte, zerbrach ein Stück Holz über ihm und ein Fuß trat mit voller Wucht auf seine Brust. Es war der Huf einer Ziege.

Das Tier zappelte, versuchte sein Bein zu befreien, und versetzte dem Kind weitere Tritte. Es rang nach Luft und hustete, als die Ziege endlich fort war. Das Kind konnte sie hören, es waren viele, und es konnte Fell sehen und Beine, als die Tiere über sein Gefängnis sprangen.

„Hallo?“ Seine Stimme war schwach, sein Atem ein pfeifendes Geräusch in seiner Brust.

Das Loch über seiner Brust war so groß, dass es seinen Arm hindurchstecken konnte. Warmes Sonnenlicht strich über die wunde Haut und es wedelte mit der Hand.

„Helft mir!“

Es klang leise und der Arm war viel zu schwer. Das Kind hatte kaum noch Kraft ihn hochzuhalten.

Die Ziegen meckerten und plötzlich fühlte es eine kleine Nase, die an seiner Hand schnupperte. Es versuchte sie festzuhalten, aber das Tier hüpfte blitzschnell zur Seite.

War überhaupt jemand bei ihnen?

Das Kind wusste, dass die Ziegen meistens alleine über die fast kahlen Hügel streiften. Die Männer hatten oft eine von ihnen gefangen und geschlachtet. Das Kind hatte jedes Mal geweint und wollte das Fleisch nicht essen.

Sein Arm wurde taub und fiel herab. Doch bevor er zurück durch den Spalt gleiten konnte, hielt jemand ihn fest. Eine Hand, die sich rau und nicht sehr groß anfühlte, schloss sich um sein Handgelenk.

Es war wirklich jemand da!

Das Kind starrte nach oben und blickte in ein Auge. Es war blau und blinzelte in das Dunkel der Kiste.

„Hilf mir." Es war kaum mehr als ein Flüstern. Seine aufgerissenen Lippen bluteten.

Das Auge weitete sich, verschwand aus seinem Blickfeld, und die Hand ließ seinen Arm fallen.

NEIN!

Verzweifelt fuchtelte das Kind durch die Luft, versuchte etwas zu greifen, irgendetwas, um sich festzuhalten.

Da hörte es die Stimme. Es war ein beruhigendes Murmeln, und begleitet von schabenden Geräuschen wurde immer mehr Erde über der Kiste entfernt.

Das Kind hustete und würgte, es wurde eingehüllt in einen Nebel aus Staub. Er leuchtete hell, sehr hell! Dann griffen zwei Hände durch den großen Spalt, zerrten an den Brettern und rissen sie weg.

Das gleißende Licht schmerzte.

Es hörte eine aufgeregte Stimme und eine Hand legte sich sachte auf seine Brust.

Als es blinzelnd aufsah, blickte es in das braun gebrannte, schockierte Gesicht eines Jungen.

„Mama brennt“, sagte es zu ihm.

Dann schloss das Kind die Augen, es wollte die lodernden Flammen nicht sehen.

Fegefeuer

Sarah war fort, aber ihrer Tochter würde kein Leid geschehen.

Kirstin wusste das mit derselben absoluten Sicherheit, mit der sie wusste, dass sie nun starb.

Sie lag auf dem Bett, in dem vor ein paar Minuten noch ihr schlafendes Kind gelegen hatte, und blickte mit trüben Augen in den schwarzen Rauch, der das Zimmer verdunkelte. Der beißende Brandgeruch trieb ihr die Tränen in die Augen. Die Vorhänge flatterten, als sich die Flammen an ihnen hinauf Richtung Decke fraßen. Ein schwelender Stofffetzen schwebte zu ihr auf das Bett wie ein schwarzer Schmetterling. Kirstin fragte sich, ob seine Glut ausreichen würde, das Kissen, auf dem sie lag, in Brand zu setzen.

Doch das spielte keine Rolle mehr. Sie würde nicht bei lebendigem Leib verbrennen.

Die Messerstiche in ihrer Brust würden dafür sorgen.

Kirstin versuchte zu atmen, aber das ging nicht. Ihre Lider flatterten und ihre Augäpfel verdrehten sich. An die Decke über ihr hatte der Ruß bizarre Muster gemalt. Im Schein des Feuers wirkten sie lebendig. Sie tanzten vor Kirstins Augen und formten sich zu neuen Figuren und Bildern.

Das dort sah aus wie der Teddybär, den sie als Kind mit sich herumgeschleppt hatte, bis die Nähte platzten und die Füllung hervorquoll. Und dort kniete ein Mann. Das war Florian, ihre erste große Liebe, und er hielt etwas in seinen Händen. Was sollte das sein? Sie blinzelte heftig, die Rußflecken an der Decke wurden zu einem Schattentheater.

Es war Florian, er hielt eine Kamera vor seiner Brust! Damit hatte er sie immer und immer wieder fotografiert. Kirstin hatte damals von einer Karriere als Fotomodell geträumt. Und sie hatte wirklich gut ausgesehen. Mit ihren langen Beinen, die ihr als Kind jede Menge Hänseleien eingebracht hatten – Storch im Salat war noch das Netteste gewesen – und für die man sie später beneidete. Und mit ihren strahlenden Augen machte sie ihre Mitschüler nervös und zog die Blicke der Männer auf sich.

Kirstin war besessen von ihrem Traum, sie wollte den Erfolg um jeden Preis, und sie würde ihn bekommen. Egal, was die anderen sagten.

Florian machte unendlich viele Fotos von ihr. Obwohl er von ihren Plänen nicht begeistert war, hätte er einfach alles für sie getan. Gemeinsam sortierten sie die Bilder.

„Das hier! Das ist super!“, rief Kristin.

Ihre Wangen brannten vor Aufregung. Auf dem Foto trug sie einen winzigen Bikini. Und erst der Ausdruck in ihrem Gesicht. Sie konnte sich nicht mehr erinnern, an was sie gedacht hatte, als Florian auf den Auslöser gedrückt hatte. Aber das Foto war ein einziges Versprechen.

„Nein, ganz sicher nicht.“ Florian zog missbilligend die Augenbrauen zusammen.

„Bist du verrückt? Das ist das beste Bild, das du je von mir gemacht hast!“ Kirstin konnte es nicht fassen.

„Viel zu nuttig“, knurrte er und legte das Foto zur Seite.

Kirstin verkniff sich ein Grinsen. Nun war sie sich sicher, dieses Bild war einfach der Hammer. Als Florian nicht aufpasste, griff sie danach und ließ es in ihre Handtasche gleiten.

Schließlich hatten sie ihre gemeinsame Auswahl getroffen. Kirstin steckte die Fotos in ein Kuvert und küsste Florian flüchtig auf die Wange.

„Hast du toll gemacht“, sagte sie. „Also tschüss, bis morgen!“

Er blickte enttäuscht.

„Ich dachte, wir gehen heute noch zusammen irgendwo hin? Vielleicht ins Kino?“

„Geht echt nicht, leider“, antwortete sie und machte ein übertrieben kummervolles Gesicht. „Ich habe meinen alten Herrschaften versprochen, heute mal zu Hause zu bleiben."

„Schade", murmelte er verdrossen.

„Ja, schade, also bis morgen!" Aufgeregt tänzelte sie aus der Tür.

Zu Hause schloss sich Kirstin in ihr Zimmer ein und arbeitete den ganzen Abend an ihrer Bewerbungsmappe. Schließlich war sie zufrieden. Langsam blätterte sie noch einmal die Seiten durch. Und sie wusste, die junge Frau auf den Fotos würde Karriere machen! Es musste ganz einfach so sein.

An diesem Abend verwendete Kirstin viel Zeit für ihre Gesichtspflege. Sie musste morgen gut aussehen. Sie hatte die Adresse einer großen Agentur aufgetrieben und am Nachmittag konnte sie sich dort vorstellen. Mit ihren Fotos.

Na gut, es war eigentlich kein richtiger Vorstellungstermin, die Sekretärin hatte ihr nur gesagt, sie könne ihre Mappe bei ihnen abgeben. Aber egal! Wenn sie erst einmal einen Fuß durch diese Tür gesetzt hätte, würde sie ohne Vertrag nicht wieder hinausgehen!

Die Wände der Agentur waren tapeziert mit Hochglanzbildern junger Frauen. Jede sah aus wie eine Göttin. Kirstin verlor den Mut bei deren Anblick. Selbst ihr bestes Foto wirkte dagegen wie ein amateurhafter Schnappschuss.

Noch nervöser machten sie die drei jungen Frauen am Empfang, die anscheinend gleich ein Dutzend Telefone bedienten.

Eine der Frauen blickte auf und deutete, das Telefon unter dem Kinn festgeklemmt, auf das rote Sofa. Kirstin nickte und setzte sich hin. Es sah nicht so aus, als ob jemand demnächst Zeit für sie hätte. Die Telefone schrillten ununterbrochen und die jungen Frauen redeten hektisch in allen möglichen Sprachen durcheinander.

Kirstin fühlte sich plötzlich ganz eingeschüchtert und verkroch sich tiefer in das Sofa. Eilig rannten irgendwelche Leute an ihr vorbei, diskutierten kurz mit einer der Frauen und verschwanden wieder im Laufschritt hinter den roten Türen.

Alle hier waren perfekt gestylt und sahen phantastisch aus. Kirstins Selbstbewusstsein schrumpfte immer mehr.

Als ein junger Mann sie im Vorbeigehen neugierig musterte, riss sie sich zusammen. Kirstin setzte sich aufrecht hin, schlug die Beine übereinander und lächelte. Sie würde sich nicht entmutigen lassen! Sie würde alle mit ihrem Charme umhauen und schon bald würden professionelle Fotos von ihr an den Wänden hängen!

Der junge Mann lächelte zurück und flüsterte mit einer der Frauen, die den Kopf schüttelte und leise antwortete. Mit einem Seitenblick auf Kirstin zuckte sie mit den Schultern.

Fröhlich lachend drehte der Mann sich um und kam auf Kirstin zu. Er ließ sich neben ihr auf das Sofa fallen und deutete auf ihre Mappe, die sie immer noch fest umklammert auf ihrem Schoss hielt.

„Sie wollen sich also hier vorstellen? Hallo, ich bin Ben, Fotograf."

Kirstins Herz begann zu pochen. Aufgeregt streckte sie ihm die Hand hin.

„Hallo, ich bin Kirstin. Ja, ich wollte mich persönlich vorstellen und meine Mappe abgeben."

Unter seinen abschätzenden Blicken wurde sie immer nervöser.

„Aber ehrlich gesagt, nachdem ich die hier gesehen habe …", sie deutete auf die Wände. „Meine Fotos sind natürlich nicht so gut."

Er grinste breit und nun konnte Kirstin sehen, dass er doch nicht mehr so jung war, wie sie zuerst geglaubt hatte.

„Macht gar nichts", sagte er. „Ich sehe sofort, ob eine das Zeug für eine Karriere in diesem Business hat oder nicht."

Er beugte sich näher zu ihr und blickte ihr in die Augen. Kirstin unterdrückte den Impuls, zurückzuweichen.

„Und?", fragte sie unsicher.

„Du hast es Mädchen, ganz eindeutig, du hast es“, sagte er voller Überzeugung. Er lehnte sich zurück und legte einen Arm auf die Sofalehne, direkt hinter ihrem Nacken.

Die Frau am Empfang blickte zu ihnen und zog verärgert die Brauen zusammen. Kirstin bemerkte es nicht, ein triumphierendes Glücksgefühl strömte durch ihren Körper und sie strahlte.

Der Fotograf dieser Agentur hatte ihr eben gesagt, dass sie toll aussah. Dass sie Chancen hatte! Und wer, wenn nicht dieser Mann, der täglich mit den schönsten Frauen zu tun hatte, konnte das beurteilen. Sie dachte, sie würde davonschweben vor Freude.

„Zeig mal her.“

Bereitwillig streckte sie ihm die Mappe entgegen und blickte forschend auf sein Gesicht, während er die Seiten umblätterte. Er verzog keine Miene, aber an ihrem Lieblingsbild mit dem Bikini blieb sein Blick einen Moment länger hängen.

„Okay, Frage“, sagte er und klappte die Mappe zu.

„Ja?“ Sie sah ihn gespannt an und in ihrem Kopf schwirrten alle möglichen Hoffnungen.

„Muss es unbedingt diese Agentur sein?“

„Ich, ich verstehe nicht?“, stotterte sie verwirrt.

„Nun, ich kann dir genau sagen, wie das hier läuft.“ Er gab ihr die Mappe zurück und schlug die Beine übereinander.

„Du kannst Melinda oder einer ihrer Kampfgenossinnen deine Mappe übergeben. Sie nimmt sie dann und legt sie auf den Stapel zu den anderen dreihundert, oder wie viele es in der Zwischenzeit sein mögen. Und dann, vielleicht in einem halben Jahr, oder auch nicht, findet die Chefin wider Erwarten mal zwei, drei Minütchen Zeit und langweilt sich. Und dann, aber wieder nur vielleicht, blättert sie ein paar zufällig ausgewählte Fotos durch, während sie ihren Espresso trinkt.“

„Aber, aber ich dachte …, Sie sagten doch …“ Kirstin wurde schwindelig vor bodenloser Enttäuschung.

„Ich weiß, was ich gesagt habe! Deshalb frage ich dich überhaupt. Wenn es nämlich nicht diese Agentur sein muss und du nicht erst monatelang warten willst, bis dir dann vielleicht jemand eine Chance gibt, dann nehme ich dich unter meine persönlichen Fittiche und mache aus dir einen Star. Die werden sich hier noch um dich reißen, das garantiere ich dir!“

Kirstin wusste nicht mehr, was sie denken sollte. Einen Moment lang hatte sie tatsächlich geglaubt, dass ihr Traum sich schon erfüllt hätte und nun fühlte sie sich am Boden zerstört.

„Aber ich dachte, Sie sind einer der Fotografen dieser Agentur? Könnten Sie denn nicht mit der Chefin …“

„Ich sehe schon, du hast keine Ahnung, wie es in der Branche zugeht“, unterbrach er sie unwirsch. „Natürlich arbeite ich für diese Agentur, aber nicht nur! Ich hätte gar keine Zeit. Ich habe jede Menge andere Aufträge, weltweit! Verstehst du, was das für Chancen bietet?“

Mit einem Auge schielte er zum Empfangstisch. Zwei der jungen Frauen beobachteten sie und spitzten die Ohren.

Kirstin musterte Ben und überlegte fieberhaft. Er wirkte so locker und selbstbewusst. Außerdem schien man ihn hier tatsächlich zu kennen.

Aber konnte sie ihm glauben? Konnte sie ihm trauen? Kirstin war nicht naiv und hatte schon viele Geschichten von sogenannten Fotografen gehört.

„Hör zu“, sagte Ben und stand auf. „Ich kann hier nicht ewig meine Zeit verplempern. Überlege es dir, und wenn du dich entschieden hast, hier hast du meine Karte.“

Kirstin griff schnell zu. Hatte sie ihn verärgert? Ließ sie sich eben ihre große Chance entgehen? Sie hatte keine Zeit mehr nachzudenken. Ben verschwand mit einem Winken in die Runde im Fahrstuhl.

Kirstin erhob sich und ging zum Pult. Die junge Frau mit den schwarzen Haaren, die sie die ganze Zeit beobachtet hatte, blickte auf.

„Ich glaube nicht, dass Sie einen Termin haben?"

„Nein, aber ich wollte meine Mappe abgeben und habe gehofft, dass vielleicht jemand Zeit hätte, sie anzusehen?"

Die Frau betrachtete Kirstin mit einem Blick, bei dem ihr klar wurde, dass sie solche Situationen andauernd erlebte.

„Nun." Es klang nicht unfreundlich. „Sie dürfen gerne ihre Mappe hierlassen, wir werden uns dann bei Ihnen melden."

„Danke", sagte Kirstin. Mehr konnte sie nicht tun.

Als sie sich auf dem Weg zum Fahrstuhl umdrehte, sah sie, wie die Frau ihre Mappe hinter sich auf einen Stapel legte.

Er war sehr groß und Kirstin fällte einen Entscheid.

Am nächsten Tag rief sie Ben an und ein paar Stunden später stand Kirstin vor seiner Tür. Nervös und ängstlich. Er hatte tatsächlich ein Fotostudio, auch wenn es gleichzeitig als Wohnung diente. Das Chaos darin war unbeschreiblich, aber was schließlich ihre Zweifel beiseite wischte, waren die Fotos, die überall an den Wänden hingen und sich auf den Tischen stapelten. Sie waren gut. Professionelle Aufnahmen.

Er beobachtete Kirstin, während sie sich neugierig umsah.

„Na, überzeugt, dass du nicht bei einem perversen Psychopathen gelandet bist?“ Ben grinste breit.

Sie lächelte verlegen.

„Dann los, lass uns anfangen und ein paar Bilder schießen. Sie werden alle vor dir knien!“

Sie arbeiteten lange. Er war gnadenlos. Kirstin versuchte die Posen erfolgreicher Models nachzuahmen, doch er lachte darüber. Sie dachte schon, dass er doch keine Ahnung hatte, aber als sie die Fotos sah, war sie begeistert.

Tatsächlich bekam Kirstin durch ihn in der folgenden Zeit ein paar Aufträge, nichts Großes, aber immerhin. Ein Anfang, so dachte sie.

Florian war die ganze Sache nicht geheuer. Er klebte an ihr wie eine lästige Fliege und schließlich wurden ihr seine ständige Kontrolle und seine Eifersucht zu viel und Kirstin trennte sich von ihm. Ihre Eltern waren noch misstrauischer. Sie bestanden darauf, dass sie eine vernünftige Ausbildung machte. Kirstin verdiente mit ihren Jobs als Model nicht viel, also blieb ihr keine Wahl und sie fügte sich widerwillig. Aber wenn sie einen Auftrag bekam, auch wenn er noch so klein war, schwänzte sie die Schule oder fehlte an ihrem Arbeitsplatz.

Aber es gab nicht nur die Shootings.

„Du musst immer im Bild sein", sagte Ben und damit meinte er, dass sie ihn an Partys begleitete oder auch mal mit ihm und irgendwelchen, anscheinend wichtigen Männern ausging.

Kirstin hatte ihm gleich am Anfang klar gemacht, dass sie weder Aktaufnahmen machen, noch mit ihm oder sonst wem schlafen würde.

Ben hatte empört mit der Hand gewedelt. „Was denkst du denn von mir?"

Aber Kirstin war immer lockerer geworden. Sie ließ sich gerne einladen und die anschließende Knutscherei über sich ergehen. Sie schaffte es aber immer, lachend zu entwischen, bevor es wirklich ernst wurde. Nicht, dass ihr der eine oder andere Typ nicht sympathisch gewesen wäre. Aber Kirstin wusste, der Grat war schmal.

Eines Nachts, nach dem Besuch einer angesagten Disco und etlichen Flaschen Champagner, die irgendjemand bezahlt hatte – und das war ganz bestimmt nicht Ben gewesen –, ließ Kirstin sich kichernd von ihm in seinem Atelier bis auf die Unterwäsche ausziehen.

Ben selbst bewegte sich nicht mehr ganz sicher auf seinen Beinen, aber er richtete die Scheinwerfer auf sie und drehte die Musik lauter. Sie tanzte im Licht.

„Zeig es mir meine Süße!“, schrie er und drückte auf den Auslöser.

Kirstin bewegte sich im Takt der Musik und irgendwie war es ganz natürlich, dass sie sich nackt auszog. Ben reichte ihr ein neues Glas. Als sie es an die Lippen setzte, schoss ihr kurz durch den Kopf, dass das wahrscheinlich ein Fehler war, aber das Glas war schon leer, bevor sie den Gedanken zu Ende gedacht hatte.

Kirstin konnte sich an nichts mehr erinnern, als sie am nächsten Morgen in Bens zerwühlten Bett aufwachte. Sie war nackt. Ben stand frisch geduscht mit einem Handtuch um die Hüfte vor ihr. Er lachte, als er ihr verwirrtes und entsetztes Gesicht sah.

„Mach dir keine Sorgen Süße, wir haben nicht miteinander geschlafen! Obwohl es eigentlich für mich ziemlich beleidigend ist, dass das für dich anscheinend so schlimm wäre.“

Sie wusste nicht, was sie sagen sollte.

„Schon okay!“ Er lachte laut. „Kaffee oder Kopfschmerztablette?“

Ein paar Tage später, kurz vor ihrem zwanzigsten Geburtstag, rief Ben sie aufgeregt an.

„Du glaubst ja nicht, was ich für einen Deal für uns an Land gezogen habe!“, schrie er.

Kirstin hielt das Telefon vom Ohr weg. Sie hatte Kopfschmerzen, weil sie lange geweint hatte. Sie war aus der Firma geflogen, kurz vor ihrem Lehrabschluss, und der anschließende Streit mit ihren Eltern war entsetzlich gewesen. Auch sie wollten Kirstin rauswerfen. Sie wusste nicht mehr, was sie tun sollte.

„Ja?“, fragte sie müde. Sie wollte ihre Ruhe. Es war schiefgelaufen.

Alles war schiefgelaufen und ihre hochfliegenden Pläne hatten sich als Illusionen entpuppt. Sie war nicht gut genug. Kirstin konnte sich nichts mehr vormachen. Als Model war sie sogar fast schon zu alt. Die Mädchen, die wirklich Karriere machten, waren alles junge Dinger, die eigentlich noch auf die Schulbank gehörten. Aber diese Mädchen hatten den „Look“, sie hatten das gewisse Etwas, das Kirstin einfach fehlte. Etwas, das sie nie haben würde. Das wusste sie eigentlich schon lange, aber erst der Rauswurf hatte sie dazu gebracht, ehrlich zu sich selbst zu sein.

„Was ist los mit dir?“, brüllte Ben. „Hast du deine Tage oder was? Egal, hör zu! Wir fliegen übermorgen nach Gran Canaria, dort machen wir ein paar Fotos und dann geht es weiter mit einer Privatjacht von Insel zu Insel. Ein bisschen Arbeit, aber die meiste Zeit Dolce Vita und Vergnügen!

Und es gibt auch noch jede Menge Geld dafür! Na was sagst du? Ist das geil?“

Was sollte Kirstin schon sagen, sie packte ihren Koffer.

Es war der größte Fehler ihres Lebens.

Die Jacht war wirklich ein Traum. Gechartert hatte sie ein Franzose, den alle nur Claude den Großen nannten, was Kirstin, die kaum französisch sprach, zuerst sehr irritierte. Denn Claude war alles andere als groß. Er war ein kleiner, drahtiger Mann mit angegrauten Schläfen und sonnengegerbten Gesicht und wie alt er war, konnte sie nur raten. Claude bezahlte alles und schien im Geld zu schwimmen. Sie mochte ihn nicht und auch seine drei Freunde waren ihr von Anfang an unsympathisch.

Als Kirstin sich mit ihrem Koffer über die Gangway mühte, spürte sie ihre prüfenden Blicke wie Hände auf ihrem Körper. Ben begrüßte alle wie alte Freunde, und mit anerkennenden Seitenblicken zu Kirstin, klopften ihm die Männer auf die Schulter.

Auf Deck sonnten sich vier junge Frauen. Eingeölt glänzten ihre Körper im blendenden Licht, sie trugen nur winzige Tangas. Das waren die anderen Models, die für die Fotoserie gebucht waren. Es sollte, so hatte Ben beteuert, endlich Kirstins Durchbruch werden.

Sie musterte die jungen Frauen und ihr kamen Zweifel. Das waren keine Models. Jede war gut gebaut und sie hatten hübsche Gesichter, aber ihre Körpermaße stimmten nicht. Und zwei von ihnen waren deutlich zu klein für diesen Job.

Die Jacht verließ den Hafen mit Kurs auf Fuerteventura und der Wind wehte für kurze Zeit die Unruhe, die Kirstin erfasst hatte, aus ihren Gedanken.

Als sie am Abend den Salon betrat, wurde ihr klar, dass ihr Instinkt sie nicht betrogen hatte.

Auf dem großen Tisch waren Speisen drapiert, eine ganze Batterie Champagnerflaschen stand zwischen Hummer und Kaviar, aber niemand aß. Sie hatten alle die Teller zur Seite geschoben und zogen weiße Linien von der Glasplatte in ihre Nasen. Alle, auch Ben.

Es gab ein großes Hallo und Ben zog Kirstin zum Tisch. Willenlos setzte sie sich. Das Bild, das sich ihr bot, war wie aus einem schlechten Film. Die Mädchen schmiegten sich mit entblößten Brüsten an die grölenden Männer. Kirstin wollte sich eben auf Ben stürzen, ihn zusammenstauchen und ihn fragen, wie er dazu komme, sie in eine solche Gesellschaft zu bringen, als Claude ihren Arm packte. Kirstin war so überrumpelt von seiner Grobheit, dass sie sich nicht wehren konnte und auf seinem Schoss landete.

Claude redete mit glasigen Augen auf sie ein und rieb ihr etwas von dem weißen Pulver unter die Nase.

Mit einem wütenden Schrei sprang Kirstin auf und schlug seine Hand weg.

„Was soll das, verdammt nochmal. Was fällt dir ein!“, schrie sie.

Claude starrte sie einen Moment verblüfft an, dann rötete sich sein Gesicht vor Wut und mit einem Satz stand er vor ihr und schlug ihr ins Gesicht. Ein Wortschwall in Französisch prasselte auf sie nieder, während sie sich fassungslos die brennende Wange rieb.

Ben stand auf, zerrte sie an der Hand aus dem Salon, und rief Claude, der tobte und fluchte, irgendetwas über die Schulter zu.

Als sie schließlich in der kleinen Kabine standen, die sie zusammen teilten, liefen ihr die Tränen über die Wangen.

„Was soll das hier?“, schluchzte Kirstin wütend. „Was sind das für Leute?“

„Die sind schon okay“, versuchte Ben sie zu beruhigen. „Wir wollen doch alle nur ein wenig Spaß, also sei doch mal ein bisschen locker!“

Er wühlte in seiner Reisetasche.

„Locker?“, schrie sie. „Das nennst du locker? Die Leute nehmen Drogen und diese, diese … Weiber, das sind bestimmt keine Models, das sind Nutten, und du bringst mich hierher!“

Kirstin sank auf das Bett und fühlte, wie die Jacht leicht durch die Wellen schlingerte.

Ben drehte sich zu ihr und der Blick in seinen Augen beunruhigte sie. Er hatte ein paar Fotos in der Hand und wedelte damit vor ihrer Nase herum.

„Jetzt hör mir mal genau zu, Madame Möchtegern Supermodel.“ Seine Stimme war kalt. So hatte sie ihn noch nie erlebt.

„Falls du es noch nicht selbst gemerkt hast, sage ich es dir jetzt! Du bringst es einfach nicht. Du siehst zwar gut aus und deine Figur ist wirklich super, aber deine Karriere, falls man das überhaupt so nennen kann, ist längst zu Ende.“

Er sagte ihr nur, was sie schon wusste, aber trotzdem war es ein Schlag für sie.

„Und warum hast du mir das nicht schon längst gesagt?“ Kirstin wurde von einer ohnmächtigen Wut gepackt.

„Nun“, er lächelte sie vielsagend an. „Für die Frauenzeitschriften und Kataloge wird man dich kaum mehr buchen, aber es gibt schließlich noch andere Möglichkeiten. Ich habe mal ein paar Probefotos gemacht.“

Er streckte ihr die Bilder hin. Kirstin konnte es nicht glauben. Das war Pornografie und die Frau, die da lag, war sie!

Eine Sekunde drehte sich alles um sie, dann hatte sie das Gefühl zu Eis zu erstarren.

„Was, wann …?“, stammelte Kirstin, aber dann fiel es ihr wieder ein. Der Abend nach der Disco, als sie vollkommen betrunken gewesen war und bei ihm übernachtet hatte.

Ben hatte die Situation auf seine Weise ausgenutzt!

Bevor sie etwas sagen konnte, redete er auf sie ein.

„Die Männer da oben, das sind alles Kerle mit Geld und Einfluss, und wenn du nur ein wenig lockerer sein könntest, dann würden dir alle Türen offenstehen. Du könntest sogar Filme drehen!“

Kirstin lachte verbittert. „Ja klar, Pornofilme!“

„Nicht doch meine Süße, du könntest dir aussuchen, was du machen willst.“

Sie glaubte ihm kein Wort. Dann flutete eine Hitze durch ihren Körper, die ihre Haut glühen ließ.

„Hast du etwa diesen Männern die Fotos gezeigt?“, fragte sie entsetzt, obwohl sie es eigentlich schon ahnte.

„Was glaubst du denn, wie wir zu der Einladung hier gekommen sind?“ Nun war er ärgerlich.

„Du bist ein Schwein! Ein elendes, gemeines Schwein. Ich will sofort nach Hause!“ Kirstin ballte die Fäuste und funkelte ihn wütend an.

Ben verzog verächtlich das Gesicht. „In einer Stunde legen wir an, dann kannst du dich zum Teufel scheren und sehen, wie du ohne mich klarkommst!“ Er knallte die Tür hinter sich zu.

Lange saß sie zitternd vor ohnmächtiger Wut auf dem Bett. Wie hatte sie nur so dumm sein können? Schließlich packte sie ihren Koffer. Sie hatte kein Geld, sie wusste nicht wie sie wieder nach Hause kommen sollte. Aber egal, sie würde sich nicht zur Hure machen lassen!

Kirstin zerrte ihren Koffer die steilen Stufen hinauf und betrat das Deck. Es war dunkel geworden, die Nacht warm und sternenklar. Die Insel lag direkt vor ihr. Das helle Lichterband im Hafen löste sich auf und nun konnte sie die erleuchteten Fenster und Straßen erkennen. Sie strich sich die windzerzausten Haare aus dem Gesicht. Am Kai flanierten Leute, Kirstin konnte ihr Lachen hören.

„Haust du ab?“ Eine der Frauen stand plötzlich neben ihr.

Sie war betrunken oder zugedröhnt. Oder beides, dachte Kirstin. Die Frau schwankte, obwohl die Jacht völlig ruhig durch das Wasser glitt.

„Du bist dumm“, lallte die Frau, als Kirstin nicht antwortete. „Du bist dumm. Claude steht auf dich, und wenn du mit ihm schläfst, kannst du alles von ihm haben.“ Sie griff nach Kirstins Arm. „Er ist stinkreich“, fügte sie verschwörerisch hinzu.

Kirstin schüttelte angewidert ihre Hand ab.

„Das ist mir scheißegal, verstehst du? Ich bin keine Nutte!“

Die Frau machte ein beleidigtes Gesicht und schüttelte die Faust. Die Armreifen an ihrem Handgelenk klirrten. Doch bevor sie loskeifen konnte, tauchte Claude auf.

Er starrte auf Kirstins Koffer. Sein Gesicht nahm eine unnatürlich rote Farbe an und er stürmte brüllend auf sie zu.

Kirstin wich erschrocken zurück. Ihre Französischkenntnisse waren kaum der Rede wert, aber sie verstand, dass er schon bezahlt hätte und ohne Gegenleistung niemand dieses Schiff verließ.

Die Frau lachte, als er Kirstin grob packte und an die Reling drückte. Claude schäumte vor Wut und Kirstin versuchte verzweifelt, sich aus seiner Umklammerung zu befreien. Aber der drahtige, kleine Mann war stark, es gelang ihr nicht, und sie spuckte ihm wütend ins Gesicht. Eine Sekunde war er fassungslos, dann schlug er wild auf sie ein und in dem Moment, als sie die Arme hob, um ihr

Gesicht zu schützen, packte er sie und warf sie über Bord.

Kirstin tauchte unter, ihr Kleid blähte sich wie ein exotischer Schirm um ihre Taille. Das Wasser war nicht sehr kalt, doch durch den Schock war sie einen Moment völlig gelähmt und sie sank weiter in die Tiefe. Schließlich war es mehr ein Reflex, dass sie zu schwimmen begann.

Prustend und spuckend kam sie an die Oberfläche. Die Jacht hatte sich entfernt, aber Kirstin konnte die beiden immer noch erkennen. Lachend lehnten sie sich über die Reling und winkten ihr zu. Dann bückte sich die Frau und warf etwas in ihre Richtung.

Es war ihr Koffer. Er schaukelte kurz auf den Wellen, dann ging er unter und die beiden kreischten vor Lachen.

Kirstin hatte keine Zeit wütend zu sein oder um ihren Koffer zu trauern. Sie war eine gute Schwimmerin, aber bis an Land war es noch ein weites Stück, und sie musste sich beeilen, es bis dorthin zu schaffen. Bevor die Kräfte sie verließen.

Völlig außer Atem erreichte Kirstin endlich die Kaimauer. Sie war mit Moos und Algen überwachsen und glitschig. Im Wasser schaukelten Abfall und tote Fische und der faulige Geruch war widerlich. Kirstin versuchte, sich an den nassen Steinen festzuhalten, rutschte aber immer wieder ab.

„Ola!“, rief plötzlich jemand über ihr.

Kirstin hob den Kopf und sah in das Gesicht eines Mannes, der sich zu ihr herabbeugte und ihr die Hand entgegenstreckte. Dankbar griff sie danach und ließ sich von ihm hochziehen. Schließlich saß sie wie eine nasse Katze auf der Straße und nun konnte sie nicht mehr anders. Sie begann, hemmungslos zu weinen.

Es stellte sich heraus, dass ihr Retter der Wirt eines der vielen, kleinen Lokale am Hafen war. Er und seine Frau nahmen sie ohne viele Fragen bei sich auf und Kirstin dankte es ihnen, indem sie in der Küche half und manchmal servierte.

Kirstin wusste, es war nur eine vorübergehende Sache, sie konnte ihr Leben schließlich nicht als Hilfskraft in einer Kneipe verbringen. Aber sie war froh, dass sie so glimpflich davongekommen war. Und dankbar, weil sie sich nun in Ruhe Gedanken über ihre Zukunft machen konnte.

Kirstin kam mit einer jungen Frau ins Gespräch, die manchmal vor dem Lokal sitzend, ihren Cava trank.

Sie hieß Angela und sah atemberaubend gut aus. Sie hätte bestimmt Karriere gemacht, dachte Kirstin ohne Neid. Angie war ihr auf Anhieb sympathisch. Sie erzählte Kirstin von der kleinen Kolonie am Meer, wo sie seit ein paar Wochen lebte. Kirstin war fasziniert und sagte sofort zu, als Angie sie fragte, ob sie sich das anschauen wolle. Nach einem herrlichen Tag am Meer und einem Abend mit Musik und Lachen am Lagerfeuer, musste Kirstin keine Sekunde mehr überlegen.

Vor allem nicht, weil sie dort neben einem jungen Mann gesessen hatte, der ihr Herz schneller schlagen ließ. Dieter, er hatte ihr einen Joint gereicht und Kirstin hatte ihn ganz selbstverständlich genommen. Einen kurzen Moment dachte sie an das weiße Pulver und die grölenden Männer auf der Jacht, aber das hier war etwas völlig anderes. Ein bisschen Gras, na und?

Der Umzug war eine einfache Sache. Kirstin besaß nur noch das Wenige, das sie von ihren Rettern geschenkt bekommen hatte oder sich vom Trinkgeld noch hatte kaufen können. Sie hatte nur kurz mit ihren Eltern telefoniert, damit sie sich keine Sorgen machten. Es hatte natürlich wieder mit einem fürchterlichen Streit geendet.

Aber nun war Kirstin angekommen, in dem kleinen Paradies direkt am Meer. Alles andere war im Moment nicht wichtig.

Gleich am ersten Abend schlief sie mit Dieter. Kirstin war sich sicher, dass weder der Alkohol, noch die kleine Pille, die Eddie in ihr Glas geworfen hatte, eine Rolle gespielt hatten. Nein, sie hatte sich einfach Hals über Kopf verliebt.

Eddie. Obwohl er umwerfend gut aussah und sich vor Freundlichkeit und Fürsorge fast überschlug, wich Kirstin ihm aus. Zu sehr erinnerte sie sein Blick an die Männer auf der Jacht. Auch dass Eddie alles bezahlte, genau wie Claude, gab ihr ein ungutes Gefühl. Es gab eigentlich nie etwas umsonst, das hatte Kirstin bitter lernen müssen.

Als es dann doch passierte und Eddie sie am Strand bedrängte, tauchte glücklicherweise Dieter auf. Er fuhr so wütend dazwischen, dass Eddie gar nichts anderes übrig blieb, als das Ganze als einen Spaß zu beschönigen und sich lachend zu verdrücken.

Eddie lachte, aber Kirstin konnte die Wut in seinen Augen sehen, und sie wurde noch vorsichtiger.

Dann tauchte Boris auf und in seiner Gegenwart verlor Eddie alle Hemmungen.

Nun zog er sich nicht mehr zurück. Carstens schüchterne kleine Freundin war die Erste, die das erfahren musste. Und seit Boris‘ Ankunft gab es immer mehr von den bunten Pillen, die Eddie großzügig unter den jungen Leuten verteilte.

Die ganze Atmosphäre hatte sich verändert. Als läge ein Schatten auf dem kleinen Paradies. Doch außer Kirstin schien das niemand wahrzunehmen. Außer den Kindern vielleicht.

Boris mochte keine Kinder. Sie gingen ihm auf die Nerven und standen ihm im Weg. Aber die Kinder lernten schnell und machten einen großen Bogen um ihn.

Es brauchte nicht viel, um Boris wütend zu machen. Manchmal schien es, als würde er grundlos, aus heiterem Himmel, völlig durchdrehen. Er wurde immer gewalttätiger. Anfangs war es noch ein kleiner Klaps oder ein Schubs mit dem Fuß gewesen, wenn ihm etwas nicht passte.

Jetzt schlug er zu.

Doch niemand stellte sich ihm in den Weg. Wenn Boris zornig wurde duckten sich alle. Dann glänzte ein silberner Schimmer in seinen Augen, und sie hefteten sich wie Stecknadeln auf seine Opfer.

Keines der Mädchen wollte etwas mit ihm zu tun haben, aber es schien ihm egal zu sein.

Bis Valerie auftauchte.

Eine junge Mutter, die eben geschieden worden war und keinerlei Interesse an Männern hatte, was sie allen deutlich zu verstehen gab.

Ob sich Boris wirklich verliebt hatte, oder ob ihre abweisende Art ihn so anstachelte, konnte Kirstin nicht beurteilen. Aber Boris war wie besessen von Valerie.

Zuerst sorgte er dafür, dass Valerie in den am besten ausgebauten Bungalow ziehen konnte. Die bisherigen Bewohner reisten ganz plötzlich ab.

Dann überschüttete Boris sie mit Geschenken, die Valerie nicht annahm. Kirstin beobachtete mit wachsender Besorgnis, wie er die ganze Zeit um sie herumschlich. Mit einem hungrigen Ausdruck im Gesicht. Wie eine Hyäne die um ein Rudel Löwen kreist, die eine Antilope gerissen haben.

Kirstin versuchte, mit Dieter darüber zu reden. An seinem Blick konnte sie erkennen, dass es ihm auch schon aufgefallen und unheimlich war. Aber was konnten sie schon machen. Dieter wischte ihre Bedenken zur Seite und zog sie ins warme Wasser.

Eines Nachts, sie hatten viel gegessen und noch mehr getrunken, konnte Kirstin nicht schlafen. Sie wälzte sich endlos hin und her. Dieter lag schnarchend neben ihr auf der Matratze. Sie hatten wie alle Gras geraucht, und sie war sich nicht sicher, ob Dieter nicht noch etwas anderes genommen hatte. Er war auf das Bett geknallt wie ein Stein.

Kirstin setzte sich auf. Es war unerträglich heiß, ein dünner Schweißfilm überzog ihre Haut. Sie beschloss, zum Strand zu gehen und zu baden. Das würde ihr etwas Abkühlung verschaffen, und danach konnte sie dann sicher endlich schlafen.

Barfuß, nur mit ihrem Slip und einem Shirt bekleidet, lief Kirstin durch die Anlage.

In Mondlicht getaucht, wirkten die Bauruinen faszinierend. Das Hauptgebäude, das vom ersten

Stock aufwärts nur aus Stahlträgern bestand, sah aus wie eine verfallene Burg. Und die kleinen Bungalows, die sich darum scharten, wie die Häuser von Zwergen in einem Märchen.

Kirstin lächelte. Die Grillen zirpten laut, aber sonst war alles still. Alle schienen zu schlafen und sie fühlte sich zufrieden und geborgen, ihre unsichere Zukunft und all ihre Probleme waren weit weg.

Als Kirstin es sah, blieb sie wie angewurzelt stehen.

Unten am Strand rollte ein seltsamer, unförmiger Ball über den Sand. Plötzlich lösten sich aus seiner Rundung Beine und Arme. Ihr vernebeltes Gehirn versuchte das Bild einzuordnen, als sie die Schreie hörte. Wie ein Scherenschnitt vor dem Hintergrund der weißen Wellen, erhob sich ein Arm mit einer geballten Faust. Er schnellte hoch und dann stieß er hinunter auf die Brust einer Frau.

Valerie schrie vor Schmerz.

Nun endlich ergab das Bild einen Sinn.

Es waren Boris und Valerie, die sich, wie kämpfende Katzen, ineinander verkrallt über den Sand wälzten.

„Nein! Lass sie los!“

Kirstin nahm gar nicht wahr, dass sie brüllte. Sie rannte über den Sand, warf sich auf Boris‘ nackten Rücken und schlug ihm die Fingernägel ins Fleisch.

Er schien es nicht zu spüren, denn er hob schon wieder die Faust, um erneut zuzuschlagen.

Kirstin packte seinen Arm und hielt ihn fest.

Boris war unfassbar kräftig, aber sie schaffte es, seinen Schwung abzubremsen, kurz bevor er Valerie schlagen konnte. Kirstin sah ihr verzerrtes Gesicht, fast vollkommen bedeckt von ihren Haaren, die ausnahmsweise einmal nicht geflochten waren. Eine gestrandete Meerjungfrau überflutet von Seide. In Valeries Augen blitzten Zorn und Panik.

Boris grunzte wütend, drehte den Kopf und funkelte Kirstin an. Wäre sie nüchtern gewesen, wäre sie entsetzt geflohen. Aber nun zerrte sie an seinem Arm und seinen Haaren und schaffte es, ihn von Valerie herunter zu ziehen. Kirstin kippte, an ihn geklammert wie eine Schlingpflanze, mit ihm zur Seite.

Valerie sprang keuchend auf. Ihre zerzausten Haare wehten um ihren Oberkörper, an dem zerfetzter Stoff hing.

„Du verdammtes Schwein!“, schrie sie ihn an. „Elender Mistkerl!“

Sie zerrte an dem, was vor Kurzem noch eine Bluse gewesen war. Aber ihre linke Brust hob sich weiter unbedeckt heftig auf und ab, während sie nach Atem rang.

Kirstin nahm das alles nur am Rande wahr. Sie hatte andere Sorgen. Sie lag eingeklemmt unter

Boris‘ Rücken, der nun über seinen Kopf griff und sie an ihren Haaren packte. Kirstin schrie, als er sie vor sich riss. Er presste ihren Kopf mit beiden Händen auf den Boden. Die Sandkörner schmirgelten die Haut ihrer Wange auf, Tränen schossen ihr in die Augen.

„Was haben wir denn da?“, zischte er und blickte auf sie herab, als wäre sie ein Blutegel.

Kirstin zog reflexartig das Knie hoch und hatte Glück. Sie traf ihn genau dort, wo sie wollte.

Boris brüllte, ließ ihre Haare los, griff sich in den Schritt und krümmte sich im Sand.

„Du Miststück, ich bring dich um!“, kreischte er.

Kirstin zweifelte keine Sekunde daran, dass er das wirklich tun würde, sollte er auch nur den Hauch einer Chance bekommen. Wie der Blitz war sie auf den Beinen und dann stand sie neben Valerie. Sie klammerten sich aneinander fest und blickten auf das fluchende und tobende Etwas vor ihren Füßen, das kaum mehr Ähnlichkeit mit Boris Windolf hatte.

Valerie schien zu Kirstins Verblüffung keine Angst zu haben. Im Gegenteil. Kirstin dachte, wenn sie nicht hier wäre, würde Valerie das nächstbeste Mordinstrument packen und Boris umbringen. Sie raste vor Zorn.

„Verdammtes Aas!“, schrie Valerie. Sie trat nach Boris, der mit schmerzverzerrtem Gesicht zur Seite rutschte.

Fontänen aus Sand landeten auf ihm.

„Was glaubst du, wer du bist? Was? Niemand, wirklich niemand schlägt mich mehr, du Hurensohn! Hast du das kapiert?“

Kirstin hatte Mühe, Valerie festzuhalten. Fast wären sie beide wieder im Sand gelandet.

„Lass doch“, sagte sie beruhigend. „Komm, lass uns einfach abhauen.“

Sie versuchte, Valerie mit sich fortzuziehen. Aber Valerie war noch nicht fertig.

„Wage es ja nicht, mich noch einmal anzufassen! Ich bring dich um, hast du kapiert?“

Kirstin hatte plötzlich eine Ahnung, was der Grund für die Scheidung von Valeries Ehe gewesen sein könnte. Es war ganz sicher nicht das erste Mal, dass man ihr Gewalt angetan hatte. Aber ganz sicher das letzte Mal! Die junge Frau hatte sich in eine Furie verwandelt und würde sich wohl eher umbringen lassen, als klein beizugeben.

„Komm“, sagte Kirstin. Den Arm um sie gelegt, zog sie sie fort. Valerie folgte ihr ein paar Schritte rückwärtsgehend, aber sie ließ Boris keine Sekunde aus den Augen.

Er hatte sich in der Zwischenzeit aufgerichtet und hockte nun wie ein Gnom im Sand. Er saß äußerlich vollkommen ruhig da und starrte sie an. Er schien sogar amüsiert zu sein und Kirstin fühlte sich wie ein aufgespießter Käfer unter dem Mikroskop.

Er war verrückt, völlig verrückt!

Plötzlich lachte Boris laut und sie zuckten erschrocken zusammen.

„Gute Nacht, meine Damen, man sieht sich“, sagte er freundlich, in einem Ton, als würden sie sich vom Tanztee verabschieden. „Schlafen Sie gut und süße Träume!“

Aber seine Augen, mit denen er Valerie unverwandt fixierte, waren so voll brennender Wut, dass Kirstin dachte, die junge Frau würde neben ihr in Flammen aufgehen.

Und es wurde schließlich zur entsetzlichen Wahrheit, Valerie verbrannte.

Aber da war sie schon tot, oder doch nicht?

Kirstin war sich auch heute noch nicht sicher. Und sie hatte nichts unternommen. Wie die anderen hatte sie einfach dagesessen, das Hirn vernebelt von Alkohol und Drogen, und an einen schlechten Traum geglaubt.

Bis es zu spät war.

Das Grauen, die Scham und die Reue hatten danach ihr ganzes Leben bestimmt. Immer und immer wieder wurde sie von diesen Bildern gequält. Sie verfolgten Kirstin, egal ob sie schlief oder wach war. Erst Sarahs Geburt hatte ihr ein paar Augenblicke reinen Glücks verschafft.

Sarah! Ihr Kind würde hoffentlich nie erfahren müssen, was der Grund war, weshalb seine Eltern nicht mehr lebten.

Kirstin versuchte, ein letztes Mal zu atmen.

Es gelang ihr nicht und schlussendlich behielt sie recht.

Kirstin war tot, bevor die Decke auf der sie lag, zu glimmen begann.

Pedro zwängte sich, innerlich fluchend, durch die schmale Öffnung. Den schwammigen Holzrahmen des Fensters hatte er von der Wand getrennt, wie eine dicke Wurstpelle. Dann hatte er lange überlegt, wie er hineinklettern sollte. Vorwärts oder rückwärts? Pedro malte sich aus, wie er kopfüber fallen und sich das Genick oder sonst was brechen würde. Wenn er es rückwärts versuchte, konnte er nicht sehen, ob der Verrückte vielleicht schon hinter ihm stand. Pedro wäre mit seinem breiten Rücken eine perfekte Zielscheibe. Lange starrte er in den dunklen Raum.

Schließlich klemmte Pedro die Axt unter seinen Hosengürtel. Dabei hoffte er, dass er sich damit nicht selbst, bei einer ungeschickten Landung, die Bauchdecke massakrierte. Er hatte sich entschieden, vorwärts durch das Fenster zu klettern. Es war sehr schmal und für einen kurzen Moment steckte er fest.

Catalina hat recht, dachte er verärgert, ich bin fett geworden!

Er hob, das Hinterteil und die Beine immer noch draußen hängend, den Kopf und lauschte. Alles still. Beängstigend still!

Wo zum Teufel steckten denn alle? Und vor allem, wo war er?

Ich werde es schon herausfinden, so oder so, dachte er seufzend.

Er zog den Bauch ein und zwängte sich hindurch. Mit ausgestreckten Händen fing er den Sturz ab, er schrammte nur kurz an der eingepackten Toilettenschüssel. Das Eis auf seinem Pullover knisterte. Glücklicherweise lag das Fenster gar nicht so hoch, wie er zuerst gedacht hatte.

Hoch genug für so eine sportliche Niete wie mich auf jeden Fall!

Pedro blieb noch einen Augenblick im Zementstaub sitzen und blinzelte in die Dunkelheit, an die sich seine Augen nur langsam gewöhnten. Die Tür stand offen und schließlich konnte er den Flur zwischen den schwarzen Wänden erkennen. Jetzt konnte er sich orientieren. Aber das Wichtigste war, vor keiner Wand wölbte sich die Kontur eines Körpers. Das bedeutete, dass er tatsächlich alleine hier unten war.

Pedro richtete sich auf und tastete sich langsam, mit dem Beil in der Hand, voran. Als er den kleinen

Wellnessbereich mit dem Swimmingpool erreichte, gingen automatisch die Lichter an. Er dachte, der Schlag würde ihn treffen, als er die Gestalt auf der anderen Seite sah.

Aber das war nur sein eigenes Spiegelbild und er atmete erleichtert aus. Pedro betrachtete sich im Spiegel. Eine geradezu lächerliche Figur mit einer Axt, die aussah wie ein Kinderspielzeug. Kein Wunder hatte Catalina ihn so angesehen!

Er wollte eben den Pool umrunden, als ihm auffiel, dass eine Tür offenstand, die sonst immer geschlossen war. Nur Senõr Windolf hatte einen Schlüssel. War er etwa da drin?

Pedro wollte es eigentlich gar nicht wissen, aber er musste daran vorbei, wenn er nach oben gelangen wollte. Er schlich zur Tür und hielt den Atem an.

Nichts, kein Geräusch drang aus dem Raum, der vollkommen dunkel war.

Was sich wohl darin befand? Pedro konnte seine Neugierde nicht bezähmen und streckte vorsichtig den Kopf hinein. Sofort flammte Licht auf. Aber nicht hell und strahlend wie beim Pool, die Leuchten waren gedämpft und der schwarze Raum in ein irritierendes Zwielicht getaucht.

Der Raum und der Mann auf Knien!

Er hing mit von Ketten hochgezogenen Armen in einem dunklen Teich. Pedro zuckte zurück.

Das ist der Freund des Verrückten!

Ein Unterarm war der Länge nach aufgeschlitzt und voller Entsetzen begriff Pedro, woraus die Pfütze unter dem Körper bestand.

Sein Magen hob sich, er schluckte schwer, aber schließlich überwand er sich und ging zögernd näher.

Vielleicht lebt er ja noch, vielleicht brauchte er Hilfe.

Pedro umklammerte die Axt. Bereit zuzuschlagen, sollte plötzlich jemand in dem Dämmerlicht, das ihn fast wahnsinnig machte, über ihn herfallen. Aber es war niemand da, und als Pedro sich zu ihm beugte und in das Gesicht des Mannes sah, erkannte er, dass er tot war.

Pedro richtete sich auf. Der Mann war ein Fremder für ihn, er wusste nichts von ihm. Aus irgendeinem Grund war er regelrecht hingerichtet worden. Wie ein Stück Vieh! Und Pedro konnte sich denken, wer das getan hatte.

Es war Zeit zu gehen. Zeit dafür zu sorgen, dass er mit Catalina, die immer noch alleine in dem eiskalten Schuppen saß, hier wegkam!

Der Schrecken war wie ein elektrischer Schlag, als er hinter sich ein Geräusch hörte. Schweiß strömte aus seinen Poren, seine Finger verkrampften sich.

„Pedro!“ Obwohl es nur ein Flüstern war, erkannte er die Stimme sofort. Erleichtert ließ er die

Axt sinken und drehte sich um. Leon kam in den Raum gehumpelt.

„Gott sei Dank, wo ist Catalina?“

„Immer noch da draußen.“

Leon riss die Augen auf. Wegen Catalina und weil er Eddie entdeckt hatte.

„Ist er tot?“ Leons Blick flog zwischen der Leiche und der Axt in Pedros Faust hin und her.

„Was? Du denkst doch nicht etwa, dass ich …“

„Nein, natürlich nicht“, rief Leon.

„Natürlich nicht, natürlich nicht!“, äffte hinter ihnen eine Stimme.

Sie fuhren herum. Windolf stand lässig an den Türrahmen gelehnt und grinste sie an.

„Schöne Sauerei, was?“ Er deutete mit einer Pistole in der Hand auf die Blutlache. „Und kein Personal mehr da, um das wegzuwischen.“

Sie blickten bestürzt auf die Waffe. Gelähmt vor Angst. Waren sie nun die Nächsten?

Windolf lachte und trat einen Schritt zurück.

„Eddie freut sich bestimmt über Gesellschaft, und falls euch langweilig wird, ihr findet hier jede Menge faszinierende Filme.“

Leon machte einen Schritt auf ihn zu.

„Filme für Kenner, also viel Spaß“, sagte Windolf und schlüpfte aus der Tür. Sie hörten, wie der Schlüssel umgedreht wurde.

Pedro hatte schon immer ein Problem damit gehabt, sich in geschlossenen Räumen ohne Fenster aufzuhalten. Aber das hier, eingesperrt mit einem Toten, brachte ihn beinahe um den Verstand. Panisch sah er sich um.

Es gab nur einen Weg hinaus.

Pedro rannte zur Tür und rüttelte an der Klinke. Aber die Handwerker hatten gute Arbeit geleistet, die Tür bewegte sich keinen Millimeter. Seine Kehle schnürte sich zu und er schnappte japsend nach Luft.

Ich ersticke, ich werde in diesem Kerker ersticken!

Wie ein Wahnsinniger schlug er mit der Axt auf das Holz ein. Ein paar Späne flogen, aber es würde Stunden dauern auch nur ein winziges Loch …

Vor Pedros Augen begann alles zu flimmern und der Raum verdunkelte sich noch mehr. Er hörte ein seltsames Geräusch und sank auf die Knie.

„Langsam, Pedro! Beruhige dich!“ Leon legte ihm die Hände auf die Schultern und nun realisierte er, dass das Geräusch aus seiner eigenen Kehle kam. Es klang wie das Winseln eines Hundes.

Die Axt glitt ihm aus den Händen und er ließ den Kopf hängen. Leon setzte sich neben ihn und musterte ihn beunruhigt.

„Du wirst doch jetzt nicht etwa einen Herzinfarkt bekommen?“

„Nein, keine Sorge.“ Pedro schüttelte den Kopf, aber so wie sein Herz im Moment raste, wäre das durchaus möglich. Er versuchte, ruhig und gleichmäßig zu atmen. Tatsächlich hörte das Flimmern auf und es schien auch wieder mehr Licht zu geben.

Ja Licht, aber sollte es ausgehen …

„Weißt du, ich krieg Panik in geschlossenen Räumen“, sagte er verlegen. „Und hier drin, also mit dem da …“, er deutete kraftlos in Richtung der Leiche. „Und dann noch dieser metallische Geruch von Blut!“

Leon verstand nur zu gut, was er meinte. Nun, da die Tür geschlossen war, schien sich der ganze Raum damit zu füllen.

„Wir werden abwechslungsweise versuchen, das Schloss heraus zu brechen, und vielleicht hört uns ja jemand, aber jetzt musst du dich erst einmal beruhigen. Es hilft uns nicht weiter, wenn du umkippst.“

Beruhigen, wie soll ich mich denn beruhigen, dachte Pedro, der vor Angst um Catalina fast überschnappte. Aber Leon hatte recht. Er musste einen Augenblick sitzen bleiben, bis das Schwindelgefühl nachließ und er endlich wieder vernünftig atmen konnte.

Pedro blickte sich um. Was für ein grässlicher Raum, aber er passte zu diesem Monster aus Fleisch und Blut. Pedro konnte und wollte sich nicht vorstellen, wofür die seltsamen Dinge gemacht waren, die da an Ketten von den Wänden hingen.

Er schluckte.

„Kennst du ihn von früher, ese loco?“

Leon schüttelte den Kopf. „Nein. Also nicht, dass ich wüsste.“

Pedro lachte verbittert. „Das hättest du ganz bestimmt nicht vergessen! Er ist ganz besessen von dieser Insel. Was ist dort bloß passiert, kannst du dich denn nicht an irgendetwas erinnern? Ich meine, nicht dass du dabei gewesen bist, aber vielleicht hast du ja mal etwas gehört. Die Leute reden ja, oder vielleicht etwas in der Zeitung gelesen? Also, es müsste irgendwas Schlimmes, irgendeine Sauerei gewesen sein.“

Leon sah ihn mit einem seltsamen Blick an. „Bis jetzt wusste ich nichts, aber seit heute bin ich überzeugt, dass er es war.“

„Was? Also kennst du Windolf doch?“ Pedro vergaß vor Aufregung seine Angst und hätte Leon beinah am Pullover gepackt und geschüttelt.

„Nein, ich sagte doch, dass ich ihn vorher noch nie gesehen habe. Aber du hast recht, es ist damals etwas passiert, vor fast zwanzig Jahren. Und auch, dass ich hier, in diesem Hotel bin, ist kein Zufall.“

Leon nestelte in der Hosentasche und hielt ihm eine zerknitterte Ansichtskarte vor die Nase.

Pedro nahm sie und musste die Augen zusammenkneifen, um zu lesen.

Wirst Du mich auch diesmal retten?

Mehr stand nicht darauf.

„Was soll das denn heißen? Hat das was mit dem zu tun, was damals passiert ist? Und was zum Teufel ist eigentlich passiert?“ Pedro gab ihm die Karte zurück, dann stutzte er.

„Moment mal!“, rief er. „Vor zwanzig Jahren warst du doch noch ein Kind. Und was meinst du damit, dass du nicht zufällig hier arbeitest?“

Pedro wurde ärgerlich. Wenn Leon doch nur endlich den Mund aufmachen würde!

„Vor ein paar Wochen lag der Arbeitsvertrag samt Flugticket in meiner Post.“

„Wie bitte? Als ob es hier nicht genug Leute gibt, die dringend nach Arbeit suchen! Hast du dich nicht gewundert? Wolltest du nicht wissen, wer dir sowas schickt?“

„Natürlich, aber da lag diese Nachricht, und da wusste ich einfach, dass ich kommen muss. Ich habe keine Fragen gestellt und sofort meine Koffer gepackt.“

Leon fuhr mit den Fingerspitzen über die Karte, seine Stimme wurde leise.

„Verdammt Leon, was redest du da? Ich kapier rein gar nichts! Wen hast du gerettet?“

„Ein Kind. Es hat tagelang begraben in einer Kiste gelegen. Es war reiner Zufall, dass ich es gefunden habe. Obwohl …“ Leon zögerte. „Ich glaube, es war Schicksal.“

Pedro sah ihn ungläubig an. Sein Unterkiefer klappte nach unten. Er dachte, er hätte ihn nicht richtig verstanden.

„Begraben? In einer Kiste? Warum ... wer zum Teufel begräbt ein Kind bei lebendigem Leib?“

Leon drehte den Kopf und sah ihm direkt in die Augen.

„Es waren zwei.“

Das Kind flüsterte etwas in einer Sprache, die Leon nicht verstand. Dann schloss es die Augen und sein Kopf fiel zur Seite. Er kniete auf der Erde, die Kieselsteine drückten schmerzhaft in die Haut seiner nackten Beine, aber das spürte er gar nicht.

Voller Grauen blickte er ins Innere der morschen Kiste, aus der ihm ein entsetzlicher Gestank entgegenschlug. Leon war acht Jahre alt, er war nur ein kleiner Junge und nichts und niemand hatte ihn auf so etwas vorbereitet.

Der Körper des Kindes starrte vor Dreck. Es lag in seinen eigenen Exkrementen. Seine Hände waren voller Blasen und auf den Wangen hatten Tränen Spuren in getrocknetes Blut gezeichnet. Die Haare klebten in Strähnen an seinem Kopf. Es war barfuß, die dünnen Beine ragten aus Shorts und waren aufgeschürft, als ob man es über scharfkantige Steine geschleift hätte. Eiter floss aus den Wunden. Im grellen Licht der Sonne brannte sich jedes Detail in Leons Augen. Mit einer Hand scheuchte er die Fliegen fort, die sie umschwirrten.

Das Kind lebte, dessen war er sich sicher, auch wenn das Heben und Senken der Brust kaum wahrnehmbar war. Leon wusste, er musste schnell etwas tun. Er musste es aus der Kiste herausholen, bevor die unbarmherzige Hitze, die auf sie niederbrannte, es umbrachte. Er musste es den Berg hinuntertragen, bis zur Straße. Das war schwer, aber er würde es schaffen, ganz bestimmt. Er hatte ja auch schon einmal eine verletzte Ziege getragen, ziemlich weit sogar, und die hatte dann auch noch gezappelt.

Das Mädchen würde ganz bestimmt nicht zappeln.

Leon war sich sicher, dass es ein Mädchen war, obwohl man vor Dreck kaum etwas erkennen konnte. Jungs hatten nicht so lange Haare.

Leon wischte sich den Schweiß vom Nacken und tastete nach dem Beutel, der an seiner Schulter hing. Darin bewahrte er seine Schätze auf, die er sammelte, wenn er die Ziegen nach Hause trieb. Und Wasser, er hatte immer eine große Wasserflasche dabei. Vielleicht sollte er versuchen, dem Mädchen etwas Wasser einzuflößen.

Leon zögerte, er konnte sich nicht überwinden, es zu berühren.

Denn neben ihr, Schulter an Schulter, lag etwas, das er zuerst für eine große Puppe gehalten hatte. Eine verbrannte Puppe! Aber dann hatte er erkannt, dass es auch ein Kind war! Leon versuchte verzweifelt nicht hinzusehen, das konnte er nicht.

Das durfte er nicht!

Denn sonst würde er schreiend davonlaufen! Und bis er endlich zu Hause war und Hilfe geholt hätte, wäre das Mädchen bestimmt schon tot.

Leon schluckte schwer. Er nahm die Wasserflasche, schob zitternd eine Hand unter den Kopf des Mädchens und hob ihn ein Stück in die Höhe. Er fühlte Schorf unter seinen Fingern.

„Trink“, sagte Leon und ließ vorsichtig etwas Wasser über die aufgerissenen Lippen tröpfeln.

Zuerst reagierte sie nicht, aber schließlich tastete sie mit der Zungenspitze über die Lippen. Sie war genauso ausgetrocknet und aufgesprungen.

„Ja, trink!“

Aber dann stöhnte sie und verlor wieder das Bewusstsein. Ihr ganzer Körper wurde schlaff und leblos.

Einen entsetzlichen Moment lang dachte er, dass sie nun gestorben war, dass er sie mit dem Wasser umgebracht hätte! Doch dann bemerkte er den schwachen Hauch auf seinem Handrücken, der aus ihrer Nase strömte.

Leon riss sich zusammen. Hastig verstaute er die Flasche, umfasste vorsichtig ihre Schultern, und richtete sie auf.

Ihr Kopf kippte nach hinten. Erschrocken blickte er in ihr Gesicht. Sie war so klein! Er rutschte näher an die Kiste und nun bluteten seine Knie, aber das war ihm egal. Er schlang seine Arme um ihren Oberkörper und zog sie heraus.

Dabei fiel sein Blick auf die verkohlte Leiche, die nun alleine in der Holzkiste lag.

Eine grässliche Puppe, mit der nie ein Kind spielen würde.

Schluchzend richtete er sich mit dem Mädchen in den Armen auf.

Leon war für sein Alter sehr groß und kräftig und sie schien kaum etwas zu wiegen. Aber er wusste, auf dem Weg zur Straße würde sie Schritt für Schritt schwerer werden. Es war weit und es war heiß. Ihre Haut fühlte sich an, als ob sie Fieber hätte, hohes Fieber!

Er musste sich beeilen. Am liebsten wäre er losgerannt, aber er war schon so oft in den Hügeln ausgerutscht und der Länge nach hingeschlagen, dass er diesen Impuls unterdrückte.

Die Ziegen starrten ihm mit ihren gelben Augen nach, als er vorsichtig, einen Fuß vor den anderen setzend, hinabstieg. Schließlich folgten sie ihm meckernd. Zweimal rutschte er aus, die Kiesel bewegten sich wie Kugellager unter seinen Sohlen und das Herz blieb ihm fast stehen. Leon stürzte, aber er schaffte es sich so fallen zu lassen, dass der kleine Körper in seinen Armen geschützt blieb. Nun blutete er auch aus den Ellenbogen.

Es war später Nachmittag, die Hitze flimmerte über dem Asphalt, als er endlich nach Atem ringend und am Ende seiner Kräfte die Straße erreichte. Er ließ sich in den Staub fallen und wartete.

Aber es kam niemand. Nirgends ein Auto, und bei den Felsen unten am Meer, kein Boot, kein Fischer, niemand, der sein Schreien hätte hören können.

Das Mädchen bewegte sich wimmernd in seinen Armen. Für einen kurzen Moment kam es zu sich und sah ihn an. Seine Augen waren hellblau und umrahmt von einem dichten Kranz Wimpern, an denen Eiter und Blut klebte.

„Hallo", sagte Leon voller Hoffnung.

Aber sie antwortete nicht und ihre Lider schlossen sich.

Leon rappelte sich auf. Die Muskeln seiner Oberarme zitterten vor Anstrengung und seine Beine wollten die Last nicht mehr tragen, aber mit zusammen gebissenen Zähnen lief er los.

In der flirrenden Hitze überschlugen sich seine Gedanken. Wer war dieses Mädchen, wer war das Kind, das neben ihr gelegen hatte, und wer hatte ihnen das angetan?

Irgendwann hörte er auf zu denken. Er konzentrierte sich nur noch darauf, zu gehen. Sein Gesicht war krebsrot angelaufen und er japste nach Luft. Dann endlich sah er das Haus. Seine Mutter stand bei der im Wind flatternden Wäsche und sah ihm entgegen, als ob sie ihn erwartet hätte.

Leon schaffte es noch durch das Tor, dann brach er zusammen. Aber auch diesmal hielt er den kleinen Körper fest an sich gepresst, als er zu Boden sank.

Alles, was danach geschah, verschwamm in seiner Erinnerung. Seine Mutter kam schreiend herbeigestürzt und nahm ihm das Kind aus den Armen. Sie lief ins Haus und er hörte, wie sie weiter schrie. Diesmal ins Telefon und dann kam sie herausgerannt und trug ihn in das kühle Dämmerlicht des Wohnzimmers.

Leon hing mehr, als dass er im Sessel saß, und beobachtete seine Mutter, wie sie mit einer Schüssel angelaufen kam und vorsichtig den Schmutz und das Blut aus dem Gesicht des Kindes tupfte. Das Mädchen zeigte keine Reaktion.

Draußen hörte Leon das Knirschen von Rädern und er konnte die Staubwolke, die sie aufwirbelten förmlich vor sich sehen, als sie zum Stehen kamen. Sein Vater tauchte fast gleichzeitig mit dem Arzt auf. Sie beugten sich über das Kind und das Entsetzen in ihren Stimmen war fast greifbar.

Sie wickelten das Mädchen vorsichtig in eine Decke und dann rasten sie mit ihr davon.

Seine Mutter blieb bei ihm. Wortlos brachte sie ihm zu trinken. Sie stellte ihm keine Fragen. Das machten dann die Polizisten, die nur kurze Zeit später auftauchten. Leon war erleichtert, dass er sie nicht begleiten musste. Er wollte nie wieder dahin zurück!

Er wollte die schwarze Puppe nie wiedersehen!

Doch Leon sah sie noch monatelang. In seinen Träumen stand sie vor ihm und streckte die verkohlten Arme nach ihm aus. Nach ihm und dem Mädchen. Und im Traum rannte er, bis er fiel, er stürzte mit dem Mädchen den Abhang hinunter, über die scharfkantigen Felsen, immer weiter hinab, bis sie endlich liegen blieben.

In einer Kiste aus morschem Holz.

Es dauerte lange, bis Leon aufhörte zu schreien.

Sie hatten das Mädchen in eine Klinik gebracht und sich um die unzähligen Verletzungen gekümmert.

Die Wunden an seinem Körper begannen zu heilen. Aber das Mädchen sprach kein Wort. Sämtliche Ermittlungen verliefen im Sand. Niemand wusste, wer die Kinder waren und wo sie hergekommen waren. Niemand vermisste sie, sie waren kleine Geister aus dem Nichts.

Leon wollte das Mädchen, dem man inzwischen den Namen Rosalie gegeben hatte, besuchen.

„Warte noch etwas", sagte seine Mutter und lächelte ihn bekümmert an. „Es geht ihr nicht gut, du musst ihr und den Ärzten noch etwas Zeit geben, ja?"

Leon nickte wortlos. Er sah sie ja sowieso jede Nacht, sobald er die Augen schloss.

Doch dann traf er Rosalie früher wieder, als er erwartet hatte.

Es war ein Sonntag, als sich sein Leben mit einem Schlag veränderte und er zum Krüppel wurde. Leon brach sich das Becken und beide Beine.

Sie waren auf dem Rückweg von einer fröhlichen Familienfeier. Leon saß zusammen mit seinem Onkel und seinen Cousins auf der Ladefläche des kleinen Lasters, mit dem wochentags die Pflanzen aus der Gärtnerei seines Onkels transportiert wurden. Sein Vater saß am Steuer und sie zuckelten gemütlich auf der schmalen Küstenstraße entlang. Der Fahrtwind zerzauste ihnen die Haare und sie alberten herum. Vor ihnen verschwand der Asphalt unter einer Schicht aus Sand, den der Wind von den Dünen geweht hatte. Sein Vater drosselte das Tempo, als im gleichen Moment ein alter Jeep um die Kurve gerast kam und ihnen den Weg abschnitt.

Leon hörte die kreischenden Bremsen, dann segelte er durch die Luft.

Er wusste noch wie überrascht er war, als sich plötzlich alles drehte. Für den Bruchteil einer Sekunde schwebte das dunkelblaue Meer über ihm und der Himmel lag zu seinen Füßen, die kleinen Wolken wie weidende Schafe.

Leon fiel. Er sah die spitzen Felsen auf sich zurasen, genauso wie in seinen Träumen, und sein

Herz setzte aus. Denn dort unten würde die schwarze Puppe schon auf ihn warten. Dann bohrten sich die splitternden Knochen in sein Fleisch und er versank in der Dunkelheit.

Die folgenden Wochen wünschte sich Leon, er wäre gestorben.

Die Tage wurden zu einer Abfolge aus Operationen, Schmerzen und sich zerschlagenden Hoffnungen. Er lag bewegungsunfähig in seinem Bett, eingezwängt in einen Panzer aus Gips und Schienen, zusammengehalten von Drähten und Schrauben. Manchmal sah er sich selbst vor sich, wie er auseinanderfiel, wie die kaputte Statue in ihrem Garten. Tage und Nächte wurden eins, Zeit bedeutete nur noch auf die nächste Dosis Schmerzmittel zu warten.

Doch eines Tages saß Leon im Rollstuhl und nahm zum ersten Mal seine Umgebung wieder wahr.

Er saß am Fenster und blickte in den kleinen Park der Klinik. Er betrachtete die Blumenrabatten und hatte das Gefühl, als könne er zum ersten Mal sehen.

Es war wunderbar, und in diesem Moment glaubte Leon daran, dass er weiterleben konnte. Seine Therapeutin, die ihn schon als er noch im Bett lag, gnadenlos gefoltert und ihm Mut zugesprochen hatte, hatte die Wahrheit gesagt. Er konnte es schaffen. Er würde hier auf seinen eigenen Beinen hinausgehen!

Da sah er sie.

Das Mädchen saß auf einer Bank. Sie hielt den Kopf gesenkt und ihre hellen Haare verdeckten das Gesicht. Sein Herz begann schneller zu schlagen.

„Ich will in den Garten!", rief er energisch, als die junge Therapeutin erschien. Sie stutzte verblüfft, dann strahlte sie. Endlich, endlich war er aus seiner Lethargie erwacht.

„Bitte sehr, der Herr", lachte sie und schob ihn hinunter in den Park.

„Ich will es selbst versuchen", wimmelte Leon sie ab und griff nach den großen Rädern. Zögernd ließ sie ihn gewähren. Es war gar nicht so einfach. Fast hätte er sich noch die Finger gequetscht, aber schließlich hatte er den Dreh raus und steuerte auf die Bank zu.

„Hallo", sagte er scheu.

Rosalie hob den Kopf. Sie wirkte so zart und verloren, wie sie so dasaß, mit einem bunten Kinderbuch auf dem Schoss.

Sie musterte ihn verwirrt. Doch plötzlich weiteten sich ihre Augen und er wusste, sie hatte ihn wiedererkannt.

„Geht es dir besser?", fragte er. Sie hob fragend die Augenbrauen.

Trottel, schalt er sich innerlich, sie kennt ja unsere Sprache nicht. Leon wollte sie so vieles fragen, aber stattdessen hielt er ihr seine Hand hin, die sie zögernd ergriff.

Das machten sie nun die folgenden Tage. Sie saßen sich gegenüber. Rosalie auf der Bank und er in seinem Rollstuhl und sie hielten sich an den Händen. Rosalie sprach noch immer kein Wort, zu niemandem.

Eines Tages war sie nicht mehr da.

Leon wartete lange im Park auf sie, unruhig drehte er an den Reifen seines Rollstuhls. Vor und zurück. Eine Ewigkeit. Dann kam eine Schwester und erzählte ihm freudestrahlend, dass Rosalies Großeltern aufgetaucht seien und sie mitgenommen hätten. Sie hatten ihre Tochter und ihre Enkelkinder schon seit Wochen gesucht und fast die Hoffnung aufgegeben.

„Aber nun ist sie wieder bei ihrer Familie, ist das nicht wunderbar?“

Leon nickte, natürlich war das gut. Familie war das Wichtigste im Leben.

Aber er fühlte eine so schmerzhafte Leere in seinem Innern, als wäre er noch einmal auf die Felsen gestürzt.

Asche

Natalia lag mit geschlossenen Augen auf dem Bett in Julias Zimmer. Sie würde hier liegen bleiben, egal was passierte. Sie konnte sich sowieso nicht rühren. Natalia atmete flach, aber trotzdem war es eine Qual. Boris musste ihr sämtliche Rippen gebrochen haben.

Schließlich schlief sie vor Erschöpfung ein. Im Traum kroch sie von Schmerzen gepeinigt über einen blutgetränkten Teppich und Windolfs Stimme dröhnte in ihren Ohren.

Natalia riss die Augen auf. Etwas hatte sie geweckt, und sie brauchte einen Moment, bis ihr klar wurde, was das war.

Stille.

Der Sturm hatte aufgehört und nun herrschte eine so absolute Stille, dass sie sich fühlte wie der letzte Mensch auf Erden.

Natalia hob den Kopf und lauschte. Nichts. Sie trug keine Uhr und hatte keine Ahnung, wie lange sie eigentlich geschlafen hatte. Benommen sah sie zur Tür, voller Angst, dass sie nun sperrangelweit offen sein könnte.

Sie war geschlossen, aber durch den Türspalt am Boden waberten dunkle Schwaden.

Ächzend richtete sie sich auf und ein beißender Geruch drang in ihre Nase.

Es brennt!

Der Schock ließ sie ihre Schmerzen vergessen und sie hastete zur Tür. Sie zögerte. Was oder wer würde sie erwarten?

Sie hatte keine Wahl, also öffnete sie die Tür. Das Treppenhaus war voller Rauch. Er kam aus dem unteren Stockwerk, wo die Gästezimmer lagen.

Um Gotteswillen! Was ist passiert? Und warum reagiert niemand?

Es war immer noch kein Laut zu hören.

Wo ist Leon? Und wo sind die anderen?

Natalia wurde von Panik erfasst, als sie sich am Geländer festklammerte und vorsichtig Stufe um Stufe hinabstieg.

Wahrscheinlich sind alle schon tot! Und ich werde als Letzte hier verbrennen!

Der Rauch trieb ihr die Tränen in die Augen und kratzte in ihrer Kehle. Mühsam unterdrückte sie den Reiz. Sie durfte auf keinen Fall husten, die Schmerzen in den gebrochenen Rippen würden sie in die Knie zwingen.

Natalia blieb erschrocken stehen.

Windolf stand reglos, umhüllt von schwarzem Rauch, wie eine Statue im Flur. Der Qualm kam aus Kirstins Zimmer.

Das Baby!

Natalia hätte beinah aufgeschrien. Sie konnte sich kaum aufrecht halten, doch sie konnte nicht einfach tatenlos zusehen.

Das Kind! Wenn Sarah noch da drin ist …

Beim Treppenaufgang hing ein Feuerlöscher und Natalia tastete sich in seine Nähe. Wie ein roter Torpedo hing er im Rauch. Sie packte ihn und riss ihn aus der Halterung, aber sie ließ Windolf keine Sekunde aus den Augen. Er rührte sich noch immer nicht.

Sie machte mit dem Feuerlöscher im Arm einen weiteren entschlossenen Schritt auf ihn zu, er schien sie nicht zu bemerken.

Noch ein Schritt. Der Drang zu husten, den öligen Qualm aus den Lungen zu bringen, wurde unerträglich. Wie würde er reagieren, wenn er sie entdeckte?

Es spielte keine Rolle. Natalia musste an ihm vorbei in das Zimmer. Jetzt sofort! Sie musste das Baby in Sicherheit bringen.

Sie stellte den Feuerlöscher auf den Boden. Mit fahrigen Händen versuchte sie, die Sicherung zu lösen. Natalia war überrascht, wie einfach es ging, und hob ihn hoch.

Windolf fluchte so plötzlich, dass ihr der Feuerlöscher vor Schreck entglitt und polternd zu Boden fiel.

Ihr Herz blieb stehen.

Windolf schien nichts zu hören. Wie ferngesteuert drehte er sich abrupt um und rannte davon.

Natalia stieß einen Seufzer der Erleichterung aus und packte den Feuerlöscher. Da hörte sie, wie Windolf unten an der Treppe vor Überraschung aufschrie und polternd stürzte. Danach war es wieder absolut still.

Hoffentlich hast du dir das Genick gebrochen! Natalia hustete. Lange hatte sie dagegen angekämpft, doch der Reiz in ihrer Kehle war stärker. Die Schmerzen waren kaum zu ertragen. Keuchend stützte sie sich an der Wand ab, in Schweiß gebadet, und mit tränenden Augen.

Sarah!

Natalia schnappte röchelnd nach Luft und wankte mit dem Feuerlöscher ins Zimmer.

Sie war darauf gefasst gewesen auf lodernde Flammen zu treffen, aber es war nur noch ein Glimmen übrig. In den verkohlten Resten des Inventars flimmerte es wie Dutzende Glühwürmchen.

Sie riss das Fenster auf. Eisige Nachtluft strömte in den Raum und wohltuend in ihre Lungen. Sie sah sich um.

Auf dem Bett lag Kirstin. Tot.

Natalia wunderte sich, wie ruhig sie auf diesen Anblick reagierte. Wahrscheinlich, weil sie genau das erwartet hatte. Aber wo war das Baby?

Mit dem Feuerlöscher erstickte sie die letzten Glutherde. Sie sah in den hintersten Winkel des Raums und drehte alles um.

Sarah war nicht hier.

Also gab es noch Hoffnung?

Natalia wischte sich den Schweiß aus dem Gesicht und hinterließ eine schwarze Kriegsbemalung auf den Wangen. Den Feuerlöscher ließ sie einfach fallen. Sie musste Sarah finden und vielleicht gab es in dem verfluchten Hotel ja noch jemanden außer ihr und Windolf.

Systematisch durchsuchte Natalia die Gästezimmer auf der Etage. Sie waren alle verlassen. Natalia dachte, dass Kirstin das Baby wahrscheinlich versteckt haben könnte. Irgendwo, wo Windolf es nicht finden konnte! Doch wo könnte das sein?

Leise und vor Schmerzen wimmernd, stieg sie die Treppe hinab. Die Tür zum Salon war geschlossen, aber Natalia konnte gedämpft Windolfs Stimme hören.

Sie klang rasend vor Wut.

Sonst war nichts zu hören, es schien niemand bei ihm zu sein. Führte er wieder eines seiner beängstigenden Selbstgespräche? Natalia wollte weiter ins Untergeschoss. Sie brauchte etwas, womit sie sich verteidigen konnte.

Oder jemanden! Sie wollte einfach nicht glauben, dass sie hier alleine mit ihm zurückgeblieben war.

Nur weil sie sich so langsam und vorsichtig die Stufen hinab tastete, stürzte Natalia nicht.

Ihr Fuß blieb an etwas hängen und reflexartig schlossen sich ihre Hände fester um das Geländer. Verblüfft starrte sie auf den Draht, der quer über die Stufe gespannt war.

Das also hatte den Lärm verursacht! Windolf war blindlings nach unten gerannt und gefallen.

Also war doch noch jemand außer ihr da! Und hat den Draht gespannt?

Windolf befand sich im Salon, verletzt oder auch nicht. Und sie sollte besser nicht wie ein hypnotisiertes Kaninchen hier stehen bleiben. Mit pochendem Herzen hastete sie nach unten.

Natalia riss die Tür zur Küche auf. Es sah aus, als hätte eine Bombe eingeschlagen, der Boden war mit Lebensmitteln übersät. Was war hier passiert?

Natalia spähte in die Speisekammer. Auch hier ein einziges Chaos. Und keine Spur von Sarah oder sonst jemandem. Obwohl jede Faser ihres Körpers protestierte, rannte sie weiter, und die Lichter im Wellnessbereich fluteten vor ihr auf wie ein Sonnenaufgang. Natalia durchsuchte die Sauna, das

Solarium und die Duschen. Doch nirgends gab es eine Spur von dem Baby und die Stille zerrte an ihren Nerven.

Schließlich stand Natalia vor einer reich verzierten Holztür.

Der Schlüssel steckte von außen.

Boris Windolf kam stöhnend zu sich. Völlig benommen wollte er nach der pochenden Beule an seinem Hinterkopf tasten, aber es gelang ihm nicht, die Hand zu heben. Verwirrt riss er die Augen auf. Er lag im Salon auf dem Boden.

Direkt neben Malte, der aufgehört hatte zu kichern und ihn aus glasigen Augen vorwurfsvoll anstarrte.

Windolf versuchte, sich aufzurichten, aber auch das ging nicht. Seine Arme lagen dicht an seinen Körper gepresst und er konnte sie nicht bewegen. Bestürzt versuchte er zu begreifen, weshalb.

Er war von Kopf bis Fuß in breites Plastikklebeband gewickelt, er sah aus wie eine braune Raupe.

„Was, was … verdammt?“ stammelte Windolf.

Er hatte rasende Kopfschmerzen und Mühe einen klaren Gedanken zu fassen.

Er war gestürzt!

Natürlich, nun erinnerte er sich. Er war die Treppe hinunter gesegelt wie ein Adler im Sturzflug und mit der Stirn auf den Boden geknallt. Mit der Stirn. Aber dann hatte ihm jemand auf den Schädel geschlagen und er hatte das Bewusstsein verloren.

Windolf schüttelte den Kopf, um die schwarzen Kreise vor seinen Augen zu vertreiben. Da hörte er ein leises Glucksen und blickte auf.

Im Sessel saß eine junge Frau mit einem Baby auf dem Schoss. Sie hielt ihm lächelnd einen kleinen Teddy hin und das Kind griff quietschend mit beiden Händchen danach.

Die Frau hatte kurze, hellblonde Haare und strahlend blaue Augen. Doch auch ohne den langen Zopf wusste er sofort, wer das war.

„Valerie!“, knurrte er.

Sie hob den Kopf und funkelte ihn an. Ihre Augen waren so erfüllt von Hass, dass er unwillkürlich ein Stück zur Seite robbte. Das Klebeband knisterte und schnitt ihm ins Fleisch.

Eine blinde Wut packte ihn. Was dachte sich die Schlampe, so mit ihm umzugehen?

„Binde mich sofort los oder ich bring dich um!“, schrie er.

Die Frau musterte ihn kalt. „Das hast du schon getan“, sagte sie mit einer Stimme, die ihn völlig verwirrte. „Erinnerst du dich nicht mehr?“

Diese Stimme! Das war nicht Valeries Stimme.

Und Valerie war ja schließlich schon lange tot, oder nicht?

Windolf selbst hatte mit Eddie ihr Grab ausgehoben, unten am Strand bei den Felsen. Den halben Tag hatten sie in der brütenden Hitze geschuftet, während die anderen einfach abgehauen waren und ihnen die ganze Drecksarbeit überlassen hatten. Es hatte ewig gedauert, bis der in eine bunte Decke gewickelte Körper endlich in dem tiefen Loch verschwunden war. Sie hatten alles wieder zugeschaufelt und so viele Steine darüber gerollt, dass nicht einmal der Teufel persönlich wieder aus diesem Grab gekrochen wäre!

Und doch saß sie dort vor ihm. Valerie.

Windolf spürte einen Anflug von Angst.

Er kniff die Augen zusammen und betrachte sie genauer. Sie spielte mit dem Kind und schien ihn vergessen zu haben.

Er versuchte, sich eine bequemere Lage zu verschaffen, aber das war unmöglich. Seine Glieder waren eingeschlafen und kribbelten schmerzhaft. Er strampelte mit den Beinen.

Alles, was er damit erreichte, war, dass er Malte einen Tritt versetzte.

„Verflucht!“, brüllte er. „Du elendes Miststück, du machst mich jetzt augenblicklich los, hörst du? Valerie!“

Sie erhob sich mit dem Baby in den Armen und beugte sich zu ihm.

„Ich bin nicht Valerie, hast du das denn immer noch nicht verstanden? Meine Mutter ist tot, du hast sie umgebracht.“

„Julia?“ Diese Stimme, das war doch Julias Stimme. Seine eigene, verfluchte Angestellte!

In seinem Kopf drehte sich alles. Aber Julia hatte doch rote Haare und grüne Augen. Was zum Teufel war hier los!

„Ja, fast ein Jahr lang war ich Julia“, sagte sie. „Meinen richtigen Namen hast du sicher schon längst vergessen.“

Eine vage Erinnerung flimmerte vor seinen Augen, wie eine Fata Morgana.

„Ich war die ganze Zeit in deiner Nähe, aber du hast mich nie richtig angesehen und das war auch gut so. Obwohl, mit der roten Perücke und den Kontaktlinsen hättest du mich sowieso nicht erkannt. Ich habe diese Maskerade gehasst, aber ich durfte kein Risiko eingehen. Meine Großeltern sagen, dass ich das Ebenbild meiner Mutter bin. Deine Geschäftsführerin hat mich eingestellt und sie war immer sehr, sehr zufrieden mit meiner Arbeit. Sie hat niemals mitbekommen, was ich direkt vor ihren Augen alles organisiert habe. Und nun sind wir hier. Du und ich.“

Er blickte verblüfft zu ihr hoch.

„Ich war mir nicht sicher, ob ich stark genug sein würde, und ich hatte noch nicht einmal einen Plan“, flüsterte sie. „Jahrelang war ich nichts als ein verängstigtes Etwas, ohne jede Erinnerung. Ich hatte nur die Träume. Albträume, in denen mich Dämonen quälten und in Stücke rissen. Meine Großeltern haben mich zu allen möglichen Therapeuten geschleppt, aber das, was damals geschehen ist, blieb in meinem Kopf wie hinter einer Stahltür verschlossen. Und ich hatte Todesangst sie zu öffnen!“ Sie weinte.

„Man zeigte mir alte Familienfotos, aber ich konnte nichts darauf erkennen. Die Gesichter, das waren für mich nur verschwommene Konturen. Ich wusste nicht mehr, wer diese Menschen waren. Ich durfte es nicht wissen, denn sonst hätte ich mich erinnert.

Doch ich spürte, dass ein Teil von mir fehlte, für immer verloren war. Weißt du, was mit der Seele eines Kindes geschieht, das etwas so Grauenvolles erleben musste? Nein, natürlich nicht, denn du hast keine Seele. Selbst als junge Frau wagte ich kaum in einen Spiegel zu schauen. Ich hatte Angst, darin das zu sehen, was ich fühlte. Eine leere Hülle.“

Das Baby in ihren Armen war ganz still.

Windolf schielte zu ihnen hoch. Der pulsierende Schmerz im Kopf und seine Wut ließen ihn kaum klar denken.

Was redete das Weib denn da? Nicht Valerie, nicht Julia, wer zum Teufel war sie eigentlich?

Als es ihm endlich klar wurde, verspürte er zum ersten Mal in seinem Leben echte Angst.

Windolf schloss die Augen, er wollte nicht, dass sie das sah. Sie hatte keine Angst! Das hatte sie wirklich bewiesen. Seine Chancen standen schlecht. Verdammt miserabel sogar!

Er lag eingewickelt wie die Beute einer Spinne im Netz. Und sie würde genauso erbarmungslos sein. Eigentlich verstand er das ja, er würde auch nicht anders handeln.

Aber noch war er nicht tot!

Windolf versuchte, seine Muskeln aufzupumpen, vielleicht konnte er das Klebeband lockern und sich befreien. Und dann, Gnade ihr Gott! Dann würde sich das Miststück in Stücke gerissen wiederfinden!

Es war sinnlos.

„Verdammt!“ Windolf brüllte.

„Ja, schrei“, sagte sie leise. „Schrei, so wie ich geschrien habe.“

Windolf hörte ein entsetztes Keuchen und drehte den Kopf. Er hatte die vage Hoffnung, dass jemand gekommen war, der ihm helfen würde.

Natalia und Leon standen in der Tür. Sie hatten alles mit angehört.

Scheiße, dachte er und ließ den Kopf sinken.

Die beiden würden ihm ganz bestimmt nicht helfen. Es gab in seinem Leben eigentlich nur zwei Menschen, die zu ihm gestanden hatten. Seine

Mutter, die in der teuren Wohnung hockte, die er ihr gekauft hatte, und die gar nicht zu schätzen wusste, was er ihr bot, und Eddie.

Ja, Eddie, auf den er sich immer verlassen konnte und den er jetzt eigenhändig ins Jenseits befördert hatte.

Was für eine Ironie!

Fast hätte Windolf laut aufgelacht. Das hatte sie wirklich schlau eingefädelt, das hinterlistige Luder. Wie hatte das nur passieren können? Valeries kleiner Balg!

Sie ging neben ihm in die Knie, das Baby fest an sich gedrückt.

„Vor einem Jahr hast du im Fernsehen ein Interview gegeben. Als ich dich lachen sah und deine Stimme hörte, zerfiel die Stahltür zu Staub. Mit einem Schlag kam die Erinnerung zurück. Die Dämonen hatten plötzlich Gesichter, sie waren nicht länger nur Schatten in Träumen. Es waren Menschen aus Fleisch und Blut, die uns das angetan haben!" Ihre Stimme vibrierte vor Zorn.

„Es hat Wochen gedauert, bis ich aufhören konnte zu weinen. Ich bin jede Nacht von Neuem gestorben. Schließlich wollte ich zur Polizei. Wollte allen erzählen, was du getan hast. Doch dann kamen mir Zweifel. Würde man mir glauben? Einer verstörten jungen Frau, die ihr halbes Leben in psychiatrischer Behandlung verbracht hat? Ich habe gezögert, habe dich und deine einflussreichen Freunde beobachtet. Und schließlich war ich mir sicher, dass man dir nichts mehr würde nachweisen können. Dass du Mittel und Wege finden würdest, um ungeschoren davon zu kommen. Ich wollte aufgeben, ich wollte nur noch sterben, wie meine Mutter und mein Bruder. Aber der Hass war stärker, er hat mich bis hierhergebracht. Ich wollte eigentlich nur dich zur Rechenschaft ziehen. Dich endlich aus meinem Leben tilgen! Und dann sind plötzlich alle anderen hier aufgetaucht. Einer nach dem anderen sind deine alten Freunde von damals hier hereinspaziert. Deine ganz speziellen Gäste. So hast du sie doch genannt? Es hat mir den Boden unter den Füßen weggerissen. Nach all den Jahren wieder in die feigen, verängstigten Gesichter zu blicken, hat mich rasend gemacht! Es war mehr, als ich ertragen konnte."

Tränen rollten über ihre Wangen. Sie drehte den Kopf und sah hilfesuchend in Leons Augen. Er, er musste sie verstehen!

„Elendes Miststück, du bist nicht besser als ich!" Windolf lachte höhnisch.

Sie beugte sich zu ihm hinab und blickte ihm tief in die Augen. „Nein, ich bin nicht wie du! Aber ich musste ein Ende machen, ich wollte endlich leben ohne Hass und Angst. Und schlafen, wieder schlafen, ohne zu träumen! Verstehst du das? Ich wollte die Vergangenheit auslöschen, so, wie du es damals getan hast. Mit mir und meinem Bruder."

Windolfs Augenlider flatterten.

„Du hast gewusst, dass ich noch gelebt habe. Du hast mir in die Augen gesehen und gelächelt. Du hast den Deckel einfach über mir geschlossen und alles, was ich einmal war, ist in dieser Holzkiste gestorben."

Flammen

„He, Boris!"

Eddie kam in bester Stimmung durch den Sand getrottet. In der einen Hand hielt er einen Joint und mit der anderen schwenkte er eine Whiskyflasche. „Stoff vom Feinsten, Mann, das kannst du mir glauben!"

Boris rührte sich nicht. Er saß mit angezogenen Knien da und hielt den Kopf gesenkt. Eddies Stimmung sank. Er kannte seinen neuen Freund nun schon lange genug, um zu wissen, was der gekrümmte Rücken bedeutete. Seufzend ließ er sich neben ihn auf den Boden plumpsen, die Hände in die Luft gestreckt, damit sein kleiner Lunch keinen Schaden nahm. Boris reagierte nicht.

„Was ist los?", fragte Eddie und folgte Windolfs Blick.

Von hinten hatte es so ausgesehen, als ob Boris auf den Boden starren würde. Aber nun erkannte Eddie, dass er unter halbgeschlossenen Lidern zum Wasser hinuntersah. Dort saß Valerie auf einem Badetuch und die Zwillinge turnten um sie herum.

Alles klar! Eddie seufzte tief und hielt ihm den Joint hin. Als Boris nicht reagierte, klemmte er ihn sich hinter das Ohr und öffnete die Flasche. Nach einem kräftigen Schluck, der herb und samtig zugleich schmeckte, hob sich Eddies Stimmung wieder. Vor allem weil Boris nun nach der Flasche griff, und kräftig daraus trank.

„Na, siehst du“, grinste Eddie. „Es gibt außer den Weibern noch andere gute Sachen. Und das Beste kommt erst noch!“

Er zündete sich seine Eddie Spezialzigarre an.

Boris knallte die Flasche mit solcher Wucht in den Sand, dass sie halb eingegraben stehen blieb, und fixierte weiter die Drei unten am Wasser.

Eddie blies den Rauch aus und musterte ihn von der Seite. Boris‘ Gesicht war kalkweiß und die dunklen Ränder unter seinen Augen wirkten wie aufgemalt. Eddie wusste, dass er nicht mehr schlief, seit er sich vor ein paar Tagen mit Valerie und Kirstin gefetzt hatte. Eddie hatte nie aus ihm herausbekommen, was eigentlich genau in jener Nacht passiert war. Er wusste nur, dass sich Boris eine böse Abfuhr von Valerie eingefangen hatte.

Doch Boris war kein Mann, dem man seinen Willen ungestraft verweigerte.

„Mama! Mama, schau doch“, schrie Jonas und hielt eine Muschel in die Luft.

Valerie lachte und rief: „Ja schön!“

„Ich habe auch eine!“ Julie hüpfte begeistert auf und ab.

Die Zwillinge hatten rote Gesichter vor Aufregung. Sie waren fünf Jahre alt und für sie war der Strand ein einziger Abenteuerspielplatz. Jeden Tag spülten die Wellen neue, geheimnisvolle Dinge an Land. Zaubermuscheln, Holz von versunkenen Schiffen und Kiesel, die leuchteten wie Edelsteine. Und Jonas und Julie waren der Prinz und die Prinzessin, denen die wertvollen Gaben dargeboten wurden. Von den Meerjungfrauen natürlich, wer sonst würde sie so reich beschenken!

Es waren ausgesprochen hübsche Kinder, die meisten Leute fanden sie unglaublich süß mit ihren blonden Locken und den leuchtend blauen Augen.

Boris fand sie widerlich.

Ihr ständiges Herumhüpfen und ihr Geschrei gingen ihm auf die Nerven. Die Zwillinge klebten wie die Kletten an Valerie. Das störte ihn am meisten. Und er hasste den Vater dieser Gören, auch wenn er ihn gar nicht kannte. In seinem tiefsten Innern war Boris davon überzeugt, dass es, wenn es den Kerl und die kleinen Biester nicht gegeben hätte, mit ihm und Valerie ganz anders verlaufen wäre.

Aber so hatte sie eine Vorgeschichte, die sie für echte Liebe völlig versaut hatte.

Boris biss sich auf die Lippen und seine Fingernägel gruben sich in die Handflächen.

„Manchmal bist du echt zum Fürchten, weißt du das?“, sagte Eddie.

Und er meinte es ernst. Während er Boris beobachtete, hatte sich eine Gänsehaut auf seinen Armen gebildet.

Endlich drehte Boris den Kopf zu ihm. Langsam, als koste es ihn eine unglaubliche Anstrengung, den Blick von Valerie zu wenden.

Eddies Haut begann zu kribbeln, als er ihm in die Augen sah.

Der Kerl ist total verrückt, ein Irrer, der eingesperrt gehört!

Aber es dauerte nur eine Sekunde, dann lächelte Boris, und Eddie dachte, dass er sich wieder einmal viel zu viel eingebildet hatte.

„Nun gib schon endlich her“, sagte Boris freundlich und nahm Eddie den Joint aus den Fingern.

Sie rauchten und beobachteten schweigend, wie Valerie ihre hüftlangen Haare zu einem Zopf flocht.

Das Weib sah einfach fantastisch aus! Eddie konnte gut verstehen, dass Boris ganz wild auf sie war. Aber er hütete sich auch nur ein Wort zu sagen, nun da es schien, dass er sich beruhigt hatte.

Sie hatten die Flasche schon fast zur Hälfte geleert und Eddie verbrannte sich beinahe die Finger im Bemühen, auch den letzten Krümel des

Joints zu rauchen, als Boris mit einem Satz aufsprang.

„Heute Nacht!", sagte er.

Eddie sah verdutzt zu ihm auf. „Was heute Nacht?" Er wedelte wild mit der Hand, weil er sich nun tatsächlich die Fingerkuppen angesengt hatte.

„Sie. Heute Nacht hol ich sie mir!"

Eddie brauchte nicht zu fragen, wen er meinte.

„Was soll das heißen, du holst sie dir?"

Das war eigentlich eine dumme Frage, aber er verstand nicht, warum Boris ihm das erzählte.

Boris' Augen glänzten. „Du wirst aufpassen, dass mir nicht wieder jemand dazwischenfunkt. Ich muss mit ihr reden, ich muss wirklich ernsthaft mit ihr reden."

Eddie nickte. „Klar doch, mach ich."

Er kannte solche Gespräche. Eddie hatte schließlich selbst schon welche geführt.

Julie blickte dem großen, hageren Mann nach, als er sich vom Strand entfernte. Sie war erleichtert. Das kleine Mädchen fürchtete sich vor ihm und Mama hatte zwar nie etwas gesagt, aber selbst sie schien Angst vor ihm zu haben.

„Das ist der böse Zauberer", flüsterte Jonas ihr ins Ohr. Er starrte Boris mit großen runden Augen nach.

Julie widersprach ihm nicht. Obwohl sie gleich alt waren, na gut, fünf Minuten auseinander hatte Mama gesagt, war sie schon viel reifer und klüger als Jonas. DAS hatte Mama gesagt.

Mama hatte auch gesagt, dass es die Hexen und Zauberer aus den Märchen gar nicht wirklich gab. Aber seit Boris sie einmal so komisch angesehen hatte, war Julie sich sicher, dass Mama gar nicht alles wusste.

Julie sah hinüber zu ihrer Mutter und plötzlich fröstelte sie, als hätte sich eine Wolke vor die Sonne geschoben.

An diesem Abend gab es alles im Überfluss. Eddie war am Tag zuvor mit dem Jeep von seiner großen Einkaufstour zurückgekehrt und hatte ausnahmsweise einmal den freien Platz zwischen den Spirituosen mit frischen Lebensmitteln aufgefüllt. Es gab sogar Fleisch, also brauchte vorläufig niemand auf Ziegenjagd zu gehen. Die wichtigsten Einkäufe verstaute Eddie wie immer in dem kleinen Beutel, den er ständig um die Hüften trug.

„Ganz neue Ware“, sagte er zu Boris, als er den Bungalow betrat, den sie zusammen teilten.

Boris hob interessiert die Augenbrauen.

„Zeig mal her.“

Bereitwillig öffnete Eddie den Beutel und zog ein halbes Dutzend kleiner Plastiktütchen mit Tabletten hervor. Sie waren nach Farben getrennt und in ihre Oberflächen waren winzige Figürchen gestanzt.

„Hm, die hier kenne ich alle", sagte Boris. Sein Blick blieb auf hellgrün leuchtenden Pillen hängen. „Aber was ist das?"

„Hab ich doch gesagt, ganz neue Ware! Carlos hat erzählt, wenn du so eine einwirfst, brauchst du länger nichts anderes mehr. Sozusagen All in One!" Eddie grinste. „Probieren wir es gleich aus?"

Boris schüttelte den Kopf. „Vielleicht später, aber bitte, tu dir keinen Zwang an."

Eddie fischte eine der Pillen aus dem Tütchen. Sie schimmerte hell in seiner Handfläche.

„Los geht's", rief er und spülte sie mit einem kräftigen Schluck Bier hinunter.

Boris beobachtete fasziniert, wie Eddie sich langsam in etwas verwandelte, das ihm sehr gefiel.

Als es dunkel wurde, gingen sie gemeinsam zu dem großen Platz, um den sich die Bungalows scharten. Das war das Freiluftwohnzimmer der jungen Leute. In der Mitte befand sich eine große Feuerstelle. Die Flammen loderten und rund herum saß die ganze Clique auf Matten und Kissen verteilt.

Gut gelaunt verputzten sie eine Portion nach der anderen des heutigen Festmahls, das Carsten auf dem rostigen Grill unter einer Palme zubereitete.

„He! Da seid ihr ja endlich!", rief er und schwenkte die Grillzange. „Aber keine Sorge, es ist noch genug da."

Eddie stolperte auf ihn zu und Carsten packte ihm ein riesiges Steak auf den Teller.

Boris sah sich um. SIE war nicht da.

Er ging zu Birgit und Malte, die zusammen auf einer Luftmatratze hockten und kichernd ihre Teller balancierten. Sie waren schon ziemlich betrunken, genau wie alle anderen.

Gut, dachte Boris, passt mir ausgezeichnet.

„Wisst ihr, wo Valerie steckt?"

Er fragte in einem beiläufigen Ton.

Maltes Mundwinkel sanken nach unten. Boris' Interesse an Valerie beunruhigte ihn schon seit einiger Zeit.

„Nö", grunzte er. Das geht dich gar nichts an, du Zombie!

Birgit war, wie immer, wenn sie getrunken hatte, sehr gesprächig.

„Ach die Ärmste!", rief sie und wedelte mit der Gabel durch die Luft.

Dass ihr dabei das Wurststück, das sie eben essen wollte, herunterfiel, bemerkte sie nicht. „Sie ist nur kurz hier aufgetaucht und hat sich eine

Kleinigkeit zu essen geholt. Dem Kleinen geht es gar nicht gut! Ich glaube, er hat Halsschmerzen oder Fieber." Birgit runzelte angestrengt die Stirn und dabei schielte sie leicht. „Oder beides, glaube ich."

Erstaunt musterte sie ihre leere Gabel.

Boris hätte ihr am liebsten eine verpasst. Er hasste dumme Menschen und dumme Frauen hasste er noch mehr. Und sie war eine verblödete Kuh.

„Oh, na hoffentlich nichts Schlimmes", sagte er und schlenderte davon.

Im Hauptgebäude betrat er den kahlen Raum, den sie in eine behelfsmäßige Küche umfunktioniert hatten.

Eddies Einkäufe waren auf dem Boden gestapelt. Die leeren Fleischverpackungen, in denen noch wässriges Blut schwamm, lagen auf dem Tisch. Boris würdigte sie keines Blickes und suchte sich eine große Schüssel. Dann fegte er den Abfall vom Tisch und schüttete Wein in die Schüssel. Eddie hatte sogar Früchte mitgebracht und Boris begann damit, eine bunte Auswahl in den Wein zu schnippeln. Dann süßte er das Ganze mit Zucker. Er probierte einen Löffel davon und verzog das Gesicht. Scheußlich, aber das würden sie gar nicht mehr merken.

Er griff in seine Hosentasche und ließ den gesamten Inhalt der kleinen Tüte in das Gebräu fallen. Hellgrün leuchtende Perlen, die sich rasch auflösten.

Boris' Sangria Spezial!

Er rührte lächelnd darin herum. Heute Nacht wird mir keiner von euch im Weg stehen!

Boris hatte vor, Kirstin eine besonders große Portion anzubieten.

Er klemmte sich eine Stange Plastikbecher unter den Arm und balancierte vorsichtig mit der Schüssel nach draußen.

Inzwischen hatte jemand laut Musik aufgedreht und Eddie hatte großzügig drei Joints spendiert, die nun die Runde machten.

„He, Boris, machst du etwa heute den Abwasch?", rief Dieter, als er ihn mit der Schüssel sah.

Sie lachten kreischend. Es war dieses Lachen, das die Zwillinge so verabscheuten.

Boris verzog das Gesicht zu einem gutmütigen Grinsen.

„Wäre echt zu schade das hier für den Abwasch zu verschwenden!"

Er stellte die Schüssel auf den Boden und begann die Becher zu füllen.

„Nachtisch!", rief er.

Sie waren alle überrascht, dass er selbst einmal etwas zubereitet hatte und es ihnen sogar noch servierte. Aber sie waren viel zu guter Stimmung, um sich irgendwelche Gedanken zu machen, und griffen tüchtig zu. Die Sangria schmeckte nicht sonderlich gut, aber niemand wollte etwas sagen, wenn Boris sich schon mal die Mühe gemacht hatte.

Eddie schielte auf die Schüssel und wollte sich einen Becher greifen.

„Nein“, fuhr Boris ihn an und schlug ihm die Hand weg. „Davon hast du schon genug intus!“

„Hä?“ Eddie sah ihn mit einem Gesicht an, das Empörung ausdrücken sollte. Es gelang ihm nicht ganz, er war viel zu weggetreten.

„Du kommst jetzt mit mir, denk daran, was du mir heute Nachmittag versprochen hast!“

„Oh!“ Eddies Miene hellte sich auf. „Natürlich, klar komm ich.“

Er rappelte sich umständlich auf und wankte hinter Boris her durch den dunklen Garten.

Julie saß neben ihrem Bruder auf der Matratze und versuchte, ihn mit Bananenstückchen zu füttern. Jonas kniff die Lippen zusammen.

„Nein, ich mag nicht! Tut weh!“, jammerte er. Die schweißnassen Haare klebten an seinem Kopf und sein Gesicht war rot.

„Lass ihn, er hat Fieber“, sagte Valerie. „Es ist wichtiger, dass er etwas trinkt.“

Julie schob sich die Banane selbst in den Mund.

„Das war ein Fehler", tadelte sie ihren Bruder. „Das war nämlich gar keine Banane! Das war Zaubermedizin!"

„Gar nicht wahr", krähte Jonas.

„Doch", beharrte sie. „Ich bin schließlich nicht krank."

Valerie lächelte. Sie kannte die Geplänkel zwischen den Zwillingen und sie liebte es. Die Kinder waren manchmal wie zwei kleine Clowns, die sie zum Lachen brachten. Zwei kleine Sterne, die ihren Weg erleuchteten und mit ihnen würde sie es schaffen. Sie drei gemeinsam würden ein gutes Leben haben!

Valerie brauchte weder einen Mann, noch brauchten die Kinder einen Vater. Schon gar keinen, der ihre Mutter schlug. Die Kinder hatte er nie angefasst, aber sie wusste, dass das nur eine Frage der Zeit gewesen wäre.

Valerie war ihren Eltern unendlich dankbar. Sie hatten keine Fragen gestellt und ihr geholfen, wo sie konnten. Es schien, als wären sie über das Ende dieser Ehe sehr erleichtert.

Die Scheidung war eine einzige Katastrophe gewesen, ihr Ex hatte alle Mittel eingesetzt, um sie zu verletzen. Valerie hatte nur an die Zwillinge gedacht, gekämpft wie eine Löwin und er hatte es nicht geschafft, sie kleinzukriegen.

Als es endlich vorbei war, war Valerie völlig erschöpft. Sie wollte nur noch raus aus der Stadt, wo sie ihm jeden Tag über den Weg laufen konnte. Also hatte sie den nächstbesten Flug gebucht und einen Mietwagen genommen.

Zuerst hatten sie in einem kleinen Hotel logiert, aber es hatte sich schnell gezeigt, dass die meisten der Fünfsternegäste nicht sehr erfreut über die Anwesenheit der Zwillinge waren. Vorwurfsvoll starrten sie über ihre Buchrücken, wenn die Beiden mit lautem Hallo an ihren Liegestühlen vorbei zum Pool rannten.

Die junge Frau am Empfang hatte über Valeries verzweifeltes Gesicht gelacht und ihr verständnisvoll zugezwinkert.

Nachdem Jonas am abendlichen Buffet von einer älteren Dame harsch getadelt worden war, weil er Soße über ihre Schuhe gekleckert hatte, hatte Valerie genug. Das war wirklich nicht der richtige Ort für Fünfjährige! Das Mädchen am Empfang gab ihr schließlich beim Bezahlen der Rechnung den Tipp.

„Mein neuer Freund hat auch einige Zeit dort gelebt“, sagte sie.

Das hörte sich nach Robinsonabenteuerferien an und Valerie dachte, dass so etwas für die Kinder sicher toll wäre. Also fuhren sie hin. Sie musste zwei

Mal auf der schmalen Küstenstraße wenden, bis sie die versteckte Anlage endlich fand. Zuerst war Valerie ziemlich entsetzt.

Das ist ja bloß eine dekorierte Baustelle!

Doch die Zwillinge rannten jauchzend ans Wasser und die Leute empfingen sie mit offenen Armen.

Na gut, dachte Valerie schließlich, dann versuchen wir es doch mal mit diesem Kontrastprogramm.

Am ersten Abend irritierte sie der Alkoholkonsum der jungen Leute. Für Valerie war ein Glas Wein genug und entsetzt schlug sie die anderen Dinge aus, die ihr angeboten wurde. Es wurde schulterzuckend akzeptiert und so beschloss sie, doch ein paar Tage zu bleiben. Hier hatte sie ihre Ruhe und niemand beschwerte sich über die Kinder.

Valerie merkte nun erst richtig, wie ausgebrannt sie war. Es fiel ihr gar nicht auf, dass sie jeden Tag etwas mehr trank. Der Wein betäubte die lange unterdrückten Emotionen die nun plötzlich hervorbrachen, und sie mit Weinkrämpfen schüttelten. Valerie war bis jetzt stark geblieben, sie hatte stark sein müssen, aber nun fiel sie ins Bodenlose. Der Alkohol verschaffte ihr ein wenig Trost und die kleine Pille, die sie schließlich zögernd von Malte angenommen hatte, ließ sie schweben. So leicht und frei hatte sie sich seit Jahren nicht mehr gefühlt. Valerie wollte sich noch ein paar Tage Zeit geben, bis sie sich wieder gefasst hatte. Dann wollte sie abreisen und ein völlig neues Leben mit den Kindern beginnen.

Lange dürfen wir wirklich nicht mehr bleiben, dachte Valerie, während sie Julie und Jonas beobachtete, die zusammen flüsterten.

Sie betastete ihre Wange. Sie glaubte nicht, dass Boris es noch einmal wagen würde, sie anzufassen, aber trotzdem hatte sie Angst. Sie fühlte sich nicht mehr sicher, im Paradies regte sich eine Schlange.

Auch die Kinder schienen sich nicht mehr wohlzufühlen. Vor allem Julie war so ernst geworden, seit sie mit angesehen hatte, wie Eddie der kleinen Katze das Genick gebrochen hatte.

Valerie selbst hatte es gar nicht mitbekommen. Erst Julies Schreie hatten sie aus ihrem Dämmerzustand gerissen.

Es war schon spät gewesen und Valerie hatte geglaubt, die Kinder schliefen wie immer aneinander gekuschelt im Bungalow. Deshalb war sie noch etwas länger bei den anderen am Feuer sitzen geblieben. Valerie hatte ziemlich viel getrunken und war an den Stamm einer Palme gelehnt eingedöst. Und sie hatte geträumt, dass Julie schrie.

Aber es war kein Traum gewesen!

Valerie konnte sich nicht erinnern, ihre kleine Tochter jemals in einem solchen Zustand gesehen zu haben.

Alle versuchten, Julie zu beruhigen und Eddie stammelte eine Ausrede hervor.

„Ich hab mich doch bloß gewehrt!“, rief er. Vorwurfsvoll hielt er dem weinenden Kind seinen zerkratzten Arm unter die Nase.

„Genau!“ Irgendjemand lachte. „Diese Bestie hätte doch glatt unseren schönen Eddie zerfleischt!“

Nun lachten alle und Valerie packte Julie und lief mit ihr durch die Nacht zurück zum Bungalow. Natürlich wachte Jonas auf, entsetzt blickte er auf seine schluchzende Schwester. Es dauerte sehr lange, bis sie in einen unruhigen Schlaf fielen.

Morgen reisen wir ab!

Valerie fasste den Entschluss so plötzlich, dass sie sich unwillkürlich aufrichtete. Sie verstand selbst nicht, wieso ihr das auf einmal so dringlich erschien.

Als der bunte Vorhang, der die Eingangstür ersetzte, zur Seite geschoben wurde, wusste sie es.

„Guten Abend meine Schöne“, flüsterte Boris.

Als ihre Blicke sich trafen, hörte ihr Herz für einen Moment auf zu schlagen. Verängstigt sah sie zu den Zwillingen, die Boris mit weit aufgerissenen Augen ansahen.

Valerie machte sich keine Illusionen. Er würde sich von der Gegenwart der Kinder nicht abhalten lassen. In der Ferne konnte sie das Lachen der anderen hören. Sie hätten sich genauso gut auf einem anderen Planeten befinden können, niemand würde ihr zu Hilfe eilen.

Nervös fuhr sich Valerie mit der Zunge über die trockenen Lippen, ihre Gedanken rasten. Was konnte sie tun? Wie konnte sie verhindern, dass die Zwillinge ...

„Machen wir einen kleinen Spaziergang?“ Boris betrat den Raum.

Hinter ihm schwang der Vorhang und sie konnte Eddie sehen.

Eddie, ausgerechnet! Er hatte den Kopf in den Nacken gelegt und blickte in den Himmel, als sähe er zum ersten Mal in seinem Leben Sterne. Sein Gesicht war vor Ehrfurcht verzerrt, er befand sich in einem anderen Universum.

„Wie wäre es mit morgen?“ Der Klang ihrer Stimme kam ihr fremd vor. „Jonas hat Fieber, ich will ihn jetzt nicht allein lassen.“

Boris‘ Mund lächelte, der Rest seines Gesichts blieb starr wie eine Maske. Er ging zu dem zerwühlten Bett, das nur aus einer Matratze auf blankem Boden bestand. Die Zwillinge drängten sich gegen die Wand. Valerie konnte den Schrecken in ihren Augen sehen.

Sie stellte sich Boris in den Weg, doch er schob sie sanft aber bestimmt zur Seite.

„Wirklich Junge? Bist du krank?" Er ließ seine Hand auf ihrem Bauch ruhen, während er mit der anderen Jonas' Stirn umfasste. Der Junge erstarrte, als sein Gesicht unter den langen, kräftigen Fingern verschwand.

„Mama?" Julie blickte Hilfe suchend zu ihr.

Von heißer Wut gepackt schlug Valerie seine Hand von sich.

„Was soll das?", zischte sie. „Lass ihn in Ruhe und geh!"

Boris ließ Jonas' Kopf los und sah sie herausfordernd an.

Oh Gott, steh mir bei!

Die Angst war wie ein eisiges Tuch. Er würde nicht gehen, er würde sie niemals in Ruhe lassen! Panisch sah sie sich um. Es gab nichts, womit sie sich wehren konnte.

Boris fiel so plötzlich über sie her, dass sie vor Überraschung aufschrie. Er packte sie an ihrem Zopf und riss sie an sich.

Die Zwillinge kreischten. Er schien sie nicht zu hören und bog Valeries Kopf nach hinten. Er umklammerte ihren Körper und presste sie so brutal an sich, dass ihr die Luft wegblieb.

„Wir beide machen einen Spaziergang, hast du mich jetzt gehört?“

Bevor sie antworten konnte, sprang Jonas auf und krallte sich an Boris‘ Bein fest.

Der Junge schrie aus Leibeskräften, sein Gesicht lief dunkelrot an.

„Geh weg! Geh weg! LASS MEINE MAMA LOS!“ Seine Stimme überschlug sich.

Boris ließ Valerie los und versetzte ihr einen solchen Stoß, dass sie rückwärts zu Boden stürzte. Ihr Kopf knallte an die Betonwand.

„NEEEIIIINN! MAAAAMMAAAA!“ Die Stimmen der Zwillinge waren ein einziger Schrei.

Boris packte Jonas und hob ihn in die Höhe, bis er sein Gesicht dicht vor sich hatte.

„Sei still du kleine Wanze! Sei still!“ Er schüttelte ihn und der Kopf des Jungen flog hin und her.

Jonas wurde leichenblass und blickte entsetzt in die Augen seines Peinigers. In die Augen des bösen Zauberers!

Valerie kroch benommen auf Boris zu. Julie versuchte ihr aufzuhelfen, aber sie schaffte es nicht.

„Mama?“ Sie weinte.

„Machst du jetzt einen Spaziergang mit mir?“ Bei jedem Wort bog er den Körper des Jungen vor und zurück, wie ein Bauchredner seine Puppe.

„Ja, ja!“, rief Valerie und rappelte sich auf.

„Nein! Das darfst du nicht!“, brüllte Jonas. „Er ist böse!“

Boris sah ihn an und dann lachte er. „Ja, mein Kleiner, du hast mich durchschaut.“

Er ließ Jonas fallen, Valerie und Julie schrien gemeinsam auf, aber im letzten Moment packte Boris ihn an den Beinen. Jonas zappelte kopfüber in seinen Händen. Seine Haare streiften über den Steinboden.

„Du hast mich durchschaut“, zischte Boris.

Dann schwang er den Jungen wie ein Spielzeug durch die Luft und Jonas knallte gegen die Wand.

Das Genick brach mit einem leisen Geräusch und er fiel zu Boden.

Die Welt blieb stehen.

Valerie starrte auf den leblosen Körper ihres Sohnes und ihr Verstand setzte aus.

Das war vollkommen unmöglich! Jonas konnte nicht tot sein. Sein verweintes Gesicht war ihr zugewandt, wie eine Schlafwandlerin ging sie auf ihn zu.

„Jonas?“

Seine Augen blickten durch sie hindurch, eine Träne hing noch an seinen Wimpern.

Julie warf sich wimmernd über ihren Bruder.

„Wach auf! Jonas wach auf!“

„Was’ n los hier drin?“ Eddie spähte neugierig durch den Vorhang.

Valerie nahm nichts mehr wahr. Sie fiel auf die Knie und bettete Jonas vorsichtig in ihre Arme. Sein Kopf fiel schlaff nach hinten.

„Du ... wirst ... jetzt ... mit mir kommen!“

Boris krallte sich in ihren Haaren fest und schleifte sie nach draußen. Julie lief schreiend hinter ihnen her.

Valerie krümmte sich zusammen. Sie hielt Jonas fest an sich gedrückt. Sie konnte sich nicht wehren, denn sie konnte ihren Sohn nicht loslassen! Noch immer wollte sie nicht glauben, dass er tot war. Dass er ihren Schutz nicht mehr brauchte!

Valerie versuchte sich loszureißen, als Boris sie mit ihm durch den Sand zerrte. Sie hörte das Gelächter der anderen und stolperte auf den Feuerschein zu. Ihre Kopfhaut brannte vor Schmerz. Sie strauchelte, fiel auf die Knie, aber Boris riss sie an ihrem Zopf wieder auf die Füße.

Wie durch Watte hörte sie Julie weinen, und Eddie, der stammelte und Geräusche von sich gab, die sie nicht einordnen konnte. Lachte er? Boris‘ Flüche übertönten alles.

Sie torkelten auf den Platz. Boris schlug auf Valerie ein und versuchte, ihr Jonas zu entreißen. Blind vor Tränen sah sie sich um, die Menschen am Feuer waren verschwommene Schemen. Julie klammerte sich weinend an ihrem langen Sommerkleid fest.

Malte hob den Kopf. Nach der Sangria hatte sich die Welt in farbige Schlieren aufgelöst. Birgit war so plötzlich neben ihm umgekippt, dass er einen Augenblick Angst bekommen hatte.

Er hatte die Hand auf ihre Brust gelegt, um sich zu vergewissern, dass sie noch atmete. Ihre Haut hatte sich seltsam angefühlt.

Etwas hatte sich darunter bewegt, etwas, das auf keinen Fall in den Körper einer Frau gehörte! Entsetzt hatte er die Hand zurückgezogen und sie dicht vor sein Gesicht gehalten. Seine Handfläche wölbte sich, verformte sich zu einem monströsen Gebilde. Malte wollte losschreien, da war es schon vorbei.

Verdammt, dachte er, was für ein Scheiß war in diesem Gesöff?

Benommen sah er sich um. Die anderen starrten verstört vor sich hin, gefangen in ihrer eigenen, ganz persönlichen Hölle.

Die Musik war unerträglich laut. Lang gezogene Töne heulten durch die Nacht. Kirstin presste sich die Hände auf die Ohren. Es half nichts. Ihr ganzer Körper schmerzte. Das Kreischen bohrte sich in ihr Gehirn.

Jemand schrie!

Kirstin öffnete die Augen, die sie vor Verzweiflung zugekniffen hatte.

Um das Feuer tanzten seltsame Schatten. Eine gebeugte Frau, die ein Bündel an ihre Brust gepresst hielt. Ein dünner Riese, der an ihren Haaren zerrte und ein Zwerg, der auf ihn einschlug.

„MAMAAAA! Helft uns! Biiitte Neiiin!"

Spitze Pfeile bohrten sich in Kirstins Kopf. Aber das war nicht die Musik, das war eine Kinderstimme!

Kirstin blinzelte heftig. Die Schatten vor dem Feuer verschmolzen ineinander, sie sah nur noch verwischte Konturen.

Sie hörte Patrick brüllen.

„Lass sie los du Idiot! Was machst du denn?"

In dem Moment warf Boris, ja es war Boris, das Bündel ins Feuer.

Für eine Sekunde sah Kirstin das kleine Gesicht, umrahmt von verklebten, hellen Haaren, bevor es hinter dem Vorhang aus Flammen verschwand. Kirstin schloss stöhnend die Augen.

Valerie blickte auf ihre leeren Hände. Jonas war fort.

Ihr Sohn war nicht mehr da.

Blut lief aus ihr aus der Nase und Boris prügelte weiter auf sie ein. Ihr Kopf flog zur Seite und die Hitze des Feuers versengte ihre Wangen. Sie streckte die Arme aus.

Jonas!

„Hol ihn dir doch!“, schrie Boris.

Das war das Letzte, was Valerie hörte. Den Schlag spürte sie nicht mehr.

Sie stürzte in die Flammen. Glutstücke wirbelten wie Feuerwerk durch die Luft.

Angela kroch auf allen Vieren von ihrer Matratze. Sie kicherte verstört. Das war doch einfach zu blöd! Was treiben die denn da? So was kann böse ausgehen, wissen die das denn nicht? Das ist kein Spiel, vor allem für Kinder nicht!

„Jemand soll die Kleine da wegholen“, lallte sie.

Julie zerrte mit aller Kraft an Valeries Kleid. Schreiend versuchte sie, den Körper aus dem Feuer zu ziehen. Der dünne Stoff über den Beinen ihrer Mutter begann zu brennen und zerriss.

Fassungslos hielt Julie den glimmenden Fetzen in ihren Händen.

Boris packte sie.

„Sei endlich still, verflucht nochmal sei still!“

Dann schlug er zu.

Julie stürzte zu Boden und blieb regungslos liegen.

„Scheiße“, sagte Eddie.

Dann beugte er sich nach unten und würgte sich die Seele aus dem Leib.

„Verzeih mir mein Kleines“, flüsterte Julie. Sanft küsste sie Sarahs Wange und sog den Duft des Kindes ein. Er erinnerte sie an Jonas, genauso rein und klar.

„Nimm sie“, sagte sie und hielt das Kind Natalia entgegen. Das Baby strampelte, als wollte es sich dagegen sträuben, aber schließlich schlang es seine Arme um Natalias Hals.

Wie rührend, dachte Windolf angewidert, der die Szene beobachtete.

Er hielt den Mund. In der Lage, in der er sich momentan befand, war es eindeutig besser, die Schlampe nicht zu reizen!

So langsam machte er sich wirklich ernsthafte Sorgen. Das Kribbeln in den Gliedern hatte sich in stechenden Schmerz verwandelt und er machte sich keine Illusionen mehr. Niemand würde ihn aus dem Scheißplastik wickeln, selbst wenn er betteln würde.

Windolf rollte sich auf die Seite. Keine gute Idee. So blickte er direkt in Maltes glotzende Augen.

Julie streckte zögernd ihre Hand nach Leon aus, und er umschloss sie mit beiden Händen. So, wie damals im Garten der Klinik. Mit einem traurigen Lächeln sah er in Julies Augen.

Sie ist es. Das war das kleine Mädchen, das er in seinen Träumen noch immer in den Armen hielt.

Leon hatte es gespürt. Trotz der grünen Kontaktlinsen und der roten Haare war sie ihm so vertraut gewesen.

„Wirst du mich auch dieses Mal retten?“ Es war nur ein Flüstern.

Leon nickte. Alles, er würde einfach alles für sie tun.

„Scheißkrüppel!“, fauchte Windolf. Er bäumte sich auf und versuchte nach ihnen zu treten.

„Was willst du denn machen? Du und die Schlampe? Wie wollt ihr das alles der Polizei erklären, so dumm, wie ihr seid?“

Julie riss ihre Hand los und beugte sich zu ihm. Ihre Augen glitzerten kalt.

„Mach dir darüber keine Sorgen. Alles, was hier geschehen ist, wird auf dein Konto gehen. Deine Fingerabdrücke auf der Pistole und der besudelten Scherbe in Eddies Hosentasche. Du warst dir wieder so sicher, dass du davonkommst, du hast dir nicht einmal die Mühe gemacht, deine Spuren zu verwischen! Und mehr wird man nicht finden, aber ich bin sicher, es reicht. Ja, du bist vollkommen durchgedreht und hast alle umgebracht. Dann hast du Panik bekommen und bist mit dem Motorschlitten abgehauen. Ah, der Schlitten!“ Julie lächelte, als sie Windolfs verblüfftes Gesicht sah.

„Das wusstest du ja nicht. Ich sagte dir doch schon, ich habe eine Menge organisiert. In deinem Büro und auf deine Kosten natürlich. Man wird eine Zeit lang nach dir suchen …“

„Natürlich wird man mich suchen!“, brüllte Windolf.

Julie nickte. „Aber niemand, glaub mir, niemand wird dich jemals finden.“

Vollkommen erschöpft waren Catalina und Pedro schließlich eingeschlafen. Dick eingepackt in Jacken und fast begraben unter dem Berg von Decken, die Pedro angeschleppt hatte, nachdem Natalia sie aus dem Keller befreit hatte. Er hatte sich um nichts mehr gekümmert.

Sollen die sich doch gegenseitig umbringen! Er wollte nur zu seiner Catalina.

Vor ihren Füßen prasselte ein Feuer in einem alten Eimer.

Catalina schreckte auf.

„Hörst du das auch? Was ist das?“

Benommen öffnete Pedro die Augen. Er war so weit fort gewesen.

Das Geräusch kam näher. Es klang wie ein Motor.

„Das ist der Schlitten!“, rief er.

Er schob die Schuppentür auf und spähte hinaus. Es war immer noch dunkel, aber hinter der Bergkette ließ sich das Licht des beginnenden Tages schon erahnen.

Der Schlitten glitt langsam, nicht weit von ihnen, durch den frischen Schnee. Pedro kniff die Augen zusammen.

Das war eine Frau!

Eine Frau steuerte den Schlitten und hinter ihr, quer über dem Sattel hing …

„Dios mio!“, flüsterte Catalina.

Die Frau drehte den Kopf und winkte ihnen zu.

„Ich glaube, wir können jetzt wieder ins Haus“, sagte Pedro.

Dann hob er zögernd die Hand und winkte zurück.

Windolf riss die Augen auf.

Eine vollkommene Dunkelheit umfing ihn. Es dauerte einen Moment, bis er begriff, dass er das seltsame Geräusch, das er hörte, selbst verursachte. Er zitterte und seine Zähne schlugen heftig aufeinander.

Was zum Teufel hatten sie mit ihm gemacht?

Er erinnerte sich, dass der spanische Krüppel, sein eigener Hausmeister, ihn nach draußen geschleppt und auf dem Schlitten festgebunden hatte. Windolf hatte gebrüllt und getobt, während Leon das Miststück zum Abschied geküsst hatte!

Dann war sie losgefahren, langsam und vorsichtig, als wollte sie verhindern, dass Windolf sich an einem Baum den Schädel einschlug.

Sie schien ein Ziel zu haben.

Er hatte erwartet, dass sie ins Tal hinunterfahren würden, stattdessen steuerte sie den Schlitten über die Ebene immer tiefer in den Wald. Er hörte das Krachen der brechenden Äste.

Immer wieder wurden sie unter den Bäumen von einer Ladung herabfallendem Schnee fast begraben. Windolf hing wie ein Gepäckstück quer auf dem Schlitten. Er überlegte noch, wie lange es wohl dauern würde, bis er erfroren wäre, als er das Bewusstsein verlor.

Und nun lag er hier.

In völliger Dunkelheit.

Sein unterkühlter Körper spielte eine Symphonie aus Schmerzen. Vorsichtig versuchte er, sich zu bewegen. Überrascht stellte er fest, dass das Klebeband aufgeschnitten war, lose raschelte es an seinen Kleidern.

Mit einem Ruck versuchte er sich aufzurichten und schlug mit der Stirn an eine Decke.

Sie war aus Holz.

Auf Wiederlesen

Wie schön, dass Sie mir noch etwas von Ihrer Zeit schenken. Ich hoffe, dass ich Sie gut unterhalten konnte. Vielleicht haben Sie ja jetzt Lust auf meiner Homepage zu stöbern und sich die Buchtrailer anzuschauen. Hier finden Sie auch meine Kontaktdaten und ich würde mich freuen, von Ihnen zu hören. Also vielleicht bis bald?

Herzlichst
Conny Lüscher
www.conny lueschér.ch

Bisher erschienen:

Thriller
Finstere Absicht
Rotlöckchens Grab
Böse Konsequenzen
Die sonnige Zeit
Erkenne das Böse
Hornissenbrut
Stummer Schrei

Fantasy
Der Klang von Dunkel und Licht

Bücher mit Kurzgeschichten
Mörderische Turbulenzen in der Bäderstadt
Mord in der Bäderstadt
Baden kann tödlich sein